Wilfried Stüven

Roter Mohn verblasst nicht

Roman

Kellner Verlag
Bremen Boston

Dieses Buch ist bei der Deutschen Nationalbibliothek registriert. Die bibliografischen Daten können online angesehen werden:
http://dnb.d-nb.de

Für meine Tochter Maria Yaiza

Über den Autor:
siehe Seite 246

IMPRESSUM

St.-Pauli-Deich 3 • 28199 Bremen
Tel. 0421 - 77866 • Fax 0421 - 704058
sachbuch@kellnerverlag.de • www.kellnerverlag.de

Lektorat: Merle Schiebeck & Sebastian Liedtke
Satz: Merle Schiebeck
Umschlag: Jens Vogelsang, Aachen
Vignetten: Wilfried Stüven (Kapitel), Louise (Seitenzahlen), www.pixelio.de
ISBN 978-3-95651-162-2

Manche Blüten sind einfach
nur Blüten,
andere dagegen
das Archiv
ungezählter Erinnerungen.

Κρήτη

Flughafen
Chania
Agia Marina
Αγία Μαρίνα
Chana
Χανιά
Kissamos
Κίσσαμος
Souda
Σούδα
Georgioupoli
Γεωργιούπολη
Rethymno
Ρέθυμνο
Nationalpark
Weiße
Berge
Sougia
Σούγια
Paleochora
Παλαιόχωρα
Chora Sfakion
Χώρα Σφακίων
Asomatos
Ασώματος
Myrthios
Μύρθιος
Koxare
Κοξαρέ
Sellia
Σελλιά
Spili
Σπήλι
Berg Tmimios
Stavros
Τίμιος Σταυρός
Kloster
Preveli
Πίσω Μόνη
Πρέβελη
Kreta
Kokkinos
Pyrgos
Κόκκινος
Πύργος
Plakias
Πλακιάς
Damnoni
Δαμνόνι
Lefgokia
Λευκόγεια
Ammoudi
Αμμούδι
Agia Galini
Αγία Γαλήνη
Tymbaki
Pitsidia
Πιτσίδια
Matala
Μάταλα

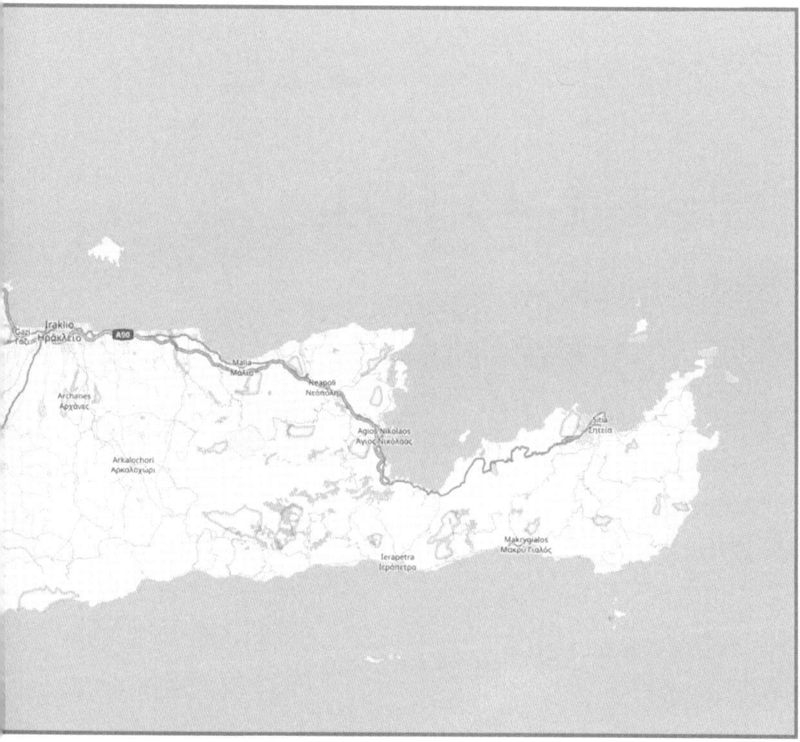
Iraklio
Ηράκλειο
Gazi
Γάζι
A90
Malia
Μάλια
Neapoli
Νεάπολη
Archanes
Αρχάνες
Agios Nikolaos
Άγιος Νικόλαος
Arkalochori
Αρκαλοχώρι
Sitia
Σητεία
Ierapetra
Ιεράπετρα
Makrygialos
Μακρύ Γιαλός

I. Teil

Wie eine Lüge die Welt verändert

Sonntag, 16. April 2017

Als hinge ihr Leben davon ab, drückte Claudia den Roman, der ihre Welt in den letzten Stunden so durcheinander gebracht hatte, lange Zeit ganz fest an ihr Herz. Dann trat sie langsam ans Fenster. Sie starrte minutenlang abwechselnd hinaus in den Garten und dann wieder auf die kunstvoll gestaltete Titelseite des Buches. »Rostiger Mohn – Roman nach einer wahren Begebenheit«, fügte sie die verschnörkelten Buchstaben wieder und wieder fast lautlos aneinander. Die leuchtend roten Mohnblumen, die den Umschlag zierten, begannen plötzlich vor den Augen der aufgewühlten Frau wie züngelnde Flammen zu tanzen und vereinigten sich mit dem Mohnblütenmeer in den Pflanzschalen draußen vor dem Fenster. Für einen Moment schien es so, als drehe sich die Welt ein klein wenig schneller, jedoch nur, um im nächsten Augenblick abrupt stehen zu bleiben. Ein dunkler Spalt tat sich auf, der alles zu verschlingen drohte. Claudia versuchte vergeblich, Halt zu finden. Hart schlug sie auf dem Holzboden auf, der in helles Sonnenlicht getaucht war, das durch die große gläserne Terrassentür ins gemütliche Wohnzimmer schien. Bitterschwarze Kälte machte sich breit.

»Ich bringe ihn um«, zischte Claudia aus blutleeren Lippen, als sie einige Minuten später glaubte, sich wieder gefangen zu haben. Die urplötzlich aufsteigende Übelkeit erlaubte aber nicht, diesen Gedanken weiter zu verfolgen. Noch einmal lockte der dunkle Abgrund. Mühsam schleppte sich die 62-jährige Frau ins Bad und erbrach sich heftig. Kalter Schweiß stand Claudia auf der Stirn, als sie mit einem Glas Leitungswasser versuchte, den widerlichen säuerlich-bitteren Geschmack ein wenig zu besänftigen. Als sie zum Badezimmerfenster gehen wollte, um frische Luft einzulassen, begannen ihre

Knie urplötzlich wie eine Nähmaschine, zu rattern und die zutiefst fassungslose Frau konnte sich nur mühsam an einem Handtuchhalter festhalten, gerade noch rechtzeitig, um nicht wieder unsanfte Bekanntschaft mit dem harten Boden zu machen. Sie hockte sich auf den Rand der Badewanne und versuchte, mit tiefen Atemzügen Ruhe in ihren Körper zu bringen. Nur ganz allmählich verlangsamte sich der aufgewühlte Puls, noch gemächlicher fügten sich erste Gedanken wieder in eine nachvollziehbare Ordnung: 1976 – die erste Reise nach Kreta – im Hafen von Piräus, noch auf dem Festland, Rudi und Tom getroffen – unvergessliche Tage in Plakias - Mohnblumen und Margeriten – die Liebe meines Lebens nach zwei Wochen spurlos verschwunden.

»Rudi«, flüsterte Claudia aus trockener, brennender Kehle. Wieder und wieder nur dieses eine Wort: »Rudi!«

Für einen Moment hörte sie ganz deutlich das beständige Rauschen des Meeres, zweifelte aber kurz darauf heftig an ihrem Verstand, als sie merkte, dass das Geräusch eindeutig dem immer noch laufenden Wasserhahn zuzuordnen war.

Sie ging ans Waschbecken, drehte den Hahn zu und starrte eine Weile reglos in den Spiegel. Ihre Augen sahen, woran sie sich mit den Jahren gewöhnt hatten, auch wenn es von Zeit zu Zeit kleine Veränderungen gab: hier eine kleine Falte mehr um den Mundwinkel, dort etwas weniger Straffheit unter den Augen, deren strahlender Glanz die Zeit jedoch überdauert hatte. Sie sah in ein ungeschminktes, aber sehr gepflegtes Gesicht, das keinen großen Wert darauf legte, künstlich Jugend vorzutäuschen. Die einst dunkelblonden Haare waren mit grauen Strähnen durchzogen, die halblang in den Nacken fielen. Die etwas stupsige Nase und ein wohlgeformter Mund bildeten eine harmonische Einheit über einem rundlichen Kinn. Halbrechts unterhalb der Lippen lenkte ein kleines Muttermal die Aufmerksamkeit auf sich. Die freundlichen blauen Augen waren fast gänzlich von einem feinen Faltenring umkränzt, der die heiteren Stunden in Claudias Leben abbildete. Lachfalten umspielten auch die Nase. Die wenigen Sorgenfalten auf der Stirn waren eindeutig in der Minderheit.

Als Claudia die Augen schloss, kippte das gewohnte Bild augenblicklich, und aus lange zurückliegender Zeit tauchte das makellose Gesicht einer jungen Frau vor ihr auf. Ihr Gesicht. Die vollen Lippen eines jungen Mannes näherten sich und hauchten einen zärtlichen Kuss auf ihre Augenlider. Auch nach all den Jahren durchströmte Claudia ein tiefes Glücksgefühl.

»Deine Augen sind wie blaue Lagunen«, hörte sie ein Flüstern hinter dem Spiegel, und eine Gänsehaut lief der tief in die Vergangenheit eingetauchten Frau über den Nacken. Sie strich sich die Haare aus dem Gesicht, drehte erneut den Wasserhahn auf und ließ sich das wiederbelebende Nass lange über die Stirn laufen. Danach füllte sie das Becken bis zum Überlauf und tauchte die verschränkten Arme in das eiskalte Wasser.

»Komm rein, es ist noch ziemlich kalt, aber einfach himmlisch«, murmelte es, diesmal noch etwas wortreicher, hinter dem Spiegel. Claudia schloss die Augen und sah, wie sich ein gebräunter junger Körper den Wellen überließ. Wieder machte sich eine Gänsehaut breit.

Als sie die Augen Minuten später wieder öffnete, hatte Claudia eine Reise durch mehr als vierzig Jahre ihres Lebens hinter sich, dessen Drehbuch mit dem heutigen Tag neu geschrieben werden musste. Endlich gab es eine Antwort darauf, was vor 41 Jahren wirklich geschehen war.

»Warum hat er das getan? Warum nur?«, stellte Claudia eine Frage in den Raum, wusste aber sogleich, dass sie die Antwort genau kannte.

»Ich bringe ihn um«, flüsterte die so friedliebende Frau noch einmal, bevor sie das Bad verließ, hoffte dabei aber inständig, dass dem lebensfeindlichen Gedanken keine Tat folgen würde. Obwohl ...

*

Die Glocken der nahen Friedenskirche riefen gerade zum Ostergottesdienst, als Claudia wieder ins Wohnzimmer zurückkehrte. Als wolle sie sich versichern, dass alles nicht nur ein Traum war, blieb sie einen Moment im Türrahmen stehen und überflog prüfend den Raum. Die Leselampe brannte, obwohl heller Sonnenschein das Zimmer flutete. Der Kaffeebecher auf dem kleinen runden Tisch neben dem bequemen Lesesessel dampfte schon lange nicht mehr, und die brennende Kerze war ein gutes Stück heruntergebrannt.

»Immer schön die Kerzen ausmachen, bevor du in Ohnmacht fällst. Es kann ja so leicht etwas passieren!«

Claudia schmunzelte bei den Sätzen, die ihr ungefragt über die Lippen gekommen waren und die sie augenblicklich ihrer Mutter zuschrieb, obwohl diese sie so wahrscheinlich nie gesagt hatte.

»Es ist schon so eine Sache mit dem obwohl«, meldete sich jetzt die Erinnerung ein wenig hinterlistig zu Wort und brachte damit einen anderen Gedanken wieder ins Spiel.

»Wenn es stimmt, dass er das getan hat, dann bringe ich ihn wirklich um«, nahm der bis jetzt noch vage Gedanke eine beängstigend konkrete Form an. Unbändige Wut machte sich im Raum breit.

Das Buch, das Claudia so nachhaltig aus der Fassung gebracht hatte, fand sie aufgeschlagen und mit dem Einband nach oben liegend zwischen einer Schale mit bunten Frühlingsblumen und einer tönernen Figur, die ihre Tochter Elena vor 36 Jahren mit kleinen Händen und viel kindlicher Fantasie angefertigt hatte.

»Erkennst du es denn nicht?«, hatte das damals vierjährige Mädchen ihre Mutter ein wenig enttäuscht gefragt. Seitdem nahm das einzigartige Kunstwerk einen besonderen Platz in Claudias Leben ein. Mag es für eine außenstehende Betrachterin auch nur ein Haufen gebrannter Ton sein, so erkannte die Mutter doch deutlich die drei Delfine in ruhiger See, die das Fährschiff nach Kreta anmutig begleiteten.

Es war Claudias zweite Fahrt nach Griechenland gewesen, der noch etliche Folgen sollten. Im Frühling des Jahres 1981 hatte sie sich mit ihrer vierjährigen Tochter, einem kleinen Zelt und einem großen Rucksack auf die Reise zur größten griechischen Insel gemacht, nicht zuletzt in der Hoffnung, dort eine Spur von Rudi zu finden, der fünf Jahre zuvor am Ende der ersten Reise so plötzlich verschwunden war.

Wie war ihre Fantasie auf dem Fährschiff mit ihr durchgegangen. Wie sehr war ein tiefer Wunsch zum Vater all ihrer Gedanken geworden. Auch nach so vielen Jahren erinnerte sich Claudia noch ganz genau daran, wie sie sich damals in eine Erwartung hineingesteigert hatte, die sich nicht erfüllen sollte. Bis heute nicht!

Tausendmal hatte sie während der nächtlichen Überfahrt die beiden Sätze vor sich her gesprochen, mit denen sie Rudi begrüßen würde, wenn sie ihn endlich fand: »Hallo Rudi, das ist Elena, unsere Tochter. Sie ist gerade vier geworden.«

Tausendmal hatte sie sich ausgemalt, wie Rudi sein plötzliches Verschwinden im Frühling des Jahres 1976 erklären konnte. Es musste eine Erklärung geben!

Tausendmal hatte sie sich in dieser Nacht eingeredet, sie würde aus dem geliebten Mund hören, dass Rudi sie in den fünf Jahren, die seit der ersten Reise vergangen waren, überall gesucht habe.

Tausendmal waren sie in Claudias Gedanken im Frühling des Jahres 1981 zu dritt zurück nach Hamburg gereist, um dort in Elbnähe ein gemeinsames Leben zu leben.

Im Morgengrauen hatte ihr zukünftiges Leben jedoch eine ganz andere Wendung genommen. Plötzlich war Bewegung in die Menge auf dem Oberdeck gekommen, wo an die achtzig jungen Menschen aus aller Welt ihre Matten und Schlafsäcke ausgebreitet hatten. Delfine begleiteten das Schiff ein Stück auf seiner Reise in den Hafen von Heraklion. Nicht wenigen der jungen Menschen an Bord galten die Tiere als Glücksbringer, die die Vorfreude auf unbeschwerte Tage auf der Götterinsel noch steigerten. Mit Elena auf dem Arm hatte sich auch Claudia einen Platz im Gedränge nahe der Reling gesichert, um das faszinierende morgendliche Schauspiel zu beobachten.

»Das ist endlich der Beweis, dass Delfine wirklich Glück bringen«, hatte Claudia plötzlich eine Stimme hinter sich gehört, die ihr nicht unbekannt war. Bevor sie sich umdrehte, hatte sie für einen Moment die Augen ganz fest geschlossen.

»Bitte, Rudi, sag du doch auch etwas. Bitte!«, hatte sie in Richtung des glühenden Streifens am Horizont geflüstert, der den nahen Sonnenaufgang ankündigte. Es blieb still.

Stattdessen lag plötzlich eine Hand auf ihrer Schulter: »Mensch, Claudia, ich werde verrückt. Wie schön ist das denn, dich hier zu sehen. Ich bin in den letzten fünf Jahren jedes Jahr hier gewesen. Und jedes Mal habe ich gehofft, dich wieder zu treffen.«

Erst jetzt hatte die Stimme, die Claudia eindeutig Tom zuordnen konnte, wohl bemerkt, dass Claudia ein Kind auf dem Arm trug. Sie hatte sich langsam umgedreht und still in das Gesicht des Menschen geschaut, der vor knapp fünf Jahren mit wenigen Worten ihr erträumtes Leben so abrupt verändert hatte.

»Hallo, ich bin Tom. Ich komme aus Bremen. Und wie heißt du?«, hatte der unerwartete Mitreisende sich rasch an Elena gewandt. Unter albernem Krähen, Bellen, Miauen und Eselgeschrei hatte er noch hinzugefügt: »Kennst du die Bremer Stadtmusikanten? Sie gehören zu meinen besten Freunden und können fast so toll singen wie deine Mutter. Deine Mama und ich haben vor fünf Jahren zusammen Urlaub auf Kreta gemacht.« Die kindlichen Augen, die Tom neugierig anschauten, versetzten ihm einen Stich. Er kannte diese Augen genau und wusste augenblicklich, wer Elenas Vater war. Tom hatte sich lange suchend auf dem Schiff umgeschaut, fand aber nicht, was er suchte, und schien darüber sehr erleichtert zu sein.

»Mensch Claudia, ich freue mich so. Ich habe so oft an dich gedacht. Hast du jemals wieder etwas von ihm gehört?«

Claudia hatte nur stumm mit dem Kopf geschüttelt.

*

Nachdem sie ihre stumme Gedankenreise in das Jahr 1981 beendet hatte, nahm Claudia das Buch jetzt noch einmal wie einen geborgenen Schatz in die Hände. »Rudolph von Bargen«, flüsterte sie in verschiedenen Tonlagen mehrfach in den Raum, bevor sie wieder beim vertrauten »Rudi« landete. *»Der Autor lebt und arbeitet seit 2013 in einem kleinen Dorf auf Kreta«*, las sie wiederholt den Klappentext auf der Rückseite des Buches. Die Tränen, die ihr dabei über das Gesicht liefen, schmeckten salzig, und augenblicklich landeten ihre Gedanken wieder in einer kleinen Bucht an Kretas Südküste.

Eine Freundin hatte ihr den Roman gestern mit den Worten überlassen: »Eine Liebesgeschichte auf Kreta. Spielt in den 70er-Jahren. Unsere ›wilde Zeit‹, weißt du noch? Damals bist du doch auch ein paar Mal auf Kreta gewesen. Hast du nicht sogar Tom dort kennengelernt? Sehr schön geschrieben, aber zu schön, um wahr zu sein, auch wenn der Autor das Gegenteil behauptet. An manchen

Stellen ist es fast ein wenig kitschig, aber auf unsere alten Tage dürfen wir uns das doch wohl gönnen. Das Leben mit meinem Heiner war in den letzten Jahren jedenfalls kein Zuckerschlecken und alles andere als rosarot, obwohl wir in der ersten Zeit doch so fürchterlich verliebt waren. Als wir uns 1983 im Urlaub auf La Gomera kennengelernt haben, war der Kerl ziemlich romantisch, aber damit war es im Alltag dann schnell vorbei.«

Wenig überzeugend hatte sie nach kurzem Schweigen noch hinzugefügt: »Soll er dieser jungen Ziege doch das Leben zur Hölle machen. Ich bin jedenfalls froh, dass ich ihn endlich los bin.«

Die beiden Frauen hatten sich einige Zeit nicht gesehen und waren bald bei einem Glas Wein in ein Gespräch über Gott und die Welt vertieft. So hatte der Roman zunächst keine weitere Beachtung gefunden. Claudia hatte sich das Buch – zu müde, um noch zu lesen – am späten Abend jedoch auf das Schränkchen neben ihrem Bett gelegt, das sie sich bis vor sieben Jahren mit Tom geteilt hatte. Nach und nach hatte sie in den 80er-Jahren – inzwischen die dreißig überschritten – ihre Hoffnung begraben, dass es eines Tages an ihrer Hamburger Wohnungstür klingelt und Rudi vor ihr steht, um ihr das Unbegreifliche zu erklären. Rudi, mit dem sie die schönsten Tage ihres Lebens verbracht hatte, auch wenn es nur zwei kurze Wochen waren. Welche Bedeutung hat schon die Zeit, wenn zwei genau passende Puzzleteile einer Seele zueinander finden.

Dass Tom nicht die ganz große Liebe ihres Lebens sei, hatte Claudia sich von Anfang an eingestanden, aber sie schätzte viele seiner alltäglichen Eigenschaften und mochte sein überwiegend kluges Urteilsvermögen. Auch mochte sie seine Stimme, wenn er die alten Lieder sang, die sie gerne mit der Gitarre begleitete. *Hey! Mr. Tambourine Man, play a song for me ...*

Vor allem aber hatte sie in den ersten Jahren seine nie endende Aufmerksamkeit genossen. Toms Liebe zu ihr war ungeteilt, konnte Claudia sich jederzeit sicher sein. Und Elena, die ihren Vater nicht kannte, hatte auch keine erkennbaren Einwände gegen den Mann gehabt, der sie mit seinen Späßen oft zum Lachen brachte und zudem jederzeit ein bereitwilliger Spielkamerad war.

»Nur manchmal schaut er mich so komisch an«, hatte sie ihrer Mutter einmal anvertraut, doch sogleich ein wenig altklug hinzugefügt, dass er im Grunde ganz okay für sie wäre.

Ich gehe eine Vernunftehe ein, hatte Claudia ihrem Tagebuch wenige Tage vor der Hochzeit 1987 anvertraut. Tom hatte Claudia nach der zufälligen zweiten Begegnung auf dem Fährschiff nach Kreta heftig umworben und sie in den folgenden Monaten regelmäßig in Hamburg besucht. Claudia war zu dieser Zeit jedoch noch nicht bereit gewesen, ihm mehr zu geben als ein großes Stück selbstgebackenen Möhrennusskuchen mit Schlagsahne und ausgiebige gemeinsame Spaziergänge entlang der Elbe.

Erst nachdem sie zwei Jahre später – 1983 – in Hamburg ihr Referendariat als Musik- und Kunstlehrerin abgeschlossen hatte, kam Bewegung in die Sache. In Hamburg wurde sie nicht in den Schuldienst übernommen, und die Wohnung in Elbnähe hatte nach einer aufwendigen Sanierung jeden Charme für Claudia verloren. Außerdem war sie ohne den erhofften Job unbezahlbar geworden. So war Claudia mit Elena nach Bremen gezogen, weil sie an einer Schule im Bremer Westen eine, wenn auch befristete, Anstellung bekommen hatte. Schon bald wurde in der Stadt, die Claudia schnell in ihr Herz geschlossen hatte, aus der Freundschaft zu Tom eine Liebesbeziehung.

Tom, der gutes Geld in der Kulturredaktion bei Radio Bremen verdiente, war der glücklichste Mann der Welt. Er hatte bekommen, was er sich viele Jahre lang erträumt hatte.

Ein renovierungsbedürftiges Bremer Haus im Steintorviertel mit einem kleinen Garten und Morgensonne beim sonntäglichen Frühstück ersetzte bald die beiden eintönigen Etagenwohnungen in der Neustadt. Die aufwendige Renovierung in Eigenregie hatte sich über mehrere Jahre hingezogen und trug ganz deutlich Claudias Handschrift. Tom hatte ihr das Haus nach der Trennung mit den Worten überlassen, dass er dort ohne sie ohnehin nicht mehr leben könne. Eigentlich könne und wolle er ohne sie überhaupt nicht mehr leben.

Von ihrem Streifzug durch die gemeinsamen Jahre mit Tom wieder in der Gegenwart angekommen flüsterte Claudia jetzt: »Diesen Wunsch kann ich dir gerne nachträglich noch erfüllen, du Mistkerl!«

Die Wut auf Tom Schemmel hatte noch einmal zugenommen.

*

Die ganze letzte Nacht über waren Claudias Gedanken durch die Vergangenheit gereist. Eine Liebesgeschichte auf Kreta. Spielt in den 70er-Jahren. Unsere ›wilde Zeit‹, weißt du noch?

Und wie sie es wusste. Immer wieder waren in dieser Nacht die Erinnerungen an die Tage mit Rudi vor 41 Jahren erwacht.

Sehr schön geschrieben, aber zu schön, um wahr zu sein, auch wenn der Autor das Gegenteil behauptet.

Da sie ohnehin keine Ruhe fand, hatte Claudia an diesem Sonntagmorgen noch vor sechs das Licht eingeschaltet, sich einen ersten Kaffee ans Bett geholt und begonnen zu lesen. Schon nach wenigen Seiten hatte es für die aufgewühlte Frau keinen Zweifel mehr gegeben: Sie las ihre eigene Geschichte, geschrieben von Rudolph von Bargen, den sie nur als Rudi kannte.

Mit einem zweiten Becher Kaffee war sie nach den ersten Seiten ins eine Etage tiefer liegende Wohnzimmer umgezogen. Jetzt, vier Stunden und eine Ohnmacht später, wusste sie, wie eine einzige Lüge vor 41 Jahren ihr Leben nachhaltig verändert hatte.

»Dafür wirst du bezahlen, Tom Schemmel«, tauchte erneut ein Gedanke auf, der Claudia tief beunruhigte. Noch nie im Leben hatte sie das Feld der Rache bestellt und gepflegt.

Noch einmal drückte sie das Buch ganz fest an ihre Brust, schlug es erneut auf und las noch einmal die ersten Seiten des Romans.

Sonntag, 4. April 1976

Das einfache Hotel in der Odós Apóllonos in der Nähe des Syntagma-Platzes kannte keine Nachtruhe. Bis in die frühen Morgenstunden ging es zu, wie in einem Taubenschlag. Ich hatte für wenige Drachmen eines der Feldbetten ganz oben auf der Dachterrasse des schmucklosen Hauses ergattert und schaute in den Athener Nachthimmel. Die melodischen Klänge einer Bouzouki, die mit einem milden Luftzug aus einer nahen Taverne zu mir herauf wehten, waren mir sehr viel angenehmer als das betrunkene Schnarchen, das durch die Türen der stickigen Mehrbettzimmer auf die Flure des Hotels drang, die auf sechs gut belegte Etagen verteilt waren. Der zweite Frühlingsmonat galt als gute Reisezeit für die Stadt, in der es während der folgenden Sommermonate oft unerträglich heiß werden konnte.

Musik lässt sich nicht so einfach verbrennen wie Bücher, schoss es mir plötzlich durch den Kopf, als ich eine mir gut bekannte Melodie von Mikis Theodorakis in den feinen Klängen erkannte. Die Melodien überdauern ganz einfach in den Köpfen der Menschen, bis auch die finsterste Zeit irgendwann ein Ende findet, und schon am nächsten Tag werden die Lieder wieder auf der Straße gesungen, während ein verbranntes Buch manchmal für immer verloren ist, setzte sich der Gedanke fort.

Ich dachte daran, dass es ausgerechnet in der Wiege der Demokratie lange Jahre verboten war, die Lieder von Mikis Theodorakis zu singen oder abzuspielen. Wer es dennoch gewagt hatte, war während der siebenjährigen Militärherrschaft nicht selten direkt in den bestialischen Folterkellern der Generäle gelandet.

Als könne ich dort eine Erklärung für die tiefen Abgründe menschlichen Handelns finden, suchte ich lange die Dunkelheit über mir ab. An Schlaf war in dieser letzten Nacht in Athen nicht mehr zu denken. Ein sternenklarer Himmel und ein erster Dämmerungsschimmer am Horizont kündigten einen wolkenlosen Sonntag an. Es würde ein heißer Tag werden.

Ich war vor drei Tagen in der griechischen Metropole angekommen, in der die großen antiken Tragödien ihren Ursprung hatten. Ich mochte diese Stadt und ihre Bewohner, die so froh waren, den Obristen vor knapp zwei Jahren mit heiler Haut entkommen zu sein. Ich liebte das quirlige Treiben in der Altstadt, der Plaka, am Fuß der Akropolis. Vor allem aber liebte ich die Musik, die zu jeder Tages- und Nachtzeit aus den Tavernen und Bars unterhalb der antiken Oberstadt drang.

Obwohl ich wenig Kauflust verspürte, hatte ich in den zurückliegenden Tagen gerne eine Weile in den unzähligen kleinen Läden herumgestöbert, deren Vielfalt für den fremden Besucher der Stadt erst zu erkennen war, wenn am Morgen ratternd die rostigen eisernen Rolltore hochgezogen wurden und die Auslagen den halben Gehweg füllten.

Ich hatte mich vom Puls der Stadt einfach treiben lassen. Stundenlag war ich ziellos durch verwinkelte Gassen, über ganz große oder lauschig verborgene Plätze geschlendert. Ungläubig hatte ich die kleine, von zwei Hochhäusern nahezu erdrückte byzantinische Kapelle bestaunt und lange dem im Schatten einer Tamariske stehenden blinden Verkäufer zugesehen, der nicht müde wurde, mit monotonem Singsang seine Sesamkringel anzupreisen.

Die hoch über der Stadt thronende Akropolis hätte ich beinahe ausgespart, weil der teure Eintritt ein riesiges Loch in meinen schmalen Geldbeutel riss. Aber wie erhaben und unbezahlbar war dann das Gefühl gewesen, den einzigartigen antiken Bauwerken so nahe zu sein.

Erschöpft von den langen Wanderungen auf hartem Pflaster saß ich nach meinen Erkundungen, meist bei einem sehr süßen griechischen Kaffee oder einem Glas Wein, in einer der vielen kleinen Tavernen, um die überwältigenden Eindrücke der fremden Stadt in mein Reisetagebuch zu schreiben oder mit feinem Bleistift zu skizzieren. Besonders die alten Männer und Frauen hatten es mir angetan. Nie zuvor hatte ich Menschen so voller Würde gesehen. Wie einen wertvollen Schatz hüte ich bis heute die Zeichnungen einer Reise, die mein Leben verändert hat und von der ich in diesem Buch erzählen will.

Mochte die Stadt mir auch noch so gefallen: Mehr als drei Tage konnte ich in keiner lärmenden Großstadt der Welt verbringen, und so wollte ich mich an diesem Sonntag in den Hafen von Piräus aufmachen, um eines der vielen Fährschiffe zu nehmen, die täglich zu den Inseln im Ägäischen Meer aufbrachen. Das Reiseziel war mir eigentlich egal, Naxos vielleicht oder Paros. Serifos galt als Geheimtipp unter den Rucksackreisenden. Nur auf Kreta gebe es schon erste Bettenburgen, die Insel solle ich lieber meiden, hatte eine zufällige Bekanntschaft, die sich besonders reiseerfahren gab, mir am Vortag geraten. Da könne ich besser gleich nach Rimini fahren.

Zwar hatte ich nur eine vage Vorstellung von der bei deutschen Urlaubern so sehr beliebten Küstenstadt an der Adria, erinnerte mich aber noch sehr gut daran, dass mein Vater mich vor Jahren einmal gefragt hatte, ob ich wüsste, wo es im Sommer die größte Käferplage gäbe. Er hatte mich – dabei in seiner für ihn so typischen Art immer aufgeregter werdend – lange raten lassen, bis er mir endlich in seiner geliebten Boulevardzeitung das Bild einer endlosen Autoschlange auf der Brennerautobahn zeigte, die im Schneckentempo auf dem Weg in den italienischen Badeort war.

Auch an das zweite Bild, das einen langen Strand zeigte, erinnerte ich mich gut. Genauso lang war allerdings die endlose Reihe der Liegestühle und Sonnenschirme. Das war gewiss nicht mein Traum vom Paradies und so hatte ich entschieden, Kreta ganz hinten auf die Liste meiner möglichen Reiseziele zu setzen.

*

Gegen acht Uhr verließ ich das Hotel und wollte gerade meinen Rucksack schultern, als mich jemand ansprach, ob ich wisse wo der Bus nach Piräus abfahre. Ich bot dem Suchenden sogleich an, mich zu begleiten. Tom kam aus Bremen. Er studierte im vierten Semester Literaturwissenschaften und hatte sich »einfach so« eine Auszeit genommen, machte er mir nach wenigen Schritten ein offenes Geständnis.

»Der Flug war unheimlich günstig«, entschuldigte Tom sich fast bei mir für seine komfortable Art des Reisens, als er erfuhr, dass ich bis nach Athen getrampt war.

»So viel Zeit wie du habe ich leider nicht, aber kein Mensch an der Uni merkt, wenn ich zwei Wochen nicht da bin«, schilderte er mir sein »lustiges Studentenleben«.

»Meine Scheine krieg ich auch so«, hatte er noch hinzugefügt und offenbar vorausgesetzt, dass ich mit den Gepflogenheiten des wissenschaftlichen Nachwuchses bestens vertraut war.

Damit lag er allerdings völlig falsch. Ich kannte mich zu dieser Zeit an der Uni überhaupt noch nicht aus, weil ich zum größten Entsetzen meiner Eltern bisher noch keinen Weg in ein anständiges Leben gefunden hatte. So jedenfalls nannte es mein Vater, der es vom SS-Unterscharführer zum Filialleiter einer dörflichen Kreissparkasse gebracht hatte. Für ihn war ich eine Schande, und meine Mutter wagte nur selten, ihm zaghaft zu widersprechen.

Ich war noch auf der Suche zu mir selbst, musste ich mir eingestehen. Bis vor wenigen Tagen hatte ich in einer Wohngemeinschaft auf dem Land nahe Braunschweig gelebt. Nach einem eher bescheidenen Abitur hatte ich mich in den letzten Jahren mit allerlei verschiedenen Jobs über Wasser gehalten. Meine ganze Leidenschaft aber galt dem Zeichnen. Davon konnte ich jedoch nicht leben, obwohl ich mit sehr wenig Geld auskam. Konsumrausch bedeutete mir nichts. Die Dinge, die das Leben für mich so lebenswert machten, waren nicht käuflich. Aber natürlich wollte die Miete jeden Monat bezahlt sein, und einen gut gefüllten Kühlschrank habe ich auch zu keiner Zeit verachtet.

Von Zeit zu Zeit trat ich als Sänger in einer Band in einem der vielen über die Dörfer verstreuten Tanzschuppen auf. Das brachte gutes Geld, vor allem aber ein hohes Ansehen, besonders beim weiblichen Geschlecht. An einem einzigen vergnüglichen Abend verdiente ich als Sänger mehr als sonst manchmal in der ganzen Woche.

Meine WG hatte sich nach endlosen nächtlichen Diskussionen zur Gewaltfrage der RAF in Luft aufgelöst. Zu unüberbrückbar waren die Gegensätze. Ich jedenfalls lehnte Gewalt gegen Menschen in jeder Form ab. Den Kriegsdienst hatte ich gleich nach der Schulzeit schließlich aus tiefster pazifistischer Überzeugung verweigert.

So plötzlich ohne Wohnung, hatte ich mich spontan zu dieser Reise entschlossen. Ein Freund hatte mich mit seinem uralten Käfer, den ich gefühlt die halbe Strecke geschoben habe, weil er einfach nicht anspringen wollte, bis an die Autobahnraststätte Göttingen mitgenommen. Fünf Tage später war ich in Athen angekommen.

Tom war 21 und damit fast drei Jahre jünger als ich. Er reise zum ersten Mal alleine, erfuhr ich auf der kurzen Strecke zur Bushaltestelle, und mein Begleiter machte keinen Hehl daraus, dass er sich ein wenig verloren vorkam. Er leide immer noch unter einer schon Monate zurückliegenden Trennung und hoffe unter südlicher Sonne ein wenig Licht in seine dunklen Gedanken zu bringen, nannte Tom mir bald den wahren Grund seiner Reise.

Ich mochte ihn wegen seiner Offenheit und hatte keine Einwände gegen seine Gesellschaft. Tom hatte genauso wenig wie ich ein festes Reiseziel, kannte sich aber mit der Lage der Ägäischen Inseln bestens aus. Warum sollten wir unseren weiteren Weg also nicht ein Stück gemeinsam gehen?

»Vielleicht gibt es heute eine Fähre nach Ios«, hatte er einen Gedanken ins Spiel gebracht, der mir durchaus reizvoll erschien. Die kleine Insel südlich von Naxos galt als Aussteiger-Paradies, und mich zog momentan nichts zurück nach Deutschland.

»Von dort könnten wir dann weiter nach Santorini fahren«, machte Tom nach wenigen Minuten unserer Bekanntschaft erste gemeinsame Reisepläne. Es störte mich nicht, denn ich wusste, dass ich jederzeit meinen eigenen Weg gehen konnte.

Sonntag, 16. April 2017

Nach diesen ersten gelesenen Seiten – es war noch ganz früh am Morgen gewesen – hatte Claudia lange Zeit ungläubig auf das Buch gestarrt.

»Roman nach einer wahren Begebenheit«, hatte sie noch einmal bedächtig die von einem Mohnblütenmeer umrandeten Worte buchstabiert. Zum ersten Mal an diesem Tag hatte sich leichter Schwindel breit gemacht, den sie jedoch noch mit einem Glas Wasser und tiefen, regelmäßigen Atemzügen beruhigen konnte.

Es war schon so eine Sache mit dem Zufall, der dem Leben von Zeit zu Zeit eine ungeahnte und kaum vorhersehbare Wendung geben konnte. Aber das hier war kein Zufall!

Claudia konnte einfach nicht mehr glauben, dass so viele genaue Übereinstimmungen mit der eigenen Erinnerung einzig und allein den fabulierenden Gedanken eines Schriftstellers entstiegen sein konnten. Noch einmal hatte sie die zunächst nur überflogenen Sätze Wort für Wort gelesen. So viel Zufall konnte es ganz einfach nicht geben. Rudi, dessen Leidenschaft das Zeichnen war. Tom aus Bremen, der sich eine Auszeit von der Uni genommen hatte, um seine Beziehungsprobleme zu bewältigen. Kreta zwei Jahre nach dem Ende der blutigen Militärherrschaft.

Vor allem aber: Sonntag, der 4. April 1976. Bei nasskaltem Wetter hatte sich die damals 21-jährige Frau ganz früh am Morgen auf die Reise zum Hamburger Flughafen gemacht, um wenige Stunden später mitten im griechischen Frühling zu landen. Niemals im Leben würde Claudia diesen einzigartigen Tag vor 41 Jahren im Hafen von Piräus vergessen, der der Anfang einer außergewöhnlichen Liebe war, die nur zwei Wochen dauern sollte und dennoch auf ewig die größte Liebe ihres Lebens bleiben sollte.

Claudias Hände hatten angefangen zu zittern, und das hatte ganz gewiss nicht am Fenster gelegen, das sie seit Toms Auszug auch nachts wieder einen Spalt geöffnet hielt.

»Ich brauche die frische Luft, seitdem ich als junge Frau auf Kreta die Nächte unter freiem Himmel kennengelernt habe«, hatte sie erst kürzlich ihrer Freundin aus Oldenburg erklärt, die bei ihr übernachtet hatte. Dann hatte Claudia das Fenster aber doch ganz fest verschlossen, weil sie ihrer alten Gefährtin Lisa die Angst vor ungebetenen nächtlichen Besuchern nehmen wollte.

Lange hatten sich die beiden Frauen in dieser Nacht noch über ihre frühen Reiseerfahrungen ausgetauscht und waren sich bald einig darin geworden, dass kein noch so luxuriöses Hotelzimmer eine Nacht direkt am Meer ersetzen konnte. Jeder Strand, an dem sie übernachtet hatten, war ein einzigartiges Himmelbett gewesen, jede Bucht ein Luxuszimmer. Erinnerungen für die Ewigkeit waren an jedem neuen Morgen behutsam ins Archiv gelegt worden: mal das sanfte Plätschern der Wellen, wenn der Abendwind sich gänzlich zur Ruhe begeben hatte, dann das geheimnisvolle Meeresleuchten in mondloser Dunkelheit oder der sich im Wasser spiegelnde Vollmond vor wolkenloser Unendlichkeit.

Allerdings waren die lebenserfahrenen Freundinnen sich auch schnell einig darin geworden, dass sie diese Art des Reisens ihren eigenen Töchtern in der heutigen Zeit ganz sicher nicht mehr empfehlen würden. Auch an den Stränden der griechischen Inseln hatte längst die Angst vor nächtlichen Übergriffen Quartier bezogen.

Aber noch ein völlig anderer Gedanke war in dieser Nacht ans Licht gekommen. Bitter hatte sich Claudia daran erinnert, wie sie mit Tom im Jahr vor der Trennung in einen heftigen Streit über das weit geöffnete Fenster geraten war. Die Ehe steckte schon in einer tiefen Krise, und sinnlose Scharmützel waren an der Tagesordnung. Aber diese eine Auseinandersetzung war besonders absurd gewesen.

Auch Tom hatte seine Erinnerungen an die gemeinsam verbrachten Tage während der ersten Kretareise, aber wie sollte Claudia ahnen, dass er mit einem geöffneten Fenster die so lange zurückliegenden Nächte verband? Immer wieder hatte Claudias Bedürfnis nach nächtlicher Kühle in den Jahren zuvor zu kleinen Unstimmigkeiten geführt. Sie hatte dem Thema keine Wichtigkeit gegeben. Menschen waren verschieden. Tom wollte das Fenster in all den Jahren immer gut verriegelt wissen und hatte dafür in den kalten Monaten die verschwendete Energie als unschlagbares Argument auf seiner Seite. Im Sommer dagegen, wenn die Luft im Zimmer unerträglich stickig wurde, hatte er immer wieder die sich häufenden nächtlichen Einbrüche im Viertel vorgeschoben und konnte dabei auf die gut gemeinten Ratschläge der Polizei verweisen.

Erst später – viel zu spät – hatte Claudia in dieser fürchterlichen Streitnacht erkannt, dass es einen ganz anderen Grund gab, der all die Zeit wie eine schwarze Wolke auf Toms Seele gelegen hat. Eifersucht hatte ganz offenbar kein Verfallsdatum. Wie Pech hatte sich die giftige Wolke bald im ganzen Zimmer ausgebreitet. Wie besessen hatte sich der Mann, den Claudia so noch nie zuvor kennengelernt hatte, in dieser Nacht gebärdet.

»Du liegst hier neben mir und denkst dabei nur an die Nächte mit ihm«, hatte der Mann, mit dem sie mehr als zwanzig Jahre ihres Lebens geteilt hatte, ihr aus heiterem Himmel vorgeworfen, als sie nach einem freudlosen Liebesakt das Fenster ganz weit geöffnet hatte.

Claudia hatte lange schweigend in die Dunkelheit gestarrt. Nach und nach hatte sie begriffen, was in den Jahren immer wieder zwischen ihr und Tom gestanden hatte. Nach und nach hatte sie in aller Klarheit gesehen, was sie schon lange – wenn auch verschwommen – gefühlt hatte. Ganz allmählich verstand sie manchen unerklärlichen Streit. Die Schatten der Vergangenheit, die Toms Seele verdunkelten, waren viel länger als Claudia jemals geahnt hatte. Langsam hatte sie sich zu ihrem Ehemann umgedreht.

»Kann es sein, dass du auch nach Jahrzehnten noch eifersüchtig auf Rudi bist? Dabei weiß ich nicht einmal, ob er noch lebt. Ich habe nie wieder etwas von ihm gehört. Nie wieder, hörst du!«

Die Gedanken waren noch einmal schmerzhaft tief in die Vergangenheit eingetaucht, bevor sie fortfuhr: »Du warst in den Stunden mit ihm zusammen, bevor er einfach abgehauen ist. Du hast mir damals seine tolle Botschaft überbracht; hast du das ganz vergessen: ›Sag ihr einfach, dass ich genug von ihr habe und allein weitergereist bin‹.«

Der aufsteigende Schmerz hatte sich wie eine ganz frische Wunde angefühlt, als Claudia wahrheitsgemäß noch hinzugefügt hatte: »Ja, es stimmt, ich habe ihn bis heute nicht ganz vergessen. Aber glaubst du wirklich, dass ich nach so vielen Jahren immer noch einem Mann hinterher weine, für den ich damals nur ein albernes Spielzeug war?«

Claudia wusste aber auch, dass Toms eifersüchtiges Gebaren nicht völlig aus der Luft gegriffen war, denn sie hatte ihren Ehemann nie so geliebt wie Rudi, der sie 1976 am vorletzten Urlaubstag so völlig unerklärlich im Stich gelassen hatte.

Ihre Worte hatten Tom ohnehin nicht besänftigen können. Alle Register hatte der völlig aufgebrachte Mann in dem nächtlichen Streit gezogen. Der giftige Stachel der Eifersucht, der jahrzehntelang in ihm gewühlt hatte, zertrümmerte das gemeinsame Leben in den folgenden Stunden bis zur Dämmerung mit ungebremster Kraft und zerstörte die ohnehin angespannte Ehe so sehr, dass sie in der Folgezeit nicht mehr zu retten war.

Am meisten hatte es Claudia geschmerzt, was für ungezügelte Worte Tom im Zusammenhang mit Elena gefunden hatte, der er in der Kindheit fast zum Vater geworden war. Für Tom war es zu keiner Zeit ein Geheimnis gewesen, dass Elena Rudis leibliche Tochter war. Es konnte gar kein Geheimnis sein, denn sie war ihrem Vater – zumindest äußerlich – sehr ähnlich.

»Ich habe es immer gehasst, wenn sie mich aus ihren dunklen Augen so blöd angeglotzt hat. Es war, als ob dieser Halbaffe mich angestarrt hat, immer war er mit im Zimmer, wenn sie da war. Es war zum Kotzen. Manchmal hätte ich sie ohrfeigen können«, konnte Tom seine alles zerstörende Wut nicht beherrschen.

»Wenn du ihr durchs Haar gefahren bist, war es, als ob du seine lange Mähne kraulst. Ich hätte ihn damals umbringen können«, hatte er seinen ganzen Hass auf den einstigen Reisegefährten in die dunkle Nacht hinausgeschrien.

Zwar hatte Tom sich am nächsten Tag tausendfach entschuldigt. Er wisse auch nicht, was da mit ihm passiert sei. Er könne sich überhaupt nicht erklären, was da aus ihm herausgebrochen sei. Aber es gab keine Worte mehr, die das Geschehene ungeschehen machen konnten. Zu tief war der Riss, der sich in dieser Nacht zwischen den beiden Eheleuten aufgetan hatte.

Völlig aufgewühlt griff Claudia, die bösen Erinnerungen abschüttelnd, wieder zu dem Buch, das sie nach wenigen Absätzen wieder mit auf eine Reise vor 41 Jahren nehmen sollte. Auf ihre Reise.

Sonntag, 4. April 1976

Die Bushaltestelle lag an einer breiten Straße direkt neben dem schattigen Eingang zum Nationalgarten. Trotz der frühen Stunde deutete sich ein heißer Tag an, und wir waren recht froh darüber, dass wir die lärmende Stadt schon in wenigen Stunden gegen einen einsamen Strand eintauschen würden, an dem vom Meer her beständig eine kühlende Brise weht.

Ich schlug vor, dass wir in einem nahen Kafenion noch ein kleines Frühstück zu uns nehmen, bevor wir endgültig in den Hafen aufbrechen. Fähren zu den Ägäischen Inseln gäbe es zu jeder Tages- und Nachtzeit, hatte mir eine weitere zufällige Reisebekanntschaft gestern glaubhaft versichert. Tom hatte keine Einwände.

Bei einem süßen Kaffee und zwei Spiegeleiern mit trockenem Weißbrot bestimmten wir, dass der Zufall von nun an unser Reiseführer sein sollte. Wir wollten im Hafen von Piräus die erste Fähre nehmen, die zu einer südlich von Athen gelegenen Insel ablegt. Nur das in meiner Vorstellung viel zu touristische Kreta schlossen wir gänzlich aus.

Der völlig überfüllte Bus erinnerte mich zunächst mehr an Rimini als an lauschige Plätze auf entlegenen Inseln. Immer mehr Fahrgäste, überwiegend junge Frauen und Männer aus Deutschland, drängten sich durch die enge Falttür in den Bus hinein, dessen Frontscheibe mit einem übergroßen hölzernen Komboloi, einem Kruzifix und allerlei Heiligenbildern geschmückt war. Auch die mit Plastikblumen und einer Holzikone geschmückte Ablage war einem Altar ganz ähnlich. Aus einem Lautsprecher über dem Fahrersitz tönten pausenlos rauschende Klänge, die sich nur selten zu einer zusammenhängenden Melodie fügten. Manchmal erkannte ich dennoch in den monotonen Gesängen den traditionellen Rembetiko, der auch als

»griechischer Blues« bezeichnet wird. Er hatte seinen Ursprung vor über hundert Jahren in den Gassen des rasch wachsenden Hafenviertels von Piräus und anderer Hafenstädte des Landes, das eine so wechselhafte Geschichte hatte. Die Lieder erzählten von Tod und Liebe, vom Überleben der in den ärmlichen Vierteln gestrandeten und entwurzelten Menschen, von Haschisch und von weinenden Müttern, wusste ich aus einem alternativen Reiseführer, den mir ein Mitbewohner der Dachterrasse in der Odós Apóllonos überlassen hatte.

Das Gepäck der Reisenden – überwiegend Rucksäcke in grell leuchtenden Farben – wurde vom mürrischen Fahrer und seinem Gehilfen, der später im Bus die Fahrscheine ausgeben sollte, unter lautem Geschrei, das ich nicht genau deuten konnte, auf dem Dach des betagten Gefährts verstaut, und los ging die rasante Fahrt durch das dichte Verkehrsgewühl der griechischen Hauptstadt, die irgendwo während der Fahrt nahtlos in Piräus überging. Immer wieder änderte der Fahrer für den ortsunkundigen Besucher der Stadt augenscheinlich die Fahrtrichtung, und wiederholt ließ er Fußgänger zurückschrecken, die sich beim Überqueren der Straße schon ganz sicher bei Grün geglaubt hatten. Lautes Hupen begleitete die gut halbstündige Fahrt genauso regelmäßig wie das verängstigte Aufstöhnen einiger sehr blass gewordener Passagiere.

Als hätten wir das Ende einer langen Schlucht erreicht, öffnete sich die Stadt plötzlich zum Meer hin und gab den Blick frei auf den Hafen und mehrere Fährschiffe, die mit geöffneten Heckklappen in gleißender Sonne eng beieinander am Kai lagen. Eine ziemlich große Fähre hatte vermutlich gerade erst angelegt, denn sie spuckte unablässig Fußgänger, Personenwagen und schwer beladene Lastwagen aus. Vereinzelt lagen sich Menschen fest umschlungen in den Armen und freuten sich über ihr Wiedersehen.

Der Busfahrer bog scharf nach rechts und umrundete eine Verkehrsinsel, die fast schon ein kleiner Park war, in dem etliche Rucksackreisende ganz offensichtlich übernachtet hatten. Dann gab er ein letztes Mal Gas, jedoch nur, um gleich darauf umso härter in die Bremsen zu steigen.

Endstation!

Nicht wenige Reisende waren froh darüber, mit dem Leben davongekommen zu sein, und auch der Fahrer bedankte sich – dabei vielleicht schon an die bevorstehende Rückfahrt denkend – bei seinen ihm Schutz gewährenden Heiligen, indem er sich mehrfach mit niedergeschlagenen Augen demütig bekreuzigte.

Nachdem wir der Enge des Busses entkommen waren, sang Tom ein ausführliches Loblied auf die Stadt an der Weser, in der er studierte. In Bremen sei einiges besser als in Athen, zog er ein für mich sehr schnelles Fazit seiner bisherigen kurzen Reiseerfahrung. Dabei kehrte langsam ein wenig Farbe in sein Gesicht zurück.

»Hoffentlich ist sein Bruder nicht Kapitän auf einem der Fährschiffe geworden«, hatte er jedoch auch seinen Humor bald wiedergefunden, als er mit dem Kopf auf eines der sich ganz sanft auf und ab bewegenden weißen Schiffe deutete. Wir schulterten die Rucksäcke und machten uns lachend auf den Weg zu einem der Ticketbüros am Hafen.

Mit heller Stimme, aber ganz eigener Textversion, stimmte Tom nach wenigen Schritten den sehnsüchtigen Schlager von Lale Andersen an: »Ein Schiff wird kommen, und das bringt mir die eine, die ich so lieb' wie keine, und die mich glücklich macht. Ein Schiff wird kommen und meinen Traum erfüllen und meine Sehnsucht stillen, die Sehnsucht mancher Nacht.«

Ich hatte die griechische Version von Melina Mercouri noch im Ohr, die ich wiederholt in den Tavernen am

Fuße der Akropolis gehört hatte, und gestand mir ein, dass ich nichts dagegen hätte, wenn das Schiff nicht nur »die eine« für Tom an Bord habe. Meine letzte feste Beziehung lag einige Monate zurück und war vollständig aufgearbeitet. Warum also keinen neuen Versuch starten, das ohnehin schöne Leben noch ein wenig lebenswerter zu machen? Allerdings glaubte ich schon damals nicht so recht daran, dass die eine mich glücklich machen würde, wenn ich die Grundlagen für ein glückliches Leben nicht in mir selbst finde.

»Sonntags... nie!«, unterbrach Tom meine Gedanken.

Ich schaute ihn nur verständnislos an. Zu dieser Zeit kannte ich den Spielfilm mit Melina Mercouri noch nicht, auf den mein Begleiter anspielte. Erst in den letzten Jahren hat mich der Film in immer kürzeren Abständen mit in den Hafen von Piräus genommen.

»Sonntags nie? Was gibt es heute nicht?«, wollte ich damals von Tom wissen. Er brach in Gelächter aus und belehrte mich, dass es sich um einen Filmtitel aus dem Jahre 1960 handelt, mit dem die spätere griechische Kultusministerin ihren internationalen Durchbruch geschafft hatte. Auch das griechische Mädchen aus Piräus musste in den Jahren der Diktatur ihr Land verlassen, erklärte Tom mir und erinnerte mich damit wieder an meine eigenen Gedanken, die mir im Morgengrauen auf der Dachterrasse mit den Bouzoukiklängen zugeflogen waren.

»Sie hat die sieben Jahre im Exil verbracht, in Frankreich. Sie haben sie einfach ausgebürgert und ihr den Pass abgenommen. Deshalb hatte sie in der Zeit große Schwierigkeiten zu reisen«, überraschte mich mein Begleiter mit seinem ausführlichen Wissen. Es sollte nicht das letzte Mal sein. Tom entpuppte sich in den nächsten zwei Wochen als wandelndes Lexikon. Aber auch seine hellseherischen Fähigkeiten waren beachtlich.

»Vielleicht geht sie ja eines Tages wie ihr Vater und ihr Großvater in die Politik. Ihr Alter war mal Innenminister und ihr Opa sowas wie der Bürgermeister von Athen«, schloss er seinen Ausflug in die Familiengeschichte der Mercouris ab.

Wir waren vor einem der zahlreichen Büros angekommen, die Tickets für die Fähren zu den Inseln anboten. Auf großen Tafeln auf dem Gehweg oder auf vergilbten Aushängen in den Fenstern waren die angesteuerten Ziele angegeben.

»Findest du irgendwo Preise oder Abfahrtzeiten?« Tom hatte die Suche nach einem geeigneten Reiseziel nach kurzer Zeit ergebnislos aufgegeben.

»Heute gibt es nur noch die Abendfähre nach Kreta!«

Ich hörte die Stimme eines Engels und drehte mich langsam um. Die Augen, in die ich schaute, glichen blauen Lagunen. Seitdem habe ich nie wieder daran gezweifelt, dass es Liebe auf den ersten Blick gibt – vielleicht nur ein einziges Mal im Leben.

Sonntag, 16. April 2017

Claudia hatte Tränen in den Augen, als sie – es war kurz vor sieben – das Buch zur Seite gelegt hatte und das alte Vertiko öffnete, in dem sie ihre Tagebücher hortete. An die fünfzig fein beschriebene Folgen hatte ihr bisheriges Leben prall gefüllt. Auf Anhieb fand sie das Büchlein, das sie suchte, weil es deutlich abgegriffener war als die restlichen Bände. Wie eine wertvolle antike Handschrift hatte sie das Buch aus dem Schrank genommen, mit zitternder Hand geöffnet und zielsicher die Seite aufgeschlagen, deren Eintrag sie nahezu auswendig kannte.

4. April 1976, vom Flughafen mit drei Leuten, die ich im Flugzeug kennen gelernt habe, Taxi nach Piräus geteilt. Fahrer hat uns beschissen, ist bestimmt einmal kreuz und quer durch die ganze Stadt gefahren, Angelika ist auch allein unterwegs, kennt sich ein bisschen aus, wollen um 19 Uhr zusammen die Kretafähre nehmen, die beiden anderen (Sigi und Peter) wollen ein paar Tage in Piräus/Athen bleiben, für mich: Stadt – nein, danke! Freue mich auf die Tage am Strand. Im Hafen Tom und Rudi getroffen. Zwei ziemlich lustige Vögel, schade, dass sie nicht nach Kreta wollen. Sitzen zusammen in einer Taverne am Hafen und trinken Retsina – dabei ist es noch nicht einmal mittags. »Claudia, gib immer gut auf dich acht«, sitzt meine Mutter mit am Tisch. Wenn die wüsste ... Rudi hat nach ein paar Minuten gefragt, ob er mich zeichnen dürfte. Warum nicht? Gibt es eigentlich Liebe auf den ersten Blick? Er hat wunderschöne Augen und einen sehr sinnlichen Mund! Ich könnte beim Zeichnen ruhig schreiben, hat er lachend gesagt, wenn ich ihn nur von Zeit zu Zeit anschaue. Sein Lachen gefällt mir. Vielleicht kann ich die beiden ja noch überzeugen, dass sie doch nach Kreta wollen. Was ist eigentlich los mit mir? Leichter Schwips.

Sie hatte das Tagebuch wieder zugeklappt. Nein, es gab nicht mehr den geringsten Zweifel für Claudia, dass sie in den kommenden Stunden einen Roman nach einer wahren Begebenheit lesen würde.

»Liebe auf den ersten Blick«, hatte sie geschmunzelt und war wieder eingetaucht in die erste Begegnung mit Rudi – und Tom, der Jahre später ihr Ehemann werden sollte.

Sonntag, 4. April 1976

»Das ist doch völliger Quatsch. Es gibt fast 6.000 Inseln, von denen mehr als hundert ständig bewohnt sind. Und da soll es heute keine Fähre mehr geben?«, hatte Tom sich vorschnell ins Zeug gelegt. »Fähren zu den Ägäischen Inseln gibt es zu jeder Tages- und Nachtzeit«, hatte er noch einen Satz angefügt, den ich ungeprüft von meiner zufälligen Reisebekanntschaft übernommen und an Tom weitergegeben hatte.

Mir waren Fähren in diesem Moment völlig egal. Mich schauten zwei Augen an, deren Strahlen augenblicklich das Eis Grönlands zum Schmelzen bringen würden und die jede Insel der Welt in ein tropisches Paradies verwandeln konnten.

»Kennst du Kreta?«, riss ich meine mit mir durchgehenden Gedanken in den quirligen Hafen von Piräus zurück und war selbst überrascht, wie weich mir der Name der unbekannten Insel über die Lippen kam.

»Ich heiße Claudia, und das ist Angelika. Sie war letztes Jahr auf Kreta. Wir haben uns erst vor ein paar Stunden im Flugzeug kennengelernt«, bekam ich keine eindeutige Antwort auf meine Frage.

»Wollt ihr beide nicht lieber mit uns nach Ios kommen?«, gab Tom jetzt unser mögliches Reiseziel preis. Irgendwie hatten Claudia und Angelika ihn wohl wieder an die heimliche Sehnsucht seiner Nächte erinnert.

»Wir sind Rudi und Tom«, stellte er uns vor, als seien wir seit längerer Zeit unzertrennliche Freunde. »Rudi sagt, dass Kreta wie Rimini ist.«

»So ein Quatsch! Wie kann man denn Kreta mit Rimini vergleichen«, meldete sich jetzt Angelika mit gleicher Münze wie zuvor Tom zu Wort. »Was wollt ihr denn auf Ios? Die Strände dort sind total vollgekackt, die Leute sind von morgens bis abends bekifft und beklauen sich ständig gegenseitig. Ich war im letzten Sommer ein paar Tage dort. Bin aber schnell weiter nach Kreta. Der Norden der Insel ist ziemlich öde und langweilig. Natürlich gibt es da auch schon ein paar Bettenburgen. Aber die Südküste ist einfach traumhaft.«

Allein an mich gewandt fügte Angelika noch einmal nachdrücklich hinzu: »Rimini – so ein Blödsinn.«

Zum ersten Mal bedauerte ich fast, dass ich mich auf Toms Reisebegleitung eingelassen hatte. Gleich darauf hing der Himmel aber wieder voller Geigen, als sich zu den Augen ein weiteres Mal die Stimme eines Engels gesellte.

»Ich selbst kenne Kreta nicht, aber was Angelika mir im Flugzeug über die Südküste erzählt hat, hört sich ziemlich gut an. Sie kann uns allen da vorne in der Taverne ja ein wenig mehr vom letzten Jahr vorschwärmen«, gab Claudia mir eine etwas verspätete vollständige Antwort, der ich sogleich sehr freudig zustimmte. Mein Herz schlug deutlich schneller, als sie mich dabei strahlend anlächelte. Ich hätte jeden Vorschlag von ihr angenommen, der unsere zufällige Begegnung nicht gleich wieder beenden würde.

»Dass es heute nur noch die Kretafähre am Abend gibt, stimmt übrigens wirklich«, stellte Angelika noch einmal unmissverständlich klar. »Über dem Meer tobt ein heftiger Sturm, da bleiben die kleinen Fähren im Hafen.«

Mit einem etwas spöttischen Seitenblick auf Tom fügte sie noch bissig hinzu: »Nur ganz früh am Morgen hat eine Fähre abgelegt, die jeden bewohnten Ziegenstall auf den Kykladen ansteuert. Allerdings hab ich mich nicht danach erkundigt, ob sie auch die 6.000 Inseln anfährt.«

»Das mit der Taverne war ein ziemlich guter Vorschlag. Ich könnte jedenfalls gut einen Retsina vertragen«, wandte Tom sich jetzt direkt an Claudia. Es war ihm schnell klar geworden, dass Angelika nicht die Frau war, die sich für sein Glück zuständig fühlte.

Die Augen blieben bei mir, als Claudia lachend und mit einer kleinen Portion Ironie in der Stimme auf den Vorschlag einging: »Ja, warum nicht. Genau das Richtige für den späten Vormittag.«

Eindeutig nur an mich gerichtet fügte sie noch hinzu: »Hauptsache, wir schaffen es am Abend noch auf die Fähre. Ich möchte die Nacht nicht im Hafen von Piräus verbringen.«

Ganz feine Lachfalten umspielten die Nase des Engels. Noch mehr jedoch faszinierten mich die Augen. Ich musste Claudia unbedingt zeichnen.

»Ich auch nicht! Das mit der Fähre schaffen wir schon«, hörte ich mich ganz leise antworten. Vielleicht war es aber auch nur ein Gedanke.

Wenige Minuten später saßen wir auf ziemlich unbequemen Holzstühlen, deren aus grobem Hanfseil geflochtene Sitzflächen sich schnell unangenehm in das Fleisch bohrten, vor einer der zahlreichen Tavernen am Hafen und gaben unsere Bestellung auf. Bald brachte ein schlurfender, alter Kellner eine mit einem Kronkorken verschlossene Halbliterflasche des traditionellen griechischen Weines und stellte sie vor uns auf den Tisch, daneben vier große Wassergläser und eine kleine Schale mit Oliven. Der Kronkorken landete im hohen Bogen auf der Straße. In der Mittagssonne würde er sich, wie zuvor schon ungezählte andere, in den weichen Asphalt bohren und so Teil des Denkmals eines langen Arbeitslebens werden.

»Jamas!«, rief Tom laut in die Runde, nachdem er die kleine Flasche gleichmäßig auf vier Gläser verteilt hatte. Er klopfte dabei mit dem Glasboden kräftig auf die Holzfläche des Tisches.

»Wisst ihr, warum die Griechen das machen?«, gab er eine Frage in die Runde, auf die er nicht wirklich eine Antwort erwartete. »Sie wollen ganz einfach mit allen Sinnen etwas vom Trinken haben«, erklärte er uns ohne Umschweife.

Es wirkte auf mich ein wenig großspurig, als er eine kurze Pause einlegte und uns der Reihe nach bedeutungsvoll anschaute.

»Die wunderschönen Augen sehen die leuchtend gelbe Farbe des Weins«, setzte er nach einigen Sekunden seine Ausführungen fort. Seine Worte und Blicke waren dabei eindeutig nur an Claudia gerichtet, und ich muss zugeben, dass ich zum zweiten Mal an diesem Tag die Wahl meines Reisebegleiters ein wenig bedauerte.

»Die Hände am Glas ertasten die frische Kühle des Weines, und die Nase atmet den harzigen Duft ein«, fügte er eine kleine theatralische Einlage hinzu, die durchaus großes schauspielerisches Talent verriet. Er brachte die beiden Frauen damit heftig zum Lachen.

»Die Zunge! Was ist mit der Zunge?«, fragte er in die Runde, jedoch nur, um sich gleich darauf direkt an Angelika zu wenden.

»Sie ist keinesfalls nur für die scharfen Worte zuständig, vielmehr unterscheidet sie auch den feinen Geschmack des Weines.«

Angelika suchte mit schmalen Augen nach einer Erwiderung, aber Tom hatte sich schon mir zugewandt: »Was ist mit den Ohren, Rudi?«

Ich kam mir vor wie ein kleiner Schuljunge, als ich gehorsam nach einer passenden Antwort suchte. Mein Engel rettete mich.

»Ich schließe langsam meine Ohren, weil Fragen über Fragen bohren. Was soll schon mit den Ohren sein, Tom? Ich dachte, wir wollen den Retsina trinken und nicht totquatschen. Prost!« Mit erhobenem Glas hatte Claudia den Ausflug in die griechischen Trinksitten augenblicklich beendet.

Angelika gab dem Ganzen eine weitere heitere Note, indem sie einen Finger ins Glas steckte und einen Tropfen Retsina ans Ohr tupfte. »Mein Ohr sagt, der Retsina schmeckt nach Tannenbaum. Es möchte lieber einen Ouzo.« Jetzt mussten wir alle lachen.

Tom ergriff sofort die Gelegenheit und bestellte beim Kellner vier Ouzo. »Könnt ihr eigentlich Doppelkopf?«, wechselte er das Thema und machte damit einen Vorschlag, dem alle gerne folgten. Allerdings konnte das Kartenspiel noch ein wenig warten.

»Darf ich dich zeichnen?« Ich hatte nicht über die Frage nachgedacht. Sie war einfach aus mir herausgebrochen. Ich konnte nicht anders. Ich war fasziniert von einer Frau, die ich erst seit wenigen Minuten kannte. Ich war fasziniert von Claudia. Wie ein Magnet zog sie mich an, und es bereitete mir fast körperliche Schmerzen, dem Sog nicht nachzugeben, der von ihr ausging. Wohl zur Sicherheit rückte ich ein ganzes Stück von ihr ab.

Eine halbe Ewigkeit verging, bis Claudia mir antwortete. Sie hatte den Kopf leicht in den Nacken gelegt und sah mich aus Augen an, die alle Geheimnisse der Welt enthielten. Ich wusste nicht, ob Sekunden oder Stunden vergangen waren, bis sie mir mit wenigen Worten ihr Einverständnis gab: »Warum nicht? Ich wollte gerade ein wenig Tagebuch schreiben. Wenn es dich nicht stört, dass ich schreibe, kannst du mich gerne dabei zeichnen.«

»Kein Problem. Nur ab und zu musst du mich anschauen.« Schon kramte ich in meiner alten Army-Tasche nach meinem Block und den Stiften. Mein Herz hüpfte vor Glück, und dieses Gefühl breitete sich schnell wie ein wärmender Mantel im ganzen Körper aus. Ich war rettungslos verliebt.

Sonntag, 16. April 2017

An dieser Stelle hätte Claudia das Buch ohne weiteres beiseitelegen können, denn sie wusste auch ohne den Roman in ihren Händen noch ganz genau, wie der Tag vor mehr als vier Jahrzehnten weitergegangen war. Sie erinnerte sich an jede Einzelheit, als sei es gestern gewesen.

In der nächsten halben Stunde hatte es zwischen Rudi und ihr nur Blicke gegeben. Kein einziges gesprochenes Wort hatte dieses stille Einverständnis unterbrochen. Als habe es im Hafen von Piräus etwas gegeben, was nur für Claudia und Rudi wahrnehmbar war, hatten sich zwei Menschen im völligen Einklang durch die Zeit bewegt.

Nach wenigen Augenblicken hatte Claudia gespürt, wann Rudi einen Blick von ihr einfangen wollte, den er in den folgenden Minuten mit sicherer Hand auf dem Papier ausformen würde. Genauso hatte sie aber auch in stiller Übereinkunft wahrgenommen, wann sie sich voll und ganz ihrem Tagebuch widmen konnte, weil der Künstler – ganz in sich gekehrt – ausschließlich mit seiner Arbeit beschäftigt war.

Schon bald hatte Rudis Blick ihre Bewegungen gelenkt. Es brauchte keine Worte, damit sie den Kopf etwas mehr ins Profil drehte, um die Konturen ein wenig zu schärfen. Es bedurfte keiner Anweisung, damit sie ihr Kinn leicht anhob, weil dadurch die Schatten eine Nuance anders fielen. Apollon, der Gott der schönen Künste, hatte still mit am Tisch gesessen. Er hatte seine Muse gefunden.

Wenn Rudi mich anschaut, ist es, als ob er mich berührt, hatte Claudia ihrem Tagebuch anvertraut, das sie heute in den frühen Morgenstunden ein weiteres Mal aufgeschlagen hatte. *Sein Blick fordert nichts, und doch bin ich bereit, ihm alles zu geben. Während er zeichnet, spüre ich, dass er völlig eins mit mir ist. Ich habe so etwas noch nie erlebt.*

Tom hatte währenddessen eine zweite Flasche Retsina bestellt und ein speckiges Kartenspiel aus seinem Rucksack gezaubert, das wohl schon so manche Bekanntschaft mit einem klebrigen Kneipentisch hinter sich hatte, konnte sich Claudia haargenau an jede Einzelheit des so lange zurückliegenden Tages erinnern. Überhaupt hatte Tom sich ziemlich gut aufs Zaubern verstanden, war Claudia wieder eingefallen, denn er hatte Angelika in der Zeit, die sie mit Rudi in einer anderen Welt verbracht hatte, pausenlos mit verschiedenen Kartentricks verblüfft und so das Eis zwischen den beiden vorübergehend ein wenig zum Schmelzen gebracht.

Immer wieder hatte er zwischendurch jedoch – wenn auch erfolglos – versucht, auf Rudi und sie einzureden, dass sie sich ein wenig beeilen mögen, damit das gemeinsame Spiel endlich beginnen könne.

»Auf der Fähre haben wir noch genug Zeit und du kannst ja schon mal die Tickets besorgen«, hatte Rudi seine Arbeit nur für einen einzigen wortkargen Satz an Tom unterbrochen, den Blick dabei jedoch bei ihr gelassen. Die Erinnerung an die wenigen Worte von Rudi schmeckten für Claudia auch nach über vierzig Jahren noch wie kretischer Honig.

»Wenn du willst, bis zu den Sternen«, hatte der Künstler ihr zugeflüstert, als Claudia ihn schließlich nach beendeter Zeichnung etwas unsicher gefragt hatte, ob er wirklich am Abend mit nach Kreta fahre. Ihr Herz hatte vor Glück gehüpft, und dieses Gefühl hatte sich bald wie ein über einer Mohnblumenwiese tanzender Schmetterling im ganzen Körper ausgebreitet. Sie war rettungslos verliebt.

»Endlich können wir anfangen. Das hat ja eine kleine Ewigkeit gedauert. Zweite Dulle sticht die erste«, hatte Tom dann versucht, schnell alle Gedanken auf das vereinbarte Doppelkopfspiel zu lenken. Ohne einen eventuellen Widerspruch abzuwarten, hatte er angefangen, die Karten zu mischen und in vier gleiche Stapel aufzuteilen.

»Ich spiele grundsätzlich nur ohne Neunen«, hatte Angelika daraufhin eine für sie unumstößliche Spielregel festgelegt, als Tom zwölf Karten vor ihr abgelegt hatte.

»Mit Neunen, so ein Quatsch. Das ist doch Kinderkram«, hatte sie noch spitz hinzugefügt und damit das kurze Tauwetter zwischen den beiden zunächst wieder auf Eis gelegt.

»Einigt euch erst einmal auf die Spielregeln. Mir ist es völlig egal, wie wir spielen. Ich gehe vorher noch los und kaufe das Ticket für die Abendfähre«, hatte Rudi sich erhoben. An Tom gewandt hatte er noch hinzugefügt: »Was ist mir dir? Ios oder Kreta?«

Es war Claudia damals nicht klar geworden, welche Kämpfe Tom in seinem Kopf ausgefochten hatte, musste sie sich am heutigen frühen Morgen eingestehen, als sie die Szene noch einmal in jeder Einzelheit durchlebt hatte. Mal hatte Tom die Lippen fest verkniffen gehalten, dann wieder war ein kurzes Grinsen durch sein Gesicht gehuscht, das gleich darauf wieder erstarrt war. Abwechselnd hatte er in die Runde geschaut.

»Mensch Rudi, denke an Rimini! Du hast doch gesagt, das ist das Letzte für dich«, hatte er sich kopfschüttelnd an seinen Reisegefährten gewandt, den er doch kaum kannte. »Du weißt wirklich nie, was du willst.«

Gleich darauf hatte er Angelikas Worte aufgegriffen: »Sie war immerhin schon einmal auf Kreta und sagt, dass es totaler Quatsch ist, was du redest.«

Claudia erinnerte sich bis auf den heutigen Tag nur zu gut daran, dass Toms Blick danach ziemlich lange, etwas zu lange, bei ihr hängengeblieben war, bevor er entschieden hatte: »Na gut Claudia, wenn du so gerne möchtest, dass wir mitkommen, warum nicht?«

Rudi war mit keinem einzigen Wort auf Toms Spitzen eingegangen, und kurz darauf waren die beiden

Männer zusammen aufgebrochen, um sich die Fahrscheine für die Abendfähre zu sichern. Claudia hatte sich in den folgenden Minuten mit Angelika über die unerwartete männliche Reisebegleitung unterhalten, und schnell hatte sich herausgestellt, dass Angelika seit über zwei Jahren in einer festen Beziehung lebte. Die wolle sie auf gar keinen Fall gefährden, und deshalb würde sie auf ihrer Reise keinerlei Wert auf männliche Annäherungsversuche legen, hatte sie nachdrücklich betont.

»Aber zwischen dir und Rudi knistert es ja wie Feuer«, hatte Angelika sich lachend zu den Ereignissen der letzten halben Stunde geäußert.

»Wenn mir euer kleines Glück in den nächsten Tagen zu sehr auf die Nerven geht, kann ich ja jederzeit alleine weiterreisen«, hatte sie ihre Unabhängigkeit betont.

Zu Claudias großer Überraschung hatte sie dann noch angefügt, dass Tom ohnehin mehr ihr Typ wäre.

»Manchmal wirkt er etwas melancholisch, und hinter seiner aufgesetzten Theatermaske verbirgt sich etwas sehr Sentimentales. Ich glaube, dass er im Grunde sehr einfühlsam ist«, konnte oder wollte sie ihr gerade abgeschlossenes Grundstudium in Psychologie nicht verbergen.

Zwanzig Minuten später waren Rudi und Tom mit den Fahrscheinen für die Abendfähre nach Kreta in die Taverne zurückgekommen. Auch sie hatten sich augenscheinlich über die unerwartete Situation unterhalten, waren aber gänzlich verstummt, als sie in Hörweite der beiden Frauen angekommen waren.

Bald darauf hatten sie zu viert am Tisch gesessen und den Nachmittag mit lockerer Plauderei, Kartenspiel, Retsina und freudiger Erwartung ausgefüllt. Die flüchtigen Berührungen zwischen Rudi und ihr waren immer weniger zufällig gewesen, hatte Claudia sich mit aufgewühlten Sinnen erinnert und sich dann in die nächsten Seiten des

Romans vertieft, dessen Geschehnisse mehr als vierzig Jahre zurücklagen.

Roman nach einer wahren Begebenheit. Satz für Satz hatte Claudia auch auf den nächsten Seiten ihre eigenen Erinnerungen bestätigt gefunden, und bald hatte sie für sich ein Spiel daraus gemacht, den Inhalt der folgenden Seite vorwegzunehmen.

Wahre Begebenheiten!

Dieses eine Wort hatte unvermittelt angefangen, wie wild in ihrem Kopf zu hämmern: Begebenheit, Begebenheit, Begebenheit ...

»Es begab sich aber zu der Zeit, dass du einfach verschwunden bist, Rudolph von Bargen«, hatte die Bitterkeit einen Versuch gewagt, sich einen Platz auf dem bequemen Lesesessel zu erobern.

Sie müsse sich zusammenreißen, hatte Claudia sich eingeredet. Sie dürfe nicht vorschnell urteilen. Am Ende des Buches würde sie sicher eine Erklärung finden. Es musste einfach eine Erklärung geben, hatte sie eine Zeit lang vergeblich versucht, den aufgewühlten Puls zu beruhigen. Was genau war vor 41 Jahren geschehen? Was für schöne Worte hatte Rudi wohl für diese »Begebenheit« gefunden?

Immer aufgeregter werdend, hatte Claudia angefangen, die Seiten des Romans nur noch zu überfliegen.

Mehr und mehr Rucksackreisende hatten sich im Laufe des Tages in der Taverne eingefunden, und immer neue »Geheimtipps« hatten die Runde gemacht. Orte an Kretas Südküste waren aufgetaucht, deren Schönheit und einzigartiger Charme durch nichts auf der Welt zu ersetzen war. Hundertprozentig die einzige Wahrheit!

»Ihr müsst unbedingt ...«, hieß der allgegenwärtige Reiseführer.

»Ihr müsst unbedingt nach Sougia fahren und dann weiter nach Paleochora. Es gibt einen Fußweg an der Küste entlang. Aber nichts für schwache Nerven. Im letzten Jahr sind zwei Leute an der Steilküste abgestürzt.«

»Ihr müsst unbedingt durch die Schlucht nach Lissos laufen und dort übernachten. Aber Achtung! Es gibt dort Schlangen!«

»Ihr müsst unbedingt ein paar Tage in Chania bleiben. Nirgendwo auf Kreta gibt es so tolle Tavernen, wie am alten venezianischen Hafen.«

»Ihr müsst unbedingt nach Agia Galini fahren. Bei Stavros gibt es das beste Moussaka der ganzen Insel.«

»So ein Quatsch, Agia Galini. Ihr müsst unbedingt nach Pitsidia fahren. Fast jede Nacht spielt der alte Markos in der Taverne am Platz auf der Lyra. Dann werden kleine Fische auf den Herd geworfen, und jeder futtert so viel er will.«

»Ihr müsst unbedingt nach Matala. Einfach toll, dort in einer der Höhlen zu wohnen.«

Claudia erinnerte sich, wie Rudi ihr am späten Nachmittag ins Ohr geflüstert hatte: »Warum beginnt die überall angepriesene Freiheit eigentlich so oft mit den Worten: Ihr müsst unbedingt ...?«

Sie hatte ihm geantwortet: »Du musst mich nachher auf der Fähre unbedingt ins Bett bringen. Ich bin ein wenig betrunken.«

Die Erinnerung an den ersten scheuen Kuss, den sie zur Antwort bekommen hatte, schmeckte für Claudia auch nach so langer Zeit noch so sanft wie ein milder kretischer Frühlingstag.

Die Erinnerung an die folgende nächtliche Überfahrt auf dem Oberdeck war mit den Jahren in ungezählten sternenklaren Nächten immer wieder in Claudia lebendig geworden. Sie wohnte tief in ihr.

Die nur überflogenen Worte von Rudi, die er für ihre ersten gemeinsamen Tage gefunden hatte, ließen für Claudia den Gedanken nicht mehr zu, dass sie nur ein »albernes

Spielzeug« für ihn gewesen sei. Rudi hatte sie geliebt, wie sie ihn geliebt hatte. Er hatte für die nächtliche Überfahrt mit ihr auf dem Oberdeck Worte gefunden, die sie tief berührt hatten: über mir – *dort wo die Menschen das Paradies vermuten – war endlose Finsternis. Neben mir hatte ein Engel seine Schlafmatte ausgerollt, und die Hand des himmlischen Wesens ruhte in meiner. Ich glaubte, in den ruhigen Atemzügen eine Melodie zu erkennen.*

»Manchmal ein wenig kitschig«, hatte ihre Freundin über den Roman gesagt.

»Soll sie ruhig weiter an ein Märchen glauben«, hatte Claudia beim Lesen still in sich hineingeschmunzelt.

Erst nachdem sie an die dreißig Seiten des Buches nur überflogen hatte, konnte sie sich wieder zur Ruhe zwingen. Bald war Claudia – es war gegen acht Uhr an diesem Morgen gewesen – eingetaucht in die erste, unvergessliche Wanderung auf kretischem Boden. Es war am dritten gemeinsamen Tag mit Rudi gewesen.

Mittwoch, 7. April 1976

Ein ziemlich betagter Bus hatte uns vorgestern am frühen Nachmittag in einem kleinen, nichtssagenden Ort namens Kokkinos Pyrgos ausgespuckt. Sie kenne das Dorf zwar nicht persönlich, aber ein guter Freund habe ihr kurz vor der Abreise aus Deutschland sehr glaubhaft versichert, dass es dort noch ganz ursprünglich zugehe, hatte Angelika uns am Busbahnhof von Heraklion überzeugt, die Reise in den Süden der Insel gemeinsam fortzusetzen.

»Hauptsache wir landen nicht mitten im Schweinestall«, hatte Tom lachend in die Runde geworfen und uns wieder einmal erwartungsvoll der Reihe nach angeschaut. Niemand verstand den Grund seiner Heiterkeit, und so fügte er erklärend hinzu: »Keine Ahnung, was *Kokkinos* auf Griechisch bedeutet, aber es hört sich genauso an wie das spanische *Cochinos*, also die ›Schweine‹.« Nach kurzem Zögern hatte er noch an mich gewandt hinzugefügt: »Ein Cochino kann aber auch ein Mistkerl sein.«

Eine für mich greifbare Spannung lag in der Luft, als wir in den Bus stiegen, die sich aber schnell wieder auflöste, als nach kurzer Fahrt in der Ferne die schneebedeckten Gipfel des Ida-Gebirges auftauchten. Soweit es das Ruckeln des Busses zuließ, skizzierte ich während der Fahrt die eindrucksvolle kretische Landschaft. In mir war beim Anblick dieser Naturschönheit tiefe Ruhe eingekehrt.

Ich hatte einen tiefen Frieden mit der Welt um mich herum geschlossen. Endlich tiefer Frieden!

Ich will es aber gerne zugeben, dass ich bei der Ankunft in Kokkinos Pyrgos ein wenig enttäuscht von unserem gewählten Reiseziel war. Von einsamen Stränden, an denen vom Meer her beständig eine kühlende Brise weht, hatte ich eine völlig andere Vorstellung. Der Dorfstrand, an dem wir unser erstes Nachtlager aufgeschlagen hatten, war grau und steinig. Überall in der Landschaft, und auch direkt am Strand, türmten sich meterhohe Gebirge aus Plastikfetzen auf, die der stürmische Wind den Planen der Gewächshäuser entrissen hatte. So weit das Auge reichte, bedeckten in der Sonne glitzernde Plastikdächer die unzähligen Anbauflächen der fruchtbaren Ebene. Bedenkenlos wurde der giftige Müll an mehreren Stellen offen verbrannt, oder er wehte tonnenweise ins libysche Meer.

Kretischer Sündenfall.

Nein, der Garten Eden war unser erstes Reiseziel sicher nicht. Der Baum der Erkenntnis wäre mit hoher Wahrscheinlichkeit kein Apfelbaum, sondern eine Tomatenstaude gewesen, wenn sich hier die Geschichte von Adam und Eva abgespielt hätte.

Im kleinen Hafen des Dorfes dümpelten ein paar Fischerboote vor sich hin. Sie versorgten die einfachen Tavernen der Gegend mit köstlichem Fisch und Meeresfrüchten, die dem Himmelsbrot, dem Manna, allerdings schon sehr nahe kamen.

Das Wichtigste für mich aber war: Ich hatte zweifellos meine Eva gefunden, auch wenn sie Claudia hieß. Wir waren seit der morgendlichen Ankunft im Hafen von Heraklion unzertrennlich. Und so wurde selbst dieser ein wenig trostlose Ort an Kretas Südküste für mich zur Insel der Glückseligkeit.

Nachdem wir gestern zu viert die nähere Umgebung zwischen Timbaki und Agia Galini erkundet hatten, wollten Claudia und ich heute ganz früh alleine zu einer Wanderung in die Messara-Ebene aufbrechen. Im Frühling durch die Ebene zu wandern, sei ein einziger Rausch der Sinne, versprach mein abgewetzter Reiseführer. Mohnblumen und Margeriten säumten überall die Wegesränder, und die Luft sei geschwängert vom Duft unzähliger Kräuter. Dieses kretische Frühlingserwachen wollten wir uns keinesfalls entgehen lassen, wenn wir schon einmal hier in der Gegend gelandet waren. Danach aber wollten wir uns nach einem Ort umschauen, der ein wenig mehr Idylle zu bieten hatte. Es gab eine tägliche Busverbindung in den Westen der Insel, hatte ich in Erfahrung gebracht.

Am gestrigen Abend hatten wir uns ein wenig vom Dorfstrand abgesetzt, an dem sich eine weitere Gruppe Rucksackreisender eingefunden hatte, um ein kleines Fest zu feiern. Tom hatte reichlich Holz für ein Lagerfeuer zusammengetragen. Gemeinsam mit Bernie, einem spaßigen Engländer, dessen Gepäck offenbar nur aus einem Schlafsack und einer Gitarre bestand, hatten die beiden und etliche Flaschen Retsina bald rund um das Feuer für beste Laune gesorgt. Es gab keinen Song, den Bernie auf der Gitarre anstimmte, dessen Text Tom nicht bis zur letzten Strophe singen konnte. Neil Young, Simon & Garfunkel, die Beatles. Besonders aber liebte er die melancholischen Lieder von Leonard Cohen. *Waiting for the miracle.*

Ich beneidete Tom fast ein wenig um seine Textsicherheit, denn, ehrlich gesagt, tat ich mich zu dieser Zeit ziemlich schwer damit, die englischen Texte für meine sporadischen Auftritte mit der Band auswendig zu lernen. So war das Programm an den Abenden, an denen ich sang, manchmal ein wenig begrenzt. Ich nahm mir fest vor, daran zu arbeiten, wenn ich wieder nach Hause käme. Aber wo war eigentlich mein Zuhause? »Rudi, Kreta«, lautete meine derzeitige Anschrift.

In dieser Nacht jedenfalls hatte ich ein Zuhause gefunden. Es war kein Ort. Es war etwas in mir, das ich nicht beschreiben konnte. Es war ein Gefühl.

Ich hatte mir mit Claudia einen lauschigen Schlafplatz jenseits des Hafens gesucht. Dort feierten wir unser ganz eigenes Fest der Sinne. Nie zuvor in meinem Leben habe ich einen Menschen so sehr begehrt, nie zuvor in meinem Leben bin ich so sehr begehrt worden, wie in dieser sternenklaren Nacht unter kretischem Himmel. Nie zuvor in meinem Leben habe ich einen anbrechenden Tag so voller Glück begrüßt wie diesen ersten Mittwoch im April des Jahres 1976.

Kurz nach Sonnenaufgang hatte ich mich behutsam aus Claudias Umarmung gelöst. Es schmerzte fast. Ich fühle es bis heute: Es war, als hätte ich ein Stück meines eigenen Körpers von mir abgetrennt.

Am menschenleeren Strand hatte ich mich gerade splitternackt den Wellen überlassen, als sich auch Claudia aus dem Schlafsack pellte.

»Komm rein, es ist noch ziemlich kalt, aber einfach himmlisch«, machte ich einen zaghaften Versuch meinen Körper wieder zu vervollständigen. Aber Claudia lachte nur und schaute vom Ufer aus zu, wie ich mich den Fluten überließ.

Rudi, Hamburg, plapperte eine Stimme in mir. Eine zweite Stimme mischte sich mit den Worten ein: Liebe braucht keine Heimat, Liebe *ist* die Heimat.

Als ich nach wenigen Minuten aus dem Wasser kam, erwartete Claudia mich mit einem Handtuch, das sie ganz fest um mich schnürte. »Ich packe dich ein und nehme dich mit zu mir nach Hamburg«, lachte sie und versuchte sich an einem Knoten. Ich liebte die feinen Lachfalten, die ihre Nase dabei umspielten.

*

Es würde wieder ein wolkenloser Tag werden. Eine frohe Erwartung lag in der Luft, und die Erinnerung an die vergangene Nacht hatte sich in jeder Faser meines Körpers ausgebreitet. Ein tiefes Glücksgefühl ging mit mir auf die Reise, und Claudia wirkte nicht weniger glücklich. Um kurz nach acht standen wir mit ausgestreckten Daumen an der staubigen Straße nach Timbaki und hofften darauf, möglichst schnell in die nahe Kleinstadt mitgenommen zu werden, um dort erst einmal ausgiebig zu frühstücken. Zu dieser frühen Stunde hatte in Kokkinos Pyrgos noch keine der wenigen Tavernen geöffnet, und mehr als eine überreife Apfelsine und eine kleine Flasche Wasser gab unser eigener Vorrat nicht her. Ich war nach dem nächtlichen Rausch der Sinne gerne bereit, das sprichwörtliche Leben von Luft und Liebe vorübergehend anderen zu überlassen. Mein Magen knurrte laut vernehmlich und freute sich auf Spiegeleier, einen griechischen Kaffee und dazu ein Glas frisch gepressten Orangensaft.

Aber es kam zunächst ein wenig anders als gedacht. Nach wenigen Minuten hielt mit einer Vollbremsung ein Taxi direkt neben uns, und aus dem weit geöffneten Fenster strahlte Tom uns aus freudigen Augen an.

»Los, steigt ein. Wird ein bisschen eng. Aber es sind ja nur ein paar Kilometer. Wir kommen alle mit, haben wir gestern Abend beschlossen. Claudia hinten. Rudi, du mit vorne.«

Wir waren viel zu überrascht, um den Vorschlag abzulehnen und stiegen in den alten Daimler, in dem bereits vier Fahrgäste Platz gefunden hatten. Neben Tom und Angelika waren auch Bernie und Conny, eine sehr sympathische Österreicherin, die davon lebte, selbstgefertigten Schmuck zu verkaufen, mit von der Partie. Conny wollte der Alpenrepublik dauerhaft den Rücken kehren. Die Menschen dort seien ihr viel zu spießig. Sie träumte von einem kleinen Laden in Matala oder Agia Galini, hatte sie uns gestern Abend vorgeschwärmt. Zwar liebe sie die Berge in Österreich, aber ohne Meer seien Berge für sie wie Fische ohne Wasser, hatte sie einen Vergleich angeführt, dem alle sogleich folgen konnten.

Ich zwängte mich zu Bernie, den nichts aus der Ruhe bringen konnte, auf den Beifahrersitz, während Claudia mehr oder weniger auf dem Schoß von Tom landete. So hatte ich mir unseren kleinen Ausflug ins große Glück eigentlich nicht vorgestellt, gestand ich mir ein. Die so offensichtlich gute Laune in der Gruppe ließ aber keinen Raum für derart dunkle Gedanken, zumal in mir der vage Verdacht keimte, dass eine völlig unbegründete unterschwellige Eifersucht auf meinen zufälligen Reisebegleiter mit im Spiel war. Toms Werben um Claudias Aufmerksamkeit war nicht zu übersehen. Seit dem ersten Treffen im Hafen von Piräus stand eine immerwährende Rivalität zwischen uns.

So ein Quatsch!

Ich nahm mir ganz fest vor, diesem alten Gefühl, dem jede reale Grundlage fehlte, keinerlei Macht über mich und den vor uns liegenden Tag einzuräumen. Claudia hatte eine eindeutige Entscheidung getroffen, mit wem sie ihre Tage und Nächte verbringen wollte. Wir liebten uns.

Vereinzelte Orangenbäume zu beiden Seiten der Straße holten mich nach kurzer Fahrt wieder in die Gegenwart zurück. Sie erinnerten mich an meinen leeren Magen. Timbaki lag bereits ein gutes Stück hinter uns, als Claudia eine Frage stellte, die mich auch brennend interessierte: »Wohin fahren wir eigentlich? Rudi und ich haben noch nicht gefrühstückt.«

Tom lachte sein helles Lachen und stimmte augenblicklich mit theatralisch schmachtender Stimme einen Filmtitel an. Audrey Hepburns *Moon River* aus Frühstück bei Tiffany. Er kannte wirklich jede Melodie und jeden Text.

»Ich habe gestern Abend noch hart mit dem Fahrer verhandelt«, erklärte Tom uns nach seiner kurzen Gesangseinlage. »Er fährt uns für siebzig Drachmen bis zur Palastanlage von Festos. Die liegt auf einer Anhöhe mit herrlichem Blick über die Ebene. Von da aus können wir runter ans Meer laufen. Conny kennt sich in der Gegend bestens aus. Ihr ward ja leider schon verschwunden, als sie uns gestern am Feuer davon erzählt hat.«

Natürlich kannte Tom auch die Geschichte der prähistorischen Ausgrabungsstätte und begann mit einer Erklärung: »Die ältesten Funde hier sind uralt. Frühminoische Zeit.«

Es war Angelika, die Tom wieder einmal etwas scharfzüngig unterbrach: »Ich hasse Vorlesungen, die vor zehn Uhr beginnen. Besonders wenn ich am Abend vorher zu viel Retsina getrunken haben. Sicher gibt es bei den ollen Steinen auch eine Taverne, ich könnte auch noch gut einen Kaffee gebrauchen.«

Augenblicklich wechselte Tom das Thema. Ein wenig verzögert und über das ganze Gesicht grinsend schlug er vor: »Ich könnte ja noch ein paar Drachmen drauflegen, damit die Fahrt nicht so schnell zu Ende ist. Wie wäre es mit einer Inselrundfahrt. Es ist so schön kuschelig hier. Was meinst du, Rudi?«

Der Tag war einfach zu schön, um ihn mit sinnlosen Reibereien zu vergeuden. Ich schwieg.

Nach wenigen Kilometern bog der Fahrer rechts ab, und in den Gestank des Diesels mischte sich köstlich der durchdringende Geruch der Orangenplantagen, die die Straße zu beiden Seiten säumten. Dicht an dicht standen hier die Bäume, und die reifen Früchte leuchteten in der Morgensonne. Nach einem kurzen Anstieg, der seinem betagten Gefährt alles abverlangte, bog der Fahrer scharf in eine Haarnadelkurve, und einen Moment lang war ich recht froh darüber, nichts im Magen zu haben. Nach zwei weiteren Spitzkehren hatten wir unser Ziel erreicht. Es sollte der Ausgang für eine unvergessliche Wanderung werden.

Am Anfang aber stand die Erkenntnis, in Zukunft vor einer solchen Unternehmung die Versorgung besser zu bedenken. Mehr als eine Rolle zuckersüßer Kekse, einen Schokoriegel und eine Flasche Wasser fanden wir in dem kleinen Kiosk nicht, der gerade seine Türen öffnete.

Sonntag, 16. April 2017

Es sollte der Ausgang für eine unvergessliche Wanderung werden. Wie hatte dieser eine Satz Claudia in eine Welt mitgenommen, die aus Abermillionen Blüten bestand. Mohnblumen und Margeriten. Wie war der Duft jenes Tages ihr in die Nase gestiegen, als stehe ihr Lesesessel an einem Wegesrand mitten in der Messara-Ebene. Thymian und Salbei. Dazu kamen die ungezählten Schmetterlinge in ihrem Bauch, von denen etliche die Zeit ganz offenbar unbeschadet überstanden hatten. Noch einmal hatte Claudia die erste Seite des Buches aufgeschlagen.

Manche Blüten sind einfach
nur Blüten,
andere dagegen
das Archiv
ungezählter Erinnerungen.

Als sei es erst gestern gewesen, hatte sich am frühen Morgen eine ganz frisch verliebte 62-jährige Frau Hand in Hand mit Rudi noch einmal auf die Wanderung vor mehr als vier Jahrzehnten begeben.

Gedankenwanderung!

Am Anfang aber stand ein köstliches Frühstück. Schon wenige hundert Meter, nachdem sie der Enge des Taxis entkommen waren, hatten sie im Dörfchen Agios Ioannis eine geöffnete Taverne gefunden. Ein uraltes Mütterchen hatte in kürzester Zeit in einer winzigen Küche Omelette mit Tomaten und Schafskäse, Joghurt mit kretischem Honig und süßen griechischen Kaffee zubereitet. Dazu gab es ein Glas frisch gepressten Orangensaft, der nie wieder so köstlich geschmeckt hat wie an diesem einzigartigen Morgen.

Voller Wärme hatte sich Claudia an die alte Frau erinnert, die nach dem Frühstück zu ihr gekommen war, um ihr mit knöcherner Hand durch das blonde Haar zu fahren. Einige Sekunden hatte die Hand danach ruhig auf ihrer Schulter gelegen, um ihr dann fast ein wenig ehrfürchtig über die Wange zu fahren.

»Sie glaubt genau wie ich, dass du ein Engel bist«, hatte Rudi ihr mit strahlenden Augen zugeflüstert und dann mit übertrieben deutlicher Aussprache ihre beiden Namen genannt: Claudia und Rudi. Darauf war etwas passiert, was Claudia bis heute in ungläubiges Erstaunen versetzte. Die Alte war in ein lautes, freudig klingendes Palaver ausgebrochen, das gar nicht mehr enden wollte, bis für Claudia schließlich nur noch ein Wort im Raum gestanden hatte: Baby.

Hatte Rudi es auch verstanden? Hatte sie allein es aus dem griechischen Wortschwall herausgehört? War es nur eine Einbildung? Ihre eigene Gedankenwelt?

Claudia hatte sich voller Liebe an die zurückliegende Nacht erinnert. Noch einmal hatte sie Rudis nicht endende Zärtlichkeit gespürt, bis sie auf dem Höhepunkt der Lust ganz und gar eins mit ihm geworden war. Hatte sie in dieser Nacht ein Kind von Rudi empfangen?

Der Gedanke hatte Claudia tief beglückt, aber zugleich auch tief beunruhigt. Sie kannte Rudi doch überhaupt nicht. Sie waren sich erst vor wenigen Tagen zufällig im Hafen von Piräus begegnet. Zufällig? Claudia war sich absolut sicher, dass sie ihr ganzes Leben mit Rudi teilen wollte.

Es war Tom gewesen, der der Situation schließlich jeden Zauber genommen hatte.

»Was will sie von uns? Barbier, Barbier! Rudi, ich glaube, sie will uns zum Frisör schicken, besonders dich mit deiner Matte. Komm, lass uns lieber abhauen. Sonst kommt ihr Alter noch mit einer Schafschere.«

»Ich möchte sie gerne zeichnen«, hatte Rudi nur geantwortet, dann aber doch zugestimmt, dass sie sich auf den Weg machten. Die Sonne hatte in der Zwischenzeit einige Sprossen der Himmelsleiter erklommen und strahlte hoch vom wolkenlosen Himmel.

Mittwoch, 7. April 1976

Wir fanden in einem nahegelegenen kleinen Dorf eine geöffnete Taverne und holten erst einmal das immer noch ausstehende Frühstück nach. Eine Zeit lang hatte ich nur Augen für die uralte Wirtin, die sich mit unerwartet flinken Händen in einer kleinen Küche im hinteren Teil des Raumes zu schaffen machte. Mit sicheren Bewegungen zog sie ein paar Äste aus dem Reisigbündel vor dem Herd und schürte das Feuer. Im hellen Schein der lodernden Flammen sah ich in ein faltiges Gesicht, das alle Gebirge dieser Welt in den Schatten stellte. Ihr Antlitz war ein Gemälde, das alle Höhen und Tiefen des menschlichen Seins kannte. Die Last des Alters hatte ihre Schultern stark gebeugt, aber sonst ging diese Frau so aufrecht durchs Leben, wie ein Mensch nur gehen kann. Einen Moment musste ich an meinen Vater denken, dem der aufrechte Gang zeitlebens fremd geblieben war. Ich bemühte mich, diesen Gedanken rasch wieder abzuschütteln. Der Tag war einfach zu schön, um ihn mit Bitterkeit zu vergiften. Ich musste diese würdevolle Alte unbedingt zeichnen.

Aber es kam anders. Bald drängte die Gruppe zum Aufbruch. Zum Abschied fuhr die Alte meinem Engel mit knöcherner Hand durch die blonden Haare und gab uns mit lauter Stimme ihren Segen mit auf den Weg.

Schon an der Tür drehte ich mich noch einmal um und deutete mit dem Finger auf meinen Engel. Mit übertrieben deutlicher Aussprache nannte ich ihren Namen: Claudia. Dann tippte ich auf meine Brust: Rudi. Es folgte ein lautes, freudiges Palaver, und immer wieder nannte die Alte ihren eigenen Namen: Elena.

Natürlich weiß ich nicht, was sie uns sonst alles mit auf den Weg gegeben hat, denn damals war mir die griechische Sprache noch völlig fremd. Aber ich glaube, dass in dieser Minute eine Liebe in mir geboren wurde, die bis heute ganz tief in mir wohnt.

Kreta, mon amour!

Hand in Hand mit Claudia machte ich mich auf eine unvergessliche Wanderung. Bald flammte die Erinnerung an die zurückliegende Nacht wieder auf. Noch einmal durchflutete mich ein nie gekanntes Glücksgefühl. Ich würde unsere Tochter gerne Elena nennen, schoss es mir durch den Kopf. Sogleich aber zweifelte ich ein wenig an meinem Verstand. Ich kannte Claudia doch überhaupt nicht. Wir waren uns erst vor wenigen Tagen zufällig im Hafen von Piräus begegnet. Zufällig? Ich war mir absolut sicher, dass ich mein ganzes Leben mit Claudia teilen wollte.

Noch eine Liebe war in mir geboren, die bis heute tief in mir wohnt.

Claudia, mon amour!

In wie vielen einsamen Nächten hat sie mich durch die Jahrzehnte begleitet. Wie oft ist Elena, die diese Welt nie betreten hat, mit durch meine Träume gewandert.

Sonntag, 16. April 2017

Als sie diese Zeilen aus Rudis Roman las, hatte Claudia Rotz und Wasser geheult. Natürlich konnte Rudi nichts von Elena wissen. Wie sollte er? Erst als sie schon wieder in Hamburg war, war es für Claudia zur Gewissheit geworden, dass sie schwanger war. Sie trug das Kind eines Mannes in sich, von dem sie nicht mehr als den Vornamen kannte. Niemand der jungen Rucksackreisenden aus aller Herren Länder hatte einen Nachnamen. Wozu auch?

»Ich soll dir von Rudi sagen, dass er genug von dir hat. Hamburg sei nichts für ihn, soll ich dir ausrichten. Er will alleine noch eine Zeit lang weiterreisen. Wohin wusste er selber noch nicht. Vielleicht nach Ios. Er ist schon ein komischer Vogel. Er weiß wirklich überhaupt nicht, was er will.«

Diese kurzen Sätze von Tom am vorletzten Tag der Reise hatten Claudia vor 41 Jahren vorübergehend völlig aus der Bahn geworfen. Die glücklichsten zwei Wochen ihres Lebens waren innerhalb weniger Sekunden wie ein Kartenhaus zusammengebrochen. Alle Pläne, die sie in den zurückliegenden Tagen und Nächten geschmiedet hatten, waren nur noch schöne Worte, die überaus hässlich in grellen Farben an der Wand im Archiv ihrer Erinnerungen hingen.

Rostiger Mohn.

Sie hatte Rudi bedingungslos vertraut. Sie hatte ihm geglaubt. Der immer etwas zurückhaltende 24-jährige Mann mit den leicht lockigen langen, dunklen Haaren, mit seinen dunklen Augen, die so tief wie ein Brunnen waren, mit seiner sanften Stimme, die erst zur vollen Entfaltung kam, wenn er sang, und mit seinen feingliedrigen Händen, die alle Zärtlichkeit dieser Welt in sich trugen, war die größte Liebe ihres Lebens gewesen – und daran hatte sich bis heute nichts geändert.

Was war passiert? Warum hatte er sie verraten?

Warum nur?

Warum?

Ein weiteres Mal war Claudia unter Tränen durch die Zeit vor 41 Jahren gereist. Zusammen mit Angelika war sie am vorletzten Urlaubstag früh am Morgen in Plakias in den Bus nach Rethymnon gestiegen. Am Tag nach der atemberaubenden Wanderung durch die Messara-Ebene waren sie in das kleine Fischerdorf gezogen und hatten in der nur wenige Kilometer entfernten Bucht von Damnoni ihr Paradies gefunden. Zum ersten Mal seit der Ankunft im Hafen von Heraklion vor zwei Wochen hatten sie sich an diesem verhängnisvollen Tag getrennt. Ungern. Es tat fast weh. Es war, als müssten sie ihre Körper gewaltsam voneinander lösen. Aber an diesem Morgen war es nötig. Es war ja nur für einen Tag.

Für einen einzigen Tag!

Ach was, es waren nur Stunden. Höchstens zwölf Stunden!

»Einmal bis 43.200 zählen«, hatte Tom, der auch mit zum Bus gekommen war, sich ein wenig sarkastisch in den Abschiedsschmerz eingemischt und ihr damit einen Stich versetzt. Die Zahl hörte sich für Claudia weiter an als der Mond. Mathematik war ihr immer ein Gräuel gewesen.

Claudia wollte an diesem Tag in Rethymnon ein Paar Stiefel abholen, die sie sich bei einem Schuster in der Ledergasse nach Maß hat anfertigen lassen. Feinstes Ziegenleder. In Deutschland wären sie viermal so teuer. Heimlich hatte sie auch noch einen besonders schön verzierten Gürtel für Rudi in Auftrag gegeben.

Die Bestellung hatte sie in der Vorwoche aufgegeben, als sie zu viert einen erlebnisreichen Tag in der lebhaften Stadt an der Nordküste verbracht hatten. Sie waren vergnügt durch die engen Gassen der Altstadt geschlendert, hatten sich durch die Markthalle treiben lassen und in einer Taverne am Strand köstliche kleine Fleischspieße, Fisch und griechischen Salat gegessen.

Der Tag war völlig unbeschwert gewesen!

Unbeschwert!

Ganz anders die zweite Fahrt nach Rethymnon am vorletzten Tag der Reise, an dem Claudias Leben durch Toms knappe Worte so sehr ins Wanken geraten war. Erst die Gewissheit, dass sie schwanger war, und die Geburt Elenas hatten ihr in den folgenden Monaten wieder Halt gegeben.

Noch in der Dunkelheit hatten Rudi und Tom sie und Angelika zum Bus begleitet. Zum Abschied hatte Rudi ihr ins Ohr geflüstert: »Lederstiefel von einem kretischen Schuster sind wie meine Liebe zu dir.« Nach einem zärtlichen Abschiedskuss war sie mit schwerem Herzen eingestiegen.

»Sie halten ein ganzes Leben lang«, hatte Rudi durch das geöffnete kleine Schiebefenster gerufen, als der Bus abfuhr. Damit hatte er die Schwere des Tages wieder von ihr genommen.

Rudi ist ein Zauberkünstler, alles an ihm ist magisch, ich freue mich riesig auf den Abend und bin aufgeregt, wie ein kleines Schulmädchen, hatte sie ihrem Tagebuch auf der kurzen Busfahrt an die Nordküste anvertraut.

Er wolle den Tag zusammen mit Tom für eine letzte Wanderung zum nahen Kloster Preveli nutzen, weil er unbedingt noch ein paar Skizzen anfertigen müsse, obwohl er die Bilder des Palmenhains nahe der Flussmündung für immer im Herzen trage, hatte der geliebte Mann Claudia am Vortag erklärt. Einkaufen in der Stadt sei so gar nichts für ihn. Am Abend wollten sie sich in Rethymnon treffen und sich ein einfaches Zimmer in einer kleinen Pension gönnen. Sie würden zum ersten Mal den Schlafplatz am Strand gegen ein richtiges Bett eintauschen.

Er freue sich mächtig darauf ihren gebräunten Körper auf einem schneeweißen Laken zu zeichnen. Na ja, vielleicht nicht nur zu zeichnen, hatte Rudi den Abend mit seiner ganz eigenen Vorstellung ausgeschmückt und damit bei Claudia heimliche Vorfreude ausgelöst. Allein bei der Vorstellung der bevorstehenden Liebesnacht hatte sich wiederholt eine Gänsehaut über ihren gesamten Rücken ausgebreitet. Sie spürte förmlich die zärtlichen Hände auf ihrer nackten Haut und die vollen, weichen Lippen auf ihren harten Brustwarzen. Wenn Claudia die Augen schloss, vermischte sich der Duft des geliebten Männerkörpers mit der Frische eines am Meer getrockneten Bettlakens. Die Nacht sollte ein einzigartiges Fest der Sinne werden. Am nächsten Morgen wollten sie dann gemeinsam nach Heraklion fahren, um die Nachtfähre nach Piräus zu nehmen.

Auf der Busfahrt hatte Claudia sich zwingen müssen, ihre Gedanken in eine andere Bahn zu lenken. Genau wie Rudi trug auch sie Bilder vom Kloster Preveli in ihrem Herzen. So klar, als seien sie erst gestern entstanden, haben sie bis auf den heutigen Tag die Jahrzehnte unbeschadet überdauert. In der kleinen Bucht unterhalb des Klosters hatte sie mit Rudi einen herrlichen Tag verbracht. Ein kleiner Fluss, dessen Namen sie nicht aussprechen und noch weniger behalten konnte, durchschlängelte einen wildromantischen Palmenhain, bevor er sich ins Meer ergoss. Nackt wie Adam und Eva hatten sie sich am Strand der starken Brandung hingegeben.

Einige wenige der letzten Hippies auf Kreta hatten sich im löchrigen Felsen, der das Flusstal begrenzte, eine karge Wohnstätte geschaffen und lebten hier offenbar von Luft und Liebe. Sie störte die Nacktheit nicht.

Noch einmal hatte Claudia bei einem weiteren Becher Kaffee ihr Tagebuch aufgeschlagen: *Robin, der aus Amsterdam kommt, hat uns erzählt, dass er seit fast einem*

Jahr in seiner kleinen Höhle, die eigentlich nur ein überstehender Felsen ist, lebt. Frisches Trinkwasser holen sie täglich oben beim Klosterbrunnen. Ganz schöne Schlepperei. Ich fand den Abstieg ziemlich steil und gefährlich. Manchmal geben die Mönche ihnen auch ein Brot, aber sonst müssen sie zum Einkaufen nach Lefkogia. Puh, ich glaube das sind mindestens sechs Kilometer. Wovon leben sie eigentlich? Möchte ich so leben? Könnte ich das? Ich glaube mit Rudi möchte ich gerne noch einmal hierherkommen. Mit ihm könnte ich überall leben! Sogar in einer Höhle. Wir sitzen unter Palmen. Rudi zeichnet. Es ist so traumhaft schön hier.

Nein, mit Rudi ist Claudia nie wieder den steilen Abhang hinuntergestiegen. Tränenverschmiert hatte sie die Lektüre für eine Weile unterbrochen und war in den Garten gegangen. Ein Weinkrampf hatte sie minutenlang geschüttelt, als sie sich daran erinnert hatte, wie sie fünf Jahre später mit Elena auf dem Arm von oben auf das mit Palmen gesäumte Flusstal geschaut hatte. Hinabsteigen wollte sie nicht. Auf gar keinen Fall.

Es war Tom, nicht Rudi, der sie 1981 auf der Wanderung von Lefkogia zum Kloster Preveli begleitet hatte. Er war nicht müde geworden, Rudis Tochter über lange Strecken auf seiner Schulter zu tragen. Immer wieder hatte er das Lied vom Kuckuck und dem Esel mit ihr gesungen, die einen Streit darüber hatten, wer wohl am besten singen könne.

Es war Tom, nicht Rudi, der die vor Freude strahlende Elena auf einen Esel gesetzt hatte, der am Wegesrand angepflockt zwischen Olivenbäumen graste. Einen kläffenden Köter hatte Tom vertrieben, der ihnen bedrohlich nahe kam, und eine kleine, harmlose Schlange verscheucht, die friedlich in der Sonne döste.

Tom, nicht Rudi, hatte mit ihr das köstliche Wasser aus dem Klosterbrunnen geschöpft.

Tom, nicht Rudi, hatte mit ihr Zimmer an Zimmer in der kleinen Pension in Plakias gewohnt, die von einem schattigen Garten umgeben war, in dem sie sich nach dem gemeinsamen Abendessen in einer Taverne noch zu einer Flasche Retsina trafen, während Elena schon im Reich der Träume weilte.

Eines Abends hatte er ihr in diesem Garten seine heimliche Liebe gestanden. Seit dem ersten Treffen im Hafen von Piräus sei er unsterblich in sie verliebt gewesen. Aber gegen den schönen Rudi habe er ja keine Chance gehabt, hatte er ein wenig bitter hinzugefügt, um gleich darauf reichlich Süßholz zu raspeln.

Aber je mehr er sich bemüht hatte, umso abweisender war Claudia geworden. Zu tief waren Rudis Spuren in den Kies der abseits gelegenen Buchten und in den feinsandigen Dorfstrand getreten. Die Orangenbäume, die dem Garten Schatten spendeten, dufteten nach ihm, und die Wellen, die Claudias nackten Körper in der »Schweinebucht« umspülten, erinnerten schmerzhaft an unvergessene Liebesnächte.

Es sollten noch Jahre vergehen, bis sie Toms Werben nachgeben würde.

Mit diesem bitteren Rückblick war Claudia wieder in das Wohnzimmer getreten. Bald darauf hatte sie sich wieder in die Lektüre des Romans vertieft. Es war ihr nicht leicht gefallen, nach dieser aufwühlenden Gedankenreise wieder Hand in Hand mit Rudi durch die Messara-Ebene zu wandern. Sie musste sich fast zwingen, zu den glücklichen Stunden mit Rudi zurückzukehren. Zu sehr strebte alles in Claudia danach, zu erfahren, was am Ende des Urlaubs geschehen war. Doch schon nach wenigen Sätzen war es wieder, als sitze sie mit Rudi am Rande einer blühenden Mohnblumenwiese.

Mittwoch, 7. April 1976

Wir hatten kein festes Ziel, und so folgten wir einfach unseren Augen und Nasen. Mal lockte uns der betörende Duft der wild wachsenden Kräuter in die eine Richtung, dann bogen wir auf schmalen Pfaden in die entgegengesetzte Richtung, weil eine üppig blühende Wiese alle Formen und Farben der Natur in einzigartiger Schönheit vor uns ausbreitete. Meine Augen konnten sich nicht sattsehen. Alles Papier der Welt würde nicht ausreichen, um diese natürliche Vielfalt zu zeichnen. Mal bogen wir in einen Weg, der mitten durch einen Olivenhain führte, weil er ein wenig Schatten versprach, dann folgten wir einer kleinen, heißen Schotterstraße, weil am Ende des Weges ein kleines Dorf auf einem Hügel lockte, in dem wir auf eine geöffnete Taverne hofften, um unseren Durst zu stillen.

Die ganze Wanderschaft war, genau wie es mein Reiseführer versprochen hatte, ein einziger Rausch der Sinne, und ich nahm mir ganz fest vor, noch einmal alleine mit Claudia hierherzukommen.

»Ach was, alleine! Natürlich gemeinsam mit Elena«, alberte es durch meinen Kopf. Es fühlte sich gut an. Sehr gut sogar! Vielleicht konnten wir in einer der Höhlen im nahen Matala wohnen, griff ich einen »Ihr-müsst-unbedingt-Vorschlag« aus dem Hafen von Piräus auf. Unvermittelt musste ich lachen, und mein Engel sah mich fragend an. Ich nahm Claudia schweigend in die Arme. Es gab keine Worte, die das Glück in mir beschreiben konnten.

Besonders im Herzen ist mir an diesem Tag eine Mohnblumenwiese geblieben, an deren Rand wir eine kurze Rast einlegten. In das Summen der Bienen und das Brummen der Hummeln mischte sich unvermittelt Claudias wohlklingende Stimme: »Rudi, ich liebe dich. Willst du mit mir nach Hamburg kommen?«

Mein Herz hüpfte vor Freude, obwohl sich sogleich auch ein anderer Gedanke durch mein Gehirn fraß. Hamburg ist eine Großstadt. Fürchterlich groß. Zum Fürchten groß. Mochte ich dort leben? Konnte ich das überhaupt?

Am Rande der schönsten Mohnblumenwiese der Welt wischte ich alle Bedenken zur Seite und beschloss, meinem Leben eine neue Wendung zu geben. Mit Claudia konnte ich überall leben. Sogar in einer Großstadt!

Unser Glück hatte sich noch einmal verdoppelt, als wir wenig später Hand in Hand eine schattige Taverne in Kamilari fanden. Ein Pope läutete gerade die Glocke am Turm neben der kleinen Kirche. Seit sehr langer Zeit war ich dem Himmel nicht mehr so nah.

An den Tischen in der Taverne saßen nur wenige alte Männer, hatten einen griechischen Kaffee vor sich stehen oder tranken Raki und vertrieben sich die Zeit mit dem Komboloi, das wieder und wieder seelenruhig durch ihre Finger glitt. Ich beneidete sie fast ein wenig um ihre Seelenruhe.

»Ja, ich will«, gab ich meinem Engel übertrieben laut eine etwas verspätete Antwort, die bei Tom ein böses Funkeln in die Augen zauberte. Mochte er ruhig ein wenig darüber nachgrübeln, auf welche Frage ich geantwortet habe. Ich hatte von der Taxifahrt noch etwas gut bei ihm. Er war zwar ein netter Kerl, aber ganz offensichtlich tobte in ihm der giftige Stachel der Eifersucht. Er wurde nicht müde, sich immer wieder in unser kleines Glück einzumischen. Doch sogleich ärgerte ich mich über meine boshaften Gedanken. Der Tag war zu schön, um ihn bösen Geistern zu überlassen.

Am Ende des Urlaubs sollte es sich noch als Glücksfall erweisen, dass Tom an meiner Seite war. Auf ihm ruhte all meine Hoffnung. Er war meine Verbindung ins Leben. Aber das ist eine andere Geschichte.

Nach einer guten halben Stunde setzten wir unsere gemeinsame Wanderung fort. Der kleine, direkt am Meer gelegene Ort Kalamaki war unser Ziel.

»Ihr müsst unbedingt bei Kostas einkehren und einen Raki mit ihm trinken und danach weiter zum Komo-Beach«, hatten wir einen Tipp bekommen, dem wir gerne folgten, denn über die heißen Mittagsstunden wollten wir den Tag gerne am Meer verbringen.

»Rudi, Hamburg«, ließ ich mir nach kurzer Strecke leise auf der Zunge zergehen. Und noch einmal, diesmal schon etwas lauter: »Rudi, Hamburg!«

Claudia sah mich erneut aus großen, fragenden Augen an. Blaue Lagunen. Nie zuvor im Leben habe ich solch strahlende Augen gesehen.

»Ich übe nur meine neue Adresse«, gab ich lachend zur Antwort.

Die geliebte Frau nahm mich ganz fest in den Arm. Die Augen waren zu explodierenden Sternen geworden. »Ich wohne ganz in der Nähe der Elbe, es wird dir gefallen. Aber erst einmal lass uns jede Minute der Tage hier auf Kreta genießen.«

Ich will es gerne zugeben: Auch wenn inzwischen mehr als vier Jahrzehnte vergangen sind, hatte ich beim Schreiben dieser Sätze noch immer Tränen in den Augen. Ich habe Claudia nach unseren wenigen gemeinsamen Tagen auf der Insel der Götter nie wieder gesehen, obwohl ich jahrelang nach ihr gesucht habe.

Was ist passiert? Warum hat sie unsere einzigartige Liebe verraten?

Warum nur?

Warum?

Wie töricht war doch der Zeitgeist, der uns allen nur einen Vornamen gab.

Sonntag, 16. April 2017

Diese wenigen Seiten hatten Claudia endgültig aus der Fassung gebracht, so sehr, dass sie sich einer Ohnmacht nahe glaubte. Für einen kurzen Moment war es dunkel im Zimmer geworden. Pechschwarze Finsternis hatte Claudia umgeben, die sie nur mühsam wieder abschütteln konnte.

Tom – ein Glücksfall am Ende des Urlaubs?

Wie tanzende Derwische waren die Gedanken durch Claudias Kopf gerast, ohne eine Richtung zu finden. Immer schneller hatte sich das Gedankenkarussell gedreht. Schwindel und Schweißausbrüche waren übergewechselt in schockstarre Kälte, die sich durch den ganzen Körper fressen wollte. Als sie sich gerade wieder ein wenig gefangen hatte, hämmerte der Puls plötzlich so wild in Claudias Schläfen, dass der Kopf zu zerspringen drohte.

Was konnte nur geschehen sein, dass Tom, der ihr die finstere Botschaft an jenem verhängnisvollen Tag überbracht hat, zum Glücksfall für Rudi geworden ist? Es gab einfach keine Erklärung.

»Tom sollte mir von dir ausrichten, dass du genug von mir hast!«, brachte Claudia nur mit brüchiger Stimme unter ratlosen Tränen hervor.

Noch ratloser aber machten sie Rudis Sätze, dass sie es war, die die Liebe zu ihm verraten habe? Das konnte er nicht wirklich glauben. Einen Moment zweifelte sie sogar am Wahrheitsgehalt der ganzen Geschichte. War doch alles nur Fiktion. Ein alberner, kitschiger Roman. »Zu schön, um wahr zu sein«, hatte ihre Freundin über das Buch gesagt.

»Rudi, geliebter Rudi«, hatte Claudia hinaus in den Garten geflüstert, dorthin wo der frühe Klatschmohn in den Pflanzschalen schon in Blüte stand. »Wie kannst du so etwas denken? Weißt du denn nicht, wie sehr ich dich geliebt habe? Weißt du denn nicht, dass du alles für mich warst? Jahrelang habe ich auf dich gewartet. Jahrelang habe ich gehofft, dass Elenas Vater eines Tages plötzlich vor der Tür steht. Wo warst du, Rudi? Wie hätte ich dich finden sollen? Wo hätte ich nach dir suchen können? Ich kannte doch nicht mehr als deinen Vornamen. Wie dumm waren wir damals. Wie naiv! Wozu Adressen austauschen. Wir waren doch Tag und Nacht zusammen. Claudia und Rudi, Kreta.«

Die Tränen wollten nicht versiegen, die Stimme blieb brüchig: »Als ich auf dich in Rethymnon gewartet habe, habe ich einen Stadtplan von Altona für dich gezeichnet, nur für den Fall, dass wir keinen Flug für dich finden. Aber eigentlich hatte ich überhaupt keinen Zweifel daran, dass wir gemeinsam zurück nach Hamburg fliegen. Ich habe stundenlang gewartet, Rudi, aber du bist nicht gekommen. Tom ist am Abend ohne dich zum Treffpunkt in Rethymnon gekommen. ›Sag ihr, dass ich genug von ihr habe!‹ Wie ein glühendes Schwert haben die Worte mich durchbohrt, die er mir ausrichten sollte.«

Ein weiteres Mal hatte Claudia sich den zuletzt gelesenen Sätzen zugewandt. Ein nicht enden wollender Weinkrampf hatte sie geschüttelt, als sie erfuhr, dass Rudi sie jahrelang gesucht habe.

Heiß war es ihr über den Rücken gelaufen, als sie sich daran erinnerte, dass sie sich in den Wochen nach der Rückkehr einmal ganz sicher war, sie habe Rudi unten auf den Landungsbrücken gesehen. Wie von der Tarantel gestochen, war sie zum nördlichen Zugang am Alten Elbtunnel gerannt. Wohl mehr als zwei Stunden hatte sie jeden Winkel der Pontons nach ihm abgesucht. Kein Lokal hatte sie ausgelassen. Minutenlang hatte sie vor den Türen der Herrentoiletten gewartet, jedes Mal, wenn sich die Tür öffnete, war ihr das Herz aus dem Leib gehüpft. Aber Rudi blieb verschwunden.

So aufgewühlt konnte Claudia nicht länger zusammenhängend lesen. Völlig verwirrt überflog sie die Seiten des Romans nur noch im Eiltempo. Was war am Ende des Urlaubs geschehen? Sie konnte nicht länger durch die glücklichen Tage streifen. Claudia musste die Wahrheit erfahren.

Rudis Wahrheit.

Claudia zitterte am ganzen Körper, als ihr das Datum ihrer letzten Begegnung bewusst wurde. Auf den Tag genau lagen 41 Jahre zwischen dem gegenwärtigen Ostersonntag, der ihr endlich Klarheit bringen sollte, und dem damaligen schwarzen Freitag. Ob es damals – 1976 – auch der Karfreitag war, daran konnte sie sich nicht mehr erinnern.

Freitag, 16. April 1976

Nachdem die Rücklichter des Busses, in dem Claudia saß, Plakias verlassen hatten, fühlte ich eine merkwürde Leere in mir. Es war, als sei ein leibhafter Teil von mir selber davongefahren. Noch verlassener fühlte sich der zurückgebliebene Teil meiner Seele.

Tom war ungewohnt schweigsam, als wir uns beim ersten Dämmerungsschimmer mit unseren Rucksäcken an die Straße stellten. Gleich das erste Auto hielt an, und wir kletterten zu einem angeleinten Ziegenbock auf die offene Ladefläche. Er schien nicht besonders erfreut über die morgendliche Gesellschaft zu sein. Soweit seine Fesseln es zuließen, drehte er uns sein Hinterteil zu und ködelte in den anbrechenden Morgen. Ein schlechtes Omen. Ich will es vorwegnehmen, dass der Tag noch viel beschissener enden sollte.

In Lefkogia endete die kurze Fahrt, und meine Gedanken wanderten noch einmal durch die zurückliegenden Tage. Was für eine Beziehung hatte ich eigentlich zu Tom? War er mir zum Freund geworden? Ließ unsere immer wieder aufkeimende Rivalität Freundschaft überhaupt zu? Ich fand keine eindeutigen Antworten. Die Fragen waren ohnehin bedeutungslos, denn unsere Wege würden sich schon bald wieder trennen.

Wie bei unserer ersten Begegnung schlug ich vor, dass wir noch ein kleines Frühstück zu uns nahmen, bevor wir uns auf den beschwerlichen Weg machten. Da wir nicht wieder nach Plakias zurückkehren wollten, hatten wir all unser Gepäck dabei.

»Das ist doch völliger Quatsch, alles mitzuschleppen, wir lassen es einfach hier in der Taverne«, machte Tom einen Vorschlag, dem ich sogleich freudig zustimmte. Darauf hätte ich auch alleine kommen können, denn auf dem Rückweg vom Kloster mussten wir hier ohnehin wieder vorbei. Mit Händen und Füßen, einer Armbanduhr und einigen Brocken Griechisch erklärte Tom der überaus freundlichen Wirtin unser Anliegen, und gleich darauf verstauten wir die schweren Rucksäcke in einem zugewiesenen Nebenraum. Gegen vier Uhr am Nachmittag würden wir sie wieder abholen.

»Tessera, Tessera«, wiederholte Tom beim Bezahlen ein ums andere Mal. Seinem Vorschlag, ein ordentliches Trinkgeld in der Taverne zu hinterlassen, konnte ich allerdings nicht folgen, denn meine Reisekasse näherte sich bedrohlich dem Ende. Schließlich musste ich auch noch zurück nach Deutschland kommen. Zwar hatte Claudia mir den Vorschlag gemacht, am Flughafen in Athen nach einem Rückflug für mich zu suchen, aber so recht konnte ich mich mit dem kostspieligen Gedanken nicht anfreunden, auch wenn die Aussicht, gemeinsam mit der geliebten Frau in Hamburg anzukommen, sehr verlockend war.

»Rudi, ich kann nicht seelenruhig in Hamburg auf dich warten, während du tagelang an irgendwelchen Autobahnraststätten darauf wartest, dass dich jemand ein paar Kilometer mitnimmt. Wenn du das Geld nicht geschenkt oder geliehen haben willst, kaufe ich dir so viele Zeichnungen ab, bis es für den Rückflug reicht. Die Erinnerungen, die daran für mich hängen, sind ohnehin unbezahlbar«, hatte Claudia mir in einer der letzten Nächte vorgeschlagen.

Tatsächlich machte die gefühlte Leere in mir den Gedanken an eine mehrtägige Trennung auch für mich zur Qual. Vielleicht konnte der Filialleiter der dörflichen Kreissparkasse mir zu einem günstigen Kredit verhelfen, schoss es mir ungefragt durch den Kopf. Sogleich verwarf ich diese Idee wieder. Ich wollte sein Geld nicht.

»Komm, wir machen uns auf den Weg. Ich möchte noch ein wenig Morgensonne einfangen«, verscheuchte ich die Gedanken an meinen Vater wieder. Tom hatte keine Einwände.

»Tessera«, rief er der Wirtin ein weiteres Mal zu, als wir die Taverne verließen. Ihr freundliches Lachen und ein nicht enden wollender Wortschwall begleitete uns noch ein gutes Stück des Weges.

*

»Ich hätte dich manchmal umbringen können. Sie ist eine so tolle Frau. Keine Ahnung, warum sie sich ausgerechnet in dich verliebt hat«, machte mir Tom unvermittelt ein Geständnis, das mich aus meiner Arbeit riss. Wir saßen auf einer hohen Mauer im Schatten einer riesigen Kiefer. Ein paar Hühner scharrten zwischen den karstigen Felsen unter uns, und ein Esel stand angepflockt gleichmütig in der prallen Sonne. Ich war gerade dabei, eine Skizze vom Glockenturm des Klosters Preveli anzufertigen. Tom hatte sich mir unbemerkt genähert und beugte sich tief über mich und die Zeichnung. Einen Moment lang fürchtete ich tatsächlich, er wolle mich von der Mauer stoßen.

»Wirklich gut«, lobte er meine Arbeit, jedoch nur, um gleich darauf wieder Claudia ins Gespräch zu bringen. »Vielleicht hätte ich eine Chance bei ihr gehabt, wenn ich das auch könnte. Aber ich kann nur singen, und darin bist du ja auch nicht schlecht«, fuhr er ein wenig selbstmitleidig fort.

»Du bist ziemlich verknallt in sie, oder?«, hatte ich mich wieder von meiner Sprachlosigkeit erholt.

»Verknallt? Du bist wirklich ein Oberidiot. Ich liebe sie mehr, als du dir jemals vorstellen kannst.«

Bei diesen Worten war Tom auf die Mauer gestiegen, und einen Moment fürchtete ich tatsächlich, er wolle sich selbst auf die spitzen Felsen stürzen. Aber er lachte nur laut und ziemlich irre: »Keine Angst, den Gefallen tue ich dir nicht. Vielleicht kommt meine Chance ja noch.«

Als stehe er nicht auf einer Mauer, sondern auf einer ganz großen Bühne, schmetterte er stattdessen mit theatralischer Geste und sehr lauter Stimme Leonard Cohens Song *Suzanne* dem Meer entgegen: »And you want to travel with her, and you want to travel blind, and you know that you can trust her, for she's touched your perfect body with her mind.«

In diesem Moment öffnete sich die nahe Kirchentür, und ein aufgebrachter Mönch ermahnte uns energisch zur Ruhe.

Ich will es gerne zugeben, dass dieser beschämende Auftritt mir bis heute schwer im Magen liegt, wenn ich vom stillen Klosterhof hinunter auf das türkisfarbene Meer schaue. Wohl an die hundert Kerzen habe ich in den letzten Monaten in der kleinen Kirche entzündet, in der stillen Hoffnung, Vergebung für die missbrauchte Gastfreundschaft der Klosterbrüder zu finden.

Wie geprügelte Hunde wollten wir uns damals gerade davonschleichen, als Robin, ein holländischer Aussteiger, plötzlich vor uns stand. Der Mönch kannte ihn, und die beiden wechselten ein paar griechische Sätze.

»Bruder Paisios bittet euch um Stille. Ihr habt sein Gebet mit eurem Geschrei unterbrochen. Gäste sind herzlich willkommen im Kloster, soll ich euch sagen. Aber sie sollten sich an gewisse Regeln halten.«

Tom war wieder zur Besinnung gekommen. Mit gesenktem Blick schüttelte er, erschrocken über sich selbst, ein ums andere Mal den Kopf. »Bitte sag ihm, dass es mir sehr leid tut. Ich weiß selbst nicht, was gerade in mich gefahren ist.«

Auch an mich gewandt, brachte er eine knappe Entschuldigung heraus: »Sorry, Rudi, tut mir echt leid.«

Ich nickte ihm nur wortlos zu.

Robin wohnte in einer der Höhlen unten im Flusstal und kam täglich zum Wasserschöpfen hoch zum Klosterbrunnen. Vor einigen Tagen, als ich mit Claudia unvergessliche Stunden unter Palmen am Strand verbracht habe, hatten wir eine Weile miteinander über sein völlig unbeschwertes Hippieleben im abgeschiedenen Tal geplaudert. Allen meinen Einwänden, dass die kapitalistische Welt sich niemals ändern werde, wenn wir uns nicht gehörig in die Politik einmischten, war er mit einem freundlichen Lächeln und einem tiefen Zug aus seinem Joint begegnet.

»Glaubst du, eure Gewalt ist besser als ihre?«, hatte er eine Frage in den Raum gestellt, die mich schmerzhaft an die ungezählten nächtlichen Diskussionen in meiner letzten WG erinnert hatte. Immer mehr meiner damaligen Genossen nahmen für sich in Anspruch, dass Gewalt, die sogar vor einem Mord nicht zurückschreckte, ein geeignetes Mittel sei, die Welt lebenswerter zu machen. Ich verabscheute diesen Weg, wenngleich ich gerne zugeben will, dass meine gewaltfreie Gesinnung in den nächsten Jahren so manches Mal ins Wanken geraten ist. Keinesfalls war ich bei den regelrechten Schlachten am Bauzaun von Brokdorf nur stiller Beobachter geblieben. Ich hatte am eigenen Leib erfahren, dass auch der friedliebendste Mensch in extremen Situationen tiefe Abgründe in sich trägt. Ich hatte das Tier in mir geweckt, das wohl seit ewigen Zeiten in jedem Menschen schlummert.

Bruder Paisios hatte sich wieder in die Kirche begeben, und Robin freute sich über die unerwartete Hilfe beim Wasserschleppen. Er füllte zwei große Kanister randvoll, und wir machten uns auf den staubigen Weg. Schon nach wenigen hundert Metern kam mir das besagte unbeschwerte Leben verdammt beschwerlich vor. Als wir jedoch kurz darauf von oben auf das Palmental schauten, war jeder Unmut verflogen. Ich musste diesen Ausblick unbedingt im Licht der Morgensonne zeichnen, während Tom und Robin sich mit den schweren Kanistern schon auf den nicht ganz ungefährlichen Abstieg machten.

Ein kleines Boot dümpelte in der Bucht, und um eine kleine Rauchfahne saßen die friedliebenden Höhlenbewohner beim Frühstück. Das Meer leuchtete in den verschiedensten Türkistönen. Obwohl es fast windstill war, überschlugen sich dort, wo der Fluss ins Meer strömte, die Wellen und vermischten sich mit dem trüben Flusswasser. Ein Schilfgürtel säumte das Flussufer, und durch das helle Grün einiger sehr alter Tamarisken schimmerte das strahlende Weiß einer kleinen Kapelle. So von oben betrachtet, erinnerten mich die Kronen der Palmen an die explodierenden Sterne eines Feuerwerks.

Ungefragt hatte sich eine tiefe Sehnsucht nach Claudia in mein Herz geschlichen. Nach diesem Tag sollte das Feuerwerk der Liebe, das ich mit ihr in den zurückliegenden Tagen erlebt hatte, nie wieder zur Entfaltung kommen.

*

Nachdem ich einige Skizzen angefertigt hatte, stieg auch ich hinunter ins Flusstal. Das kleine Feuer am Strand war gänzlich erloschen, und Tom war mit Robin und einer jungen Frau im Schatten einer Tamariske gerade dabei, die Welt mit einem Joint zu verbessern. Alleine spazierte ich ein Stück flussaufwärts, und meine Sinne spielten mir so manchen Streich. An der Stelle, wo ich vor wenigen Tagen so glückliche Stunden mit Claudia verbracht hatte, setzte ich mich unter einer Palme ganz nahe ans Flussufer und schaute lange Zeit auf das still fließende Gewässer. Ganz allmählich lösten sich die gespiegelten Konturen meines Gesichtes auf und wurden eins mit Claudias feinen Zügen. Eine leichte Brise machte meine Haut glauben, ihren pulsierenden Leib auf meinem nackten

Oberkörper zu spüren, und für einen Moment hörte ich ganz deutlich ihr Herz schlagen. Ich zweifelte aber kurz darauf heftig an meinem Verstand, als ich merkte, dass das Geräusch eindeutig von der gegenüberliegenden Flussseite zu mir drang. Axtschläge hallten ein Stück stromaufwärts so regelmäßig wie ein Uhrwerk durch das stille Tal. Auf der anderen Seite des Flusses wurden offensichtlich Eukalyptusbäume geschlagen. Die Holzfäller waren jedoch durch einen dichten Schilfgürtel verdeckt, so dass ich nur anhand der dumpfen Tonfolge vermuten konnte, dass mindestens zwei Männer bei der schweißtreibenden Arbeit waren. Ich erinnerte mich wieder an das Boot, das einsam in der Bucht vor sich hin dümpelte.

Die nächsten zwei Stunden vertiefte ich mich in meine Arbeit. Ein paar Schildkröten, die auf einer Baumwurzel träge in der Sonne dösten, erinnerten mich daran, warum ich heute noch einmal hierhergekommen war. Jeder suchende Blick fand ein neues Motiv, das ich in meinem Skizzenblock festhielt.

Die Sonne hatte ihren Höchststand wohl überschritten, als ich mich auf den Rückweg machte. Vorne am Strand fand ich Tom mit der jungen Frau von vorhin. Er winkte mir ausgelassen zu. Der Joint schien seine Aufgabe erfüllt zu haben. Jedenfalls machte Tom den Eindruck, als sei die Welt für ihn ein ganzes Stück besser geworden als noch am frühen Vormittag. Die beiden spielten ausgelassen in den Wellen miteinander. Während das Hippiemädchen, Mona, einen knappen Bikini trug, war Tom nackt wie ein neugeborenes Kind.

Auch das einsame Boot hatte Gesellschaft bekommen. Verhängnisvolle Gesellschaft, wie sich in den nächsten Minuten herausstellen sollte.

Obwohl ich die meiste Zeit im Schatten der Palmen verbracht hatte, lockte die Aussicht auf ein kühles Bad. Wie Tom stieg auch ich am menschenleeren Strand von Preveli nackt in die Wellen.

Gleich darauf sah ich sie aus dem Flusstal kommen!

Vier Männer, von denen nur zwei eine Axt trugen.

Die beiden anderen trugen eine Uniform!

Ich ahnte das Unheil. Conny hatte Claudia und mich vor wenigen Tagen in Kokkinos Pyrgos eindringlich gewarnt. Nacktbaden sei auf Kreta offiziell nirgends gestattet. An einigen Stellen werde es zwar toleriert, an anderen Orten, besonders in der Nähe von Klöstern und Kirchen, könne es dagegen richtig teuer werden.

Das strahlende Weiß der kleinen Kapelle, das durch die uralten Tamarisken schimmerte, brannte wie Feuer in meinen Augen.

»Gäste sind herzlich willkommen. Aber sie sollten sich an gewisse Regeln halten«, echoten mir die Worte von Bruder Paisios durch den Kopf.

Urplötzlich fühlte ich mich wie der größte Oberidiot auf der ganzen Insel. Ach was Insel, auf der ganzen Welt!

Tom war noch in sein Spiel mit Mona vertieft, als ich es laut herausschrie: »Rudolph von Bargen, du bist der größte Oberidiot der Welt.«

Im gleichen Moment hätte ich mich ohrfeigen können, denn die Männer waren erst durch mein Geschrei auf uns aufmerksam geworden. Vielleicht hätten sie unsere Nacktheit im tiefen Wasser überhaupt nicht entdeckt. Vielleicht wären sie einfach in ihre Boote gestiegen und davongerudert.

Vielleicht! Wie viele tausend Male habe ich diesen Gedanken gedacht, der niemals eine Antwort finden wird.

Vielleicht!

So aber nahm das Unheil seinen Lauf!

Durch mein Geschrei war auch Tom auf die Männer aufmerksam geworden. Als er die beiden Uniformierten sah, rannte er so schnell er konnte an den Strand, um seine Nacktheit mit einem Handtuch zu verbergen.

Es war zu spät!

*

Die beiden Polizisten genossen die Situation sichtlich. Tom war ihnen wie aufgescheuchtes Wild direkt in die Arme gelaufen. Sie bedeuteten ihm mit knappen, aber unmissverständlichen Gesten, sich nackt an einen Felsen zu setzen. Die beiden Männer erinnerten mich an Großwildjäger, die lässig vor einem erlegten Tier posierten. Seelenruhig steckten sie sich eine Zigarette an, schnippten das noch brennende Streichholz in Richtung ihrer Beute und verabschiedeten sich lachend von den beiden Waldarbeitern, die mit geschulterten Äxten, spöttischen Blicken und höhnischem Lachen in eines der beiden Boote kletterten.

Ich zitterte am ganzen Körper, und das lag sicher nicht nur am kalten Wasser, das sich langsam jeder Pore meines Körpers bemächtigt hatte.

Mona hatte sich achselzuckend zu mir gesellt. »Sie haben Zeit genug und warten einfach, bis wir rauskommen. Oder willst du rüber nach Afrika schwimmen? Ich kenne sie. Letzte Woche waren sie schon einmal hier. Seitdem bin ich nicht mehr nackt am Strand gewesen. Von euch wollen sie nur Geld, aber ich müsste hinten im Tal mit einer anderen Währung bezahlen, um nicht wieder im Gefängnis von Spili zu landen.«

»Geld oder Gefängnis von Spili«, wiederholte ich ungläubig Monas Worte. »Hast du Gefängnis gesagt? Ich habe kein Geld, verdammte Scheiße. Diese Stiefellecker der Obristen können mich doch nicht für einmal Nacktbaden in den Knast stecken«, erboste ich mich mit einer nicht zulässigen Unterstellung. Ich kannte die Vergangenheit der Männer nicht.

Meine Angst hatte sich jedoch ins Unermessliche gesteigert und ließ keinen vernünftigen Gedanken mehr zu.

»Scheiß Folterknechte«, rief ich den Männern am Strand zu. »Ich muss heute noch nach Rethymnon, versteht ihr. Ich muss! Mein Leben hängt davon ab. Aber was wisst ihr Idioten schon von Liebe?«

Für einen Moment glaubte ich, die Welt würde sich ein klein wenig schneller drehen. Doch im nächsten Moment blieb sie abrupt stehen. Ein dunkler Spalt tat sich auf. Mir wurde schwarz vor Augen, und ich kann bis heute nicht genau sagen, wie ich eigentlich an Land gekommen bin.

Als ich wieder zu mir kam, lag ich nackt im heißen Sand. Mona war über mich gebeugt, und ich hörte eine Stimme, die ich Robin zuordnen konnte. Er stand zwischen einem der Polizisten und Tom, der sich ein Handtuch um die Hüften geschlungen hatte. Der jüngere Uniformierte stand mit wütendem Gesichtsausdruck und durchnässter Kleidung ein wenig abseits und rauchte.

»Vielleicht hat er mir gerade das Leben gerettet«, schoss mir ein versöhnlicher Gedanke durch den Kopf, jedoch nur, um mich gleich darauf in einen tiefen Abgrund zu stürzen. Welchen Sinn hatte mein gerettetes Leben noch, wenn ich heute nicht mehr nach Rethymnon käme? Wie sollte ich Claudia in der riesigen Stadt Hamburg finden? Ich kannte nicht einmal ihren Familiennamen.

Entschuldigung, können Sie mir helfen? Ich suche Claudia. Sie wohnt in Elbnähe, stellte ich mir mein aussichtsloses Unterfangen vor, und mein Herz begann wild zu rasen. Mit tiefer, regelmäßiger Atmung versuchte ich, mich zur Ruhe zu zwingen. Es musste einen Weg geben. Ich versuchte, mich langsam aufzurichten.

»Sie wollen 4.000 Drachmen von euch, dann ist die Sache hier im Tal erledigt. Sonst nehmen sie euch mit auf die Polizeistation nach Spili. Üblicherweise lassen sie die Leute zwei, drei Tage in einer Zelle schmoren und bringen sie dann zur Fähre nach Athen. Wer nackt erwischt wird, muss die Insel verlassen. 4.000 Drachmen von jedem.«

Nach Robins knapper Schilderung unserer Lage drohte ich erneut in tiefer Finsternis zu versinken. Woher sollte ich 4.000 Drachmen nehmen?

Tom dagegen stand eine gewisse Erleichterung im Gesicht. »Robin, frag sie mal, ob 250 DM in Ordnung sind. Meinetwegen auch ohne Quittung und in kleinen Scheinen«, hatte er seinen Humor wiedergefunden.

Die Wächter der guten Sitten wechselten nur ein paar knappe Worte, und das schmutzige Geschäft war schnell abgewickelt. Tom durfte sich anziehen und kramte einen abgewetzten Brustbeutel aus der Hosentasche. Ein wenig theatralisch zählte er die Summe ab. Wortlos wanderten die Scheine in die Hemdtasche des älteren Polizisten.

Achselzuckend wandte sich Tom danach an mich: »Sorry Rudi, ich hätte dir wirklich gerne aus der Patsche geholfen. Aber es reicht nicht mehr für dich.« Die Scheine, die er dabei zurück in den Beutel steckte, sprachen für mich eine andere Sprache. Aber ich kann es nicht sicher sagen. Vielleicht habe ich mich auch getäuscht.

Mein Schicksal war damit jedenfalls besiegelt. Ich solle mich jetzt anziehen und mit zum Boot kommen, übersetzte Robin die Anweisungen des Älteren. Der Jüngere hatte sein nasses Hemd wie ein Segel an die Bootspitze gehängt und saß bereits mit nacktem Oberkörper und triefender Hose auf der Ruderbank.

Schon auf dem Weg zum Boot, kam mir endlich der rettende Gedanke. »Kannst du Claudia eine Telefonnummer geben, Tom? Bitte! Wenn mein Vater am Telefon ist, frag nach Kathrin von Bargen. Meine Mutter weiß fast immer, wo ich zu erreichen bin. Bitte!«

Ich flehte meinen zufälligen Reisebegleiter mit Tränen in den Augen an und rief ihm eine Zahlenfolge zu, die er sich bereitwillig notierte.

»Klar Rudi, mach ich. Wir hatten doch eine so schöne Zeit miteinander.«

So wurde Tom am Ende des Urlaubs zum Glücksfall für mich. Mein Retter in höchster Not. Meine einzige Verbindung in ein Leben mit Claudia.

Zunächst aber landete ich, wie Robin es vorhergesagt hatte, für zwei lange Tage und Nächte in einer kargen Zelle, bevor sie mich am Morgen des dritten Tages zum Fährhafen in Heraklion brachten.

Eines will ich an dieser Stelle gerne noch erwähnen: Ein Jahr später machte ich mich erneut auf nach Kreta, in der Hoffnung dort eine Spur von Claudia zu finden. Die Wirtin in der Taverne in Lefkogia begrüßte mich mit einem freundlichen Lachen und schaute amüsiert auf die Uhr. Es war Punkt vier. »Tessera«, sagte sie nur lachend und schüttelte ungläubig mit dem Kopf. Meinen Rucksack aber fand ich unberührt in einem kleinen Nebenraum.

Sonntag, 16. April 2017

»Ich soll dir von Rudi eine Telefonnummer geben. Er hat gesagt, dass seine Mutter fast immer weiß, wo du ihn erreichen kannst.«

Wie einfach es gewesen wäre, die Wahrheit zu sagen! Wie hätten diese einfachen Sätze die Welt verändert!

Claudias Welt! Elenas Welt! Rudis Welt!

Die ganze Welt – denn diese einfachen Worte hätten der Liebe ans Licht verholfen!

Wie hätte eine einzige Liebe die Welt ein klein wenig menschlicher gemacht. Freundlicher! Menschenwürdiger!

Die Wahrheit hätte natürlich auch deine Welt verändert, du Mistkerl, Tom Schemmel, du elender Mistkerl! Du dreckiger Lügner, du …

Erneut wurde Claudia von einem heftigen Weinkrampf geschüttelt. Sie versuchte vergeblich, eine Ordnung in ihre aufgewühlten Gedanken zu bringen.

»Ich soll dir von Rudi sagen, dass er genug von dir hat«, hallten Toms verlogene Worte immer wieder wie Pistolenschüsse durch Claudias Kopf.

Pistolenschüsse!

Auch Pistolenschüsse verändern die Welt, wenn auch nicht so, wie ich mir das bisher vorgestellt habe, schoss es Claudia durch den Kopf. Sie schaltete die Leselampe aus, löschte die Kerze und brachte den halbvollen Kaffeebecher zurück in die Küche.

Die Wut auf den niederträchtigen Verräter, mit dem sie viele Jahre lang Tisch und Bett geteilt hatte und der ihrer und Rudis Tochter Elena über die Jahre fast zum Vater geworden war, steigerte sich im Minutentakt zu einem abgrundtiefen Hass.

Nie zuvor im Leben hatte Claudia ähnliche Gefühle gekannt, nie zuvor im Leben hätte sie es für möglich gehalten, dass sie zu diesem Hass fähig sei, der sich jetzt wie ein böses Krebsgeschwür durch ihren ganzen Körper fraß.

Wieder und wieder landete die zutiefst friedliebende Frau bei einem Gedanken, der beängstigend konkrete Formen annahm: Ich bringe dich um, Tom Schemmel.

Als gebrochener Mensch, der auf viele vergeudete Jahre zurückblickte, ging Claudia am späten Vormittag hinaus in den Garten. Auf einer Bank sitzend versuchte sie, sich mit bewährten Mitteln ein wenig zu beruhigen. Es wollte ihr heute nicht gelingen. Die in der Morgensonne leuchtenden Mohnblumen, die ihr sonst beschaulichen inneren Frieden schenkten, wühlten sie heute zusätzlich auf. Sie brannten wie Feuer.

Unermesslich groß war der Schmerz, unendlich tief der menschliche Abgrund, in den sie geblickt hatte, unerträglich der Gedanke, wie eine einzige Lüge vor 41 Jahren ihr Leben so nachhaltig verändert hatte.

Dafür sollte Tom Schemmel bezahlen!

Wie Schwerter lagen die beiden Eisenstangen, die Claudia vor wenigen Jahren beim Stöbern in der Gartenabteilung eines Baumarktes gefunden hatte, plötzlich in ihrer Hand.

Rostiger Mohn!

»Seit wann gefällt dir denn so ein Kitsch«, hatte Elena sich kopfschüttelnd gewundert, als sie die Stangen, deren eine Spitze mit einer verrosteten Mohnblumenkapsel verziert war, im Garten entdeckt hatte.

»Sie erinnern mich an Rudi«, hatte Claudia damals nur geantwortet. »Dein Vater hat Mohnblumen so sehr geliebt. Er konnte stundenlang neben einer Wiese sitzen und sie zeichnen«, war Claudia in tiefe Erinnerungen eingetaucht.

»›Mohnblumen sind wie Menschen, jede Blüte ist einzigartig‹, hat dein Vater einmal gesagt.«

Lange hatte Claudia an diesem Tag mit Elena im Garten gesessen. Lange hatte sie ihrer Tochter von Rudi erzählt, der niemals im Leben erfahren hat, dass er eine einzigartige Tochter hat.

»Auch dafür, was du Elena angetan hast, wirst du bezahlen, Tom Schemmel«, brach es schluchzend aus Claudia heraus.

Die eiserne Stange lag merkwürdig leicht in ihrer Hand.

II. Teil

Verschlungene Pfade

Mittwoch, 19. April 2017

Toms Puls raste, als er gegen halb fünf aus einem Traum hochschreckte. Für einen Moment glaubte er, dass starker Regen wie Trommelfeuer gegen die Scheiben prasselte. Erst als er ans Fenster trat und in die fahle Dämmerung über der Weser blickte, bemerkte er seinen Irrtum. Den heftigen Niederschlag hatte er aus seiner Traumwelt mit in den anbrechenden Tag genommen.

Der noch ziemlich unausgeschlafene 62-jährige Mann kroch wieder unter die Bettdecke und versuchte, sich an Einzelheiten seiner nächtlichen Reise zu erinnern. Es gelang nur bruchstückhaft. Er hatte von Menschen geträumt, die einen Weg gefunden hatten, das tägliche Wetter zu bestimmen. Aber anstatt es fruchtbar zu nutzen, waren neue Kriege daraus entstanden. Donnernde Schüsse hatten Tom aus dem Schlaf gerissen.

Eine Zeit lang versuchte der aufgewühlte Mann, wieder Ruhe einkehren zu lassen. Er merkte aber schon nach wenigen Minuten, dass daran nicht mehr zu denken war. Dann war es allemal besser, die frühe Stunde zu nutzen, um die gestern liegengebliebene Post durchzusehen. Kurz vor Feierabend hatte noch ein ganzer Stapel ungelesen auf seinem Schreibtisch im nahen Funkhaus gelegen, den er mit nach Hause genommen hatte. Doch am Abend hatte er dann nur schweigend in seiner Loggia gesessen, auf den Fluss geschaut und das muntere Treiben auf der Uferpromenade vor seinem Fenster beobachtet.

Es passierte Tom immer häufiger, dass er den täglichen Arbeitsanforderungen nicht mehr gewachsen war. Die Spatzen pfiffen es längst von den Dächern, dass er bei Radio Bremen nur noch sein Gnadenbrot fraß. Der große Tom Schemmel war auf dem Abstellgleis gelandet. Der einstige, weit über die Stadt hinaus bekannte und gefragte, Moderator einer beliebten, wöchentlichen Literatursendung hatte nur noch die Aufgabe, belanglose Hörerbriefe zu beantworten, die körbeweise auf seinem Schreibtisch landeten. Niemand fragte jedoch danach, wie viele Zuschriften Tom tatsächlich mit einer Antwort bedachte. Nur äußerst selten beschwerte sich eine Hörerin, wenn sie auf ihre Zuschrift keine Erwiderung bekam, und bei den männlichen Hörern war es kaum anders. Jeder im Sender wusste im Stillen, dass Toms Arbeit mehr eine Beschäftigungstherapie für einen verdienten Mitarbeiter war, die auch von einem Praktikanten erledigt werden könnte. Die wirklich wichtige Post ging in der Regel ohnehin schon seit Jahren direkt an die Online-Redaktion.

Ende des Jahres würde Tom Schemmel in den vorzeitigen Ruhestand gehen. Dann würde das Leben noch einmal ganz von vorne beginnen, redete Tom sich schon seit Monaten ein. Er freute sich auf den neuen Lebensabschnitt und zählte die Tage bis Weihnachten, obwohl er seine Arbeit in der Kulturredaktion über viele Jahre hinweg sehr gerne getan hatte. Einige Jahre lang hatte er seinen Job regelrecht geliebt. Es war eine schöne Zeit gewesen, in der man seinen Namen in der Stadt und darüber hinaus kannte. Manchmal auch sein Gesicht. Er hatte die Momente geliebt, wenn es für einen winzigen Augenblick ganz still wurde, weil er ein Café oder ein Restaurant betrat. Er hatte es genossen, wenn die Menschen auf der Straße oder in der Straßenbahn die Köpfe zusammensteckten und ganz offensichtlich über ihn tuschelten. Er war eine Größe in der Stadt gewesen. Seine Meinung über eine Neuerscheinung auf dem Buchmarkt hatte einige Jahre lang erhebliches Gewicht gehabt.

Aber seit der Trennung von Claudia vor sieben Jahren war das Leben nicht mehr wie vorher. Toms Leben war einsam geworden. Es schmeckte bitter.

Immer häufiger verkroch Tom sich nach Feierabend in seine vier Wände im Stephaniviertel mit Blick auf die

Weser. Immer häufiger sagte er gut gemeinte Verabredungen mit ehemaligen Freunden oder Kollegen kurzfristig aus fadenscheinigen Gründen ab. Immer häufiger verbrachte er seine Abende damit, sich wieder und wieder durch die unzähligen Briefe zu quälen, die er über die Jahre an Claudia geschrieben hatte. Ganze Ordner füllten sie. Den überwiegenden Teil hatte er nie abgeschickt. Etliche waren ungeöffnet zurück an den Absender gegangen. Immer tiefer rutschte Tom beim Lesen der Briefe in einen äußerst trübsinnigen Zustand. Er hatte eine dunkle Vorahnung davon gehabt, dass er die Trennung nicht so einfach wegstecken würde. Am Tag nach seinem Auszug hatte Tom an Claudia geschrieben:

»Wie immer?«, lächelt die freundliche Bäckersfrau mir zu, als ich den Laden betrete und schon sind ein Krosses, ein Kürbiskern- und zwei Weltmeisterbrötchen in der Tüte.

Wie immer lege ich die 2,30 Euro auf den Tresen.

Wie ein stummer Fisch.

Ich werde wohl lange daran zu kauen haben.

Sehr lange!

Seit sieben Jahren kaute Tom jetzt schon ununterbrochen, und die Brocken wurden immer zäher.

»Ich fürchte, dass Sie in einer tiefen Depression stecken«, hatte sein langjähriger Hausarzt vor zwei Jahren mit gerunzelter Stirn einen schwerwiegenden Verdacht geäußert und geraten, Tom möge sich zur Abklärung in fachärztliche Behandlung begeben. Aber der gut gemeinte Ratschlag hatte nur bewirkt, dass Tom sich einen neuen Hausarzt gesucht hatte.

Er solle eine längere Reise machen, um endlich mal wieder auf andere Gedanken zu kommen, hatte ein alter Freund ihm gut gemeint vorgeschlagen. Aber damit hatte er nur bewirkt, dass Tom die Verabredung am nächsten Abend ohne Absage hatte platzen lassen.

Es gäbe doch genug Frauen auf der Welt, die einen Tom Schemmel nicht von der Bettkante stoßen würden, hatte eine Kollegin ihm bei einer Betriebsfeier vielsagend ins Ohr geflüstert und vorgeschlagen, sie könnten den Abend doch zu zweit in einem Lokal an der Schlachte ausklingen lassen. Aber damit hatte sie nur bewirkt, dass er in den nächsten Tagen einen großen Bogen um sie machte.

Tom Schemmel hatte nach eigener Einschätzung sein Leben ganz fest im Griff. Deutlich sah er den Silberstreif am Horizont. Er brauchte keine klugen Ratschläge von Menschen, die selber genug Leichen im Keller liegen hatten. Und eine Beziehung zu irgendeiner albernen Gans brauchte er schon gar nicht. Er durchlebte eine vorübergehende kleine Krise. Nichts weiter!

Nichts!

Tom Schemmel hatte sich im Leben absolut nichts vorzuwerfen.

Eines nicht allzu fernen Tages würde auch Claudia das erkennen und ihn bitten, in das gemeinsame Haus im Bremer Steintorviertel zurückzukehren.

*

Ein wenig unentschlossen nahm Tom die obersten Briefe vom Stapel und legte sie fein säuberlich nebeneinander auf den Tisch in der Loggia, bevor er in der Küche mit einem alten Porzellanfilter eine Kanne Kaffee aufbrühte. Er goss sich einen halben Becher ein und füllte den Rest in eine Thermoskanne. Danach schälte er sorgsam eine Apfelsine, deren Spalten er in einer Glasschale mit kernigen Haferflocken, etwas Leinsamen, sechs halben Walnüssen, einem Esslöffel Kokosraspeln und einem Naturjoghurt zu einem zähen Brei vermischte. Den Kaffee in der einen, den Brei in der anderen Hand setzte er sich zu den Briefen und betrachtete eine Weile die makellose Handschrift auf dem ersten Umschlag. Eindeutig eine Frauenhandschrift entschied er und spielte den Gedanken durch, der Brief käme von Claudia.

Mein liebster Tom, endlich habe ich erkannt, dass unsere Trennung ein großer Fehler war. Bitte verzeih mir! Bitte komm doch zurück zu mir. Bitte!, ging seine Fantasie wieder einmal mit ihm durch. Er öffnete das Couvert mit dem silbernen Brieföffner, den er von Elena zum fünfzigsten Geburtstag bekommen hatte.

Aber der Brief war nicht von Claudia. Er war von Frau Zurbrüggen. Sie ärgerte sich maßlos darüber, dass immer mehr Hundebesitzer ihrer Pflicht nicht nachkämen, die Hinterlassenschaften ihrer vierbeinigen Freunde zu beseitigen. Die Stadt ersticke eines Tages noch an ihrer eigenen Scheiße, hatte sie eine düstere Vision angefügt. Gleich zweimal habe sie gestern ein ekelhaftes Andenken von der Straße mit in ihre Wohnung genommen. Sie hoffte auf ein geschärftes Problembewusstsein, wenn das Radio sich dem Thema endlich ausführlich annehme. Mit Radio erreichen Sie immer die Richtigen, erinnerte sie in ihrer Zuschrift an einen Werbespot.

Auch der zweite Brief war nicht von Claudia. Er war von Herrn Möller, der sich mit einem gewissen Stolz dazu bekannte, seit mehr als vierzig Jahren treuer Radio Bremen-Hörer zu sein. Er trauerte immer noch der guten alten Hansawelle nach, die tagtäglich mit ihrer Musik genau den Lebensnerv der älteren Generation getroffen habe. Er wünschte sich mehr Oldies, weniger »Hottentottenmusik«.

In der dritten Zuschrift hoffte Bernd Grabosch darauf, mit seinem genialen, selbst komponierten und selbstverständlich auch selbst getexteten »Werder Bremen Marsch« in die Geschichte der Stadt und die Annalen des Fußballbundesligisten einzugehen. Da er allerdings nicht genau wisse, wie im Sender gearbeitet werde, habe er das Stück auf beiliegendem Tonträger in verschiedenen Dateiformaten hochgeladen. Natürlich käme er auch liebend gerne live in eine Sendung, um den Hörern seinen zukünftigen Nummer-1-Hit vorzutragen.

Im nächsten geöffneten Schreiben regte das Aktionsbündnis Prosyl an, die unzähligen herrenlosen Fahrräder rund um den Bremer Hauptbahnhof und in der Innenstadt zu konfiszieren, um sie für Geflüchtete instand zu setzen. Allein im Viertel hätten sie in einer Stunde mehr als hundert Schrottfahrräder gezählt, die niemand vermissen würde.

Gelangweilt schob Tom die Briefe zur Seite, goss sich einen weiteren Becher Kaffee ein und starrte einige Minuten regungslos auf den Fluss.

»Mein Gott, Tom Schemmel, wo bist du eigentlich gelandet«, brach es urplötzlich unter Tränen aus ihm heraus. Wehmütig zog der Film seines Lebens durch Toms Kopf. Die zufriedenen Jahre, als er eine eigene Sendung moderiert hatte. Die glücklichen Jahre mit Claudia im gemeinsamen Haus im Steintorviertel. Es war allerhöchste Zeit, dem Leben wieder ein wenig auf die Sprünge zu helfen, und Tom wusste auch sogleich wie. Er würde Claudia einen Brief schreiben und sie um ein Treffen bitten. Bei einer guten Flasche Wein könnten sie noch einmal in Ruhe über alles nachdenken. Die Vergangenheit ruhen lassen. Nach vorne schauen. Der Sommer stand vor der Tür. Vielleicht könnten sie als Neuanfang eine kleine Radtour durchs Blockland machen oder sogar gemeinsam einen Tag ans Meer fahren. Eine Wattwanderung nach Neuwerk. Vielleicht war es sogar an der Zeit, an ein paar gemeinsame Urlaubstage zu denken. Vor wenigen Tagen hatte er Claudia zufällig bei einem Spaziergang an der Weser getroffen. Sie hatten ein paar freundliche Worte miteinander gewechselt, und Tom hatte ganz deutlich die Sehnsucht in ihren Augen erkannt. Er fehlte ihr, war er sich nach der Begegnung ganz sicher gewesen. Absolut sicher!

Einen Moment lang fühlte sich das Leben leicht an. Beschwingt. Es duftete nach Kräutern, und ein harziger Weingeschmack lag auf der Zunge.

»Reiß dich zusammen, Tom Schemmel. Sie hat seit Jahren auf keinen deiner Briefe mehr geantwortet. Einige sind ungeöffnet zurückgekommen«, wagte sich die Realität für einen Moment aus der Deckung. Aber sie hatte heute einen schweren Stand. Zu verlockend war die Welt der Träume. Zu bunt waren die Bilder, die zuhauf an der Wand der Erinnerungen hingen.

Plötzlich geisterten Mohnblumen durch Toms Kopf, und er erinnerte sich daran, dass er vor wenigen Tagen reich bepflanzte Schalen – zu dieser frühen Zeit im Jahr natürlich noch im Gewächshaus gezogen – auf dem Blumenmarkt direkt neben der Kirche Unser Lieben Frauen gesehen hatte.

»Unser Lieben Frauen, so ein Quatsch«, murmelte Tom schmunzelnd vor sich hin. Er dachte einen Moment nach.

»Nicht Unser. Es muss natürlich heißen: Meine Liebe Frau. Das ist genau das Richtige für sie. Ich werde einen riesigen Topf Mohnblumen für sie kaufen.«

Trotz der frühen Morgenstunde öffnete Tom das Fenster der Loggia und trällerte einen plattdeutschen Klassiker über die Weser. *Dat du min Leevsten büst, dat du woll weeß, kumm bi de Nacht.* »Ja, meine Liebste. Ich komme.«

Tom Schemmel hatte soeben beschlossen, den Brief an Claudia durch einen überraschenden Besuch bei ihr zu ersetzen.

Alles wird wieder gut werden!

Still vergnügt machte er sich wieder an seine Post.

*

Der braune Luftpolsterumschlag, auf dem Tom keinen Absender fand, war an das Funkhaus adressiert, trug aber den Zusatz: z. Hd. Tom Schemmel.

Büchersendung!

»Da ist wieder einmal meine Meinung gefragt«, freute sich ein ziemlich aufgekratzter, frisch verliebter Mann.

»Wenn Tom Schemmel den Daumen für einen neuen Roman hebt, kann das für ein hoffnungsvolles Talent den Durchbruch bedeuten«, erinnerte sich der eben noch so niedergeschlagene Redakteur nur zu gern an die Zeit, in der ihm täglich Neuerscheinungen oder noch unveröffentlichte Manuskripte zugeschickt wurden.

Heute standen die Chancen besonders günstig, eine wohlwollende Beurteilung von Tom Schemmel zu bekommen. Er war gerne bereit, sein kommendes Glück mit einem aufstrebenden, jungen Schriftsteller zu teilen.

Tom zog die goldfarbenen Splinte heraus, mit denen der Umschlag lose verschlossen war und hielt ein Buch in den Händen, dessen kunstvoll gestaltetes Cover mit leuchtend roten Mohnblumen verziert war. Irgendetwas versetzte Tom einen Stich, aber noch wusste er nicht genau, was es war.

Er konnte es nicht greifen.

Noch nicht!

»So ein Zufall. Mohnblumen. Vielleicht eine passende Lektüre für Claudia, wenn es nicht zu kitschig geschrieben ist.«

Tom kannte Claudias Lesegeschmack genau. Seine Tipps und Ratschläge hatten ihr in den gemeinsamen Jahren so manches Lesevergnügen beschert. Manchmal hatte er ihr abends im Bett stundenlang aus neuen Romanen vorgelesen.

Kaum war der Gedanke jedoch geboren, schüttelte Tom energisch den Kopf und verwarf die Idee, Claudia das Buch zukommen zu lassen, sogleich wieder.

Ausgerechnet Mohnblumen. So ein Quatsch! Die Erinnerung an eine sehr lange zurückliegende Wanderung durch die Messara-Ebene war plötzlich hellwach. Warum schlafende Hunde wecken? Plötzlich hingen sehr düstere Bilder an der Wand.

Pechschwarze Zeichnungen!

Mohnblumen waren sicher nicht das richtige Geschenk für Claudia bei seinem anstehenden Besuch, entschied Tom kurzentschlossen. Er würde lieber Rosen kaufen. Einen Hochstamm vielleicht oder eine Kletterrose. Weiße Rosen vielleicht.

Schon summte Tom die dazugehörige Melodie und erinnerte sich sogleich an den Text des Liedes. Einen Moment landete er dabei gedanklich in der griechischen Hauptstadt, in der er vor vielen Jahren Claudia, die Liebe seines Lebens, gefunden hatte.

Weiße Rosen aus Athen, sagen dir: Komm recht bald wieder, sang Tom, und eine kleine Träne hatte sich dabei auf die Reise gemacht.

Es war eine Glücksträne!

»Ja, mein Herz, ich komme bald«, jubelte er freudig vor sich hin. Dann richtete sich seine Aufmerksamkeit aber noch einmal auf das Buch in seiner Hand.

»Rostiger Mohn – Roman nach einer wahren Begebenheit«, las Tom den Buchtitel und ließ die Seiten wie ein Daumenkino durch seine Finger gleiten. Von Zeit zu Zeit waren feine Zeichnungen in den Text eingefügt, die ihm merkwürdig vertraut vorkamen. Er durchforstete sein Gedächtnis gründlich danach, ob er jemals etwas von einem Schriftsteller von Bargen gehört habe.

Nein, Rudolph von Bargen war ihm noch nie über den Weg gelaufen, war Tom sich ziemlich sicher. Trotzdem schien es so, als habe der Tag sich ein klein wenig verdunkelt.

Schon war der nicht mehr ganz so gut gelaunte Mann geneigt, den Roman zur Seite zu legen und den nächsten

Brief zu öffnen. Aber etwas hielt Tom zurück, und er warf einen Blick auf den kurzen Klappentext auf der Rückseite des Buches.

»Der Autor lebt und arbeitet seit 2013 in einem kleinen Dorf auf Kreta«, las er mit gepresster Stimme.

Wie Schuppen fiel es Tom von den Augen!

Rudolph von Bargen. Kreta.

Rudi, der zu den Polizisten ins Boot steigen musste, während er, Tom Schemmel, sich mit 250 DM freigekauft hatte.

Rudis flehende Bitte.

Eine Telefonnummer.

Kathrin von Bargen.

Plötzlich standen Schweißperlen auf Toms Stirn. Der Boden unter ihm schwankte. Der Magen vollzog eine gefühlte Drehung nach rechts, stoppte abrupt, wechselte schlagartig die Richtung, und eine braune, bittere Brühe, durchsetzt mit Apfelsinenspalten und Walnussstücken, ergoss sich auf den Fußboden.

»Kannst du Claudia eine Telefonnummer geben, Tom? Bitte! Wenn mein Vater am Telefon ist, frag nach Kathrin von Bargen. Meine Mutter weiß fast immer, wo ich zu erreichen bin. Bitte!«

»Klar Rudi, mach ich«, schrie es aus dem leuchtenden Rot der Mohnblumen.

Immer und immer wieder: »Klar Rudi, mach ich.«

Lauter und Lauter: »Klar Rudi, mach ich. Klar Rudi, mach ich. Wir hatten doch eine so schöne Zeit miteinander.«

Wie züngelnde Flammen flimmerten die roten Blütenblätter auf dem Umschlag vor Toms Augen und fügten sich zu immer neuen Bildern zusammen.

Bilder die auch nach vierzig Jahren nichts von ihrer Schärfe eingebüßt hatten. Bilder, die regelmäßig Toms Tage begleitet hatten, und noch regelmäßiger seine Nächte.

Bilder, die nie verblasst waren!

Der eben noch unbekannte Autor Rudolph von Bargen, den Tom nur als Rudi kannte, hatte plötzlich ein Gesicht bekommen.

Nein, kein Gesicht! Es war eine hässliche Fratze.

Er hatte eine Stimme bekommen, die schmerzhaft in Toms Ohren tönte. Er hatte Hände bekommen, die ständig dort waren, wo sie nichts zu suchen hatten. Lippen, die küssten, was alleine ihm, Tom Schemmel, gehörte.

Ein unglaublicher Hass machte sich augenblicklich in Tom breit, musste sich seinen Platz jedoch schnell mit einem ganz anderen Gefühl teilen.

Von tiefer Angst erfüllt überflog Tom ein paar Seiten des Buches und fand darin kein einziges Wort, das nicht der Wahrheit entsprach. Bald hatte er die Stelle gefunden, die Rudis Schicksal besiegelt hatte. Panik erfasste das einstige Aushängeschild der Bremer Literaturszene. Nie im Leben durfte Claudia dieses Buch in die Finger bekommen.

Ein infames Machwerk!

Aber wie sollte er es verhindern? Wenn der Zufall es anders bestimmte, gab es keinen Weg, die Neuerscheinung von Claudia fern zu halten, wusste Tom ganz genau. Claudia stöberte regelmäßig durch die gut sortierten Buchhandlungen im Viertel.

»Lügen, alles gelogen, kein einziges Wort davon, was er schreibt, ist wahr. Alles reine Erfindung«, schrie er durch das geöffnete Fenster hinunter auf die Weserpromenade und machte damit eine Joggerin auf sich aufmerksam. Erneut machte sich die Übelkeit bemerkbar.

»Verpiss dich«, herrschte er die sportliche Frau an, als sie ihren Lauf unterbrach und ihm besorgt zurief, ob er Hilfe benötige.

Tom Schemmel war dem Wahnsinn nahe. Immer verzweifelter suchte er nach einem gangbaren Ausweg.

»Warum gerade jetzt? Warum gönnt er uns unser kleines, stilles Glück nicht? Warum muss er wieder alles zerstören. Immer hat dieser Affe nur an sich gedacht«, rettete Tom sich wieder in seine Scheinwelt. Er war dem Wahnsinn noch ein klein wenig näher gekommen.

Tom wusste nicht, wie lange er wie in Trance auf die Weser gestarrt hatte, als es an der Haustür klingelte. Die Sonne stand inzwischen so hoch, dass sie den Fluss in leuchtende Farben tauchte.

»Claudia. Sie hat es gelesen. Sie weiß, was passiert ist«, flüsterte er still vor sich hin. Einige Minuten verharrte er mucksmäuschenstill auf seinem Platz, bis er sich sicher glaubte, dass niemand mehr an der Tür war.

»Er hat alles zerstört. Der elende Mistkerl. Dafür wirst du bezahlen, Rudolph von Bargen.«

Urplötzlich wusste Tom Schemmel wieder, was er zu tun hatte.

Nur Robin und Mona waren Zeugen der Ereignisse vor einundvierzig Jahren im Palmental. Weder er noch Claudia hatten jemals wieder etwas von ihnen gehört. Vielleicht hatten sie sich längst die Seele aus dem Leib gekifft.

Allein Rudi kannte die Wahrheit und er würde sie mit in sein kühles Grab nehmen. Tom lachte bei dem Gedanken daran ein irres Lachen.

Natürlich würde Claudia ihm glauben, dass alles, was in dem Buch geschrieben stand, nur dem kranken Hirn eines drittklassigen Schreiberlings entsprungen war, war er sich augenblicklich ganz sicher.

Der silberne Brieföffner lag merkwürdig leicht in Toms Hand.

Donnerstag, 20. April 2017

»Warum ich zu Hause bin?« Elena schaute ein wenig ratlos auf das Telefon in ihrer Hand und schüttelte kaum vernehmlich mit dem Kopf. Ihre Mutter werde wohl langsam ein wenig alt, kam ihr ein Gedanke in den Sinn, den sie mit einem freundlichen Lächeln bedachte.

»Warum rufst du mich an, Mama, wenn du glaubst, dass ich gar nicht zu Hause bin? Wolltest du mir wieder ein neues Kochrezept auf den Anrufbeantworter sprechen? Mir fehlt in meiner Sammlung deiner Meisterwerke der Kochkunst immer noch die Kürbissuppe vom letzten Herbst. Die war so lecker, dass ich heute noch davon träume.«

Sogleich ärgerte sich Claudias Tochter über ihre etwas ironische Anmerkung und fügte versöhnlich hinzu: »Ich musste heute Morgen ein paar dringende Sachen erledigen und konnte mir frei nehmen, weil ich einfach viel zu viele Überstunden habe. Morgen habe ich auch noch Urlaub. Ich gönne mir mit zwei Freundinnen ein langes Wochenende in Amsterdam. Laura holt mich gleich ab.«

Am anderen Ende der Leitung blieb es stumm.

»Mama?«

Elena glaubte, ein kurzes Schluchzen zu hören.

»Mama, was ist los?. Was ist passiert? Nun rede doch. Bitte, sag endlich was los ist.« Elena war schlagartig ernsthaft beunruhigt.

»Kannst du nach Bremen kommen?«

Die Tochter wusste augenblicklich, dass ihre Mutter so etwas niemals ohne triftigen Grund verlangen würde.

»Mama, was ist los? Bitte sag es mir doch endlich.«

»Rudi … dein Vater … ich bringe ihn um … Rostiger Mohn … Tom … kein Witz … mein Leben zerstört … unser Leben…«

Aus den tränenerstickten Sätzen hatte Elena nur wenige, zusammenhanglose Wörter klar und deutlich verstanden. Diese reichten allerdings bei weitem aus, um ihr den Ernst der Lage klar zu machen. Amsterdam musste warten. Die beiden Freundinnen würden auch ohne sie ein vergnügliches Wochenende haben, war sich Elena ziemlich sicher.

»Mama, ich kann in fünf Stunden bei dir sein. Vielleicht stehe ich ein paar Stunden im Stau, aber bis zum Abend müsste ich es auf jeden Fall geschafft haben. Mein kleiner Koffer ist ja zum Glück schon gepackt.«

»Es ist so schön, dass du kommst. Ich weiß nicht mehr, was ich tun soll. Seit Sonntag ist meine Welt völlig aus den Fugen geraten. Versprich mir, dass du vorsichtig fährst, mein Kind«, freute sich Claudia über die Zusage ihrer Tochter.

»Versprich du mir, dass du keine Dummheiten machst, bevor ich da bin. Umbringen, Mama. Ich habe keine Lust dich am Wochenende im Gefängnis zu besuchen.«

Beide Frauen konnten wieder ein wenig lachen und einigten sich schnell darauf, am Telefon keine weiteren Einzelheiten zu besprechen. Erst als sie aufgelegt hatte, wurde Elena wirklich bewusst, was ihre Mutter ihr gerade mitgeteilt hatte. Sie hatte eine Spur von Rudi gefunden, der ja immerhin Elenas leiblicher Vater war. Im gleichen Moment klingelte es schon an der Haustür.

»Ich kann nicht mitkommen, meine Mutter hat meinen leiblichen Vater gefunden und will ihn umbringen«, begrüßte sie ihre beste Freundin mit einem Schulterzucken.

»Warst du heute Morgen schon im Coffeeshop?«, entgegnete Laura lachend, erkannte aber nach wenigen erklärenden Sätzen den ernsten Hintergrund der Angelegenheit. Die Freundschaft zwischen den Frauen war gefestigt genug, um solch überraschende Wendungen auszuhalten.

Eine knappe Stunde später bog Elena auf die Marburger Stadtautobahn ein. Das Navi schlug die A7 als schnellste Route vor und sagte knappe vier Stunden für die 370 Kilometer voraus.

»Das fängt ja toll an«, ärgerte Elena sich über sich selbst, als sie gleich darauf mit überhöhter Geschwindigkeit von einem stationären Blitzer erfasst wurde, dessen Standort sie seit Jahren gut kannte.

»Ich habe vierzig Jahre darauf gewartet, etwas über meinen Vater zu erfahren. Jetzt kommt es auf vier Stunden auch nicht mehr an«, führte sie ein kurzes Selbstgespräch und nahm sich ganz fest vor, das vorgegebene Tempo einzuhalten.

*

Nur ein kurzer Stau vor Hannover verzögerte die Fahrt ein klein wenig, und so bog Elena tatsächlich gute vier Stunden später – gerade waren die 16-Uhr-Nachrichten beendet – in die Alwinenstraße im Bremer Steintorviertel ein. Zu ihrem Erstaunen fand sie direkt vor dem Haus ihrer Mutter einen freien Parkplatz.

»Ich habe ein wenig nachgeholfen. Als er vor zwei Stunden frei wurde, habe ich die Mülltonnen auf die Straße gestellt. Du weißt doch, wie schlecht es hier mit dem Parken ist. Ich habe sie erst weggenommen, als du um die Ecke gebogen bist«, begrüßte Claudia, die gerade die kleine Treppe aus dem Souterrain hochkam, ihre Tochter freudestrahlend. »Ich freue mich so, dass du gekommen bist. Dein Vater …«

»Mama, bitte, können wir erst mal ins Haus gehen? Ich bin ohne Pause durchgefahren und bräuchte dringend eine Toilette.«

»Entschuldigung, Elena, ich bin so durcheinander. Komm, gib mir deinen Koffer. Geh schon, die Haustür ist nur angelehnt. Mach dich erst einmal frisch. Ich koch uns inzwischen einen Kaffee.«

Schon an der Haustür, drehte Elena sich noch einmal lachend um: »Du bist ja wirklich völlig durch den Wind, Mama. Ich habe noch nie im Leben Kaffee getrunken. Hast du vielleicht einen Tee für mich?«

Die kleinen Anlaufschwierigkeiten hinter sich gebracht, saßen Mutter und Tochter bald darauf bei Kaffee und Tee gemeinsam im gemütlichen Wohnzimmer.

»Wenigstens habe ich richtig behalten, dass du meinen selbstgebackenen Apfelkuchen immer geliebt hast«, scherzte Claudia, als Elena nach einem dritten Stück verlangte.

»Aber bitte mit Sahne«, ergänzte die Tochter lachend und brachte damit das Gespräch endlich auf Tom, dem stets zu jedem Thema das passende Musikstück eingefallen und der ihr in ihren jungen Jahren fast zum Vater geworden war.

Elena konnte oder wollte nicht glauben, was ihre Mutter ihr in den nächsten Stunden erzählte. Immer wieder unterbrach sie Claudia und überflog selbst einige Seiten des Romans, den sie wie einen wertvollen Schatz in ihren Händen hielt. Als sie die Passage erreicht hatten, in der Rudi davon träumte, gemeinsam mit Claudia und Elena in einer Höhle in Matala zu wohnen, gab es kein Halten mehr. Wie Sturzbäche flossen die Tränen. Fest umschlungen lagen Mutter und Tochter sich in den Armen.

»Ich denke seit Sonntag immer wieder ernsthaft daran, ihn umzubringen«, brachte Claudia schließlich hervor.

Elena nickte nur stumm.

Freitag, 21. April 2017

Am Vortag hatte sich Tom im Funkhaus krankgemeldet. Bei seinem alten Hausarzt hatte er offene Türen eingerannt, als er um eine längere Auszeit bat, um sich endlich seinen psychischen Problemen zu stellen. Er könne so nicht mehr weiterleben und wolle noch vor Eintritt in den bevorstehenden Ruhestand eine Therapie beginnen, hatte er seinem Arzt glaubhaft vorgetäuscht, der sogleich seine volle Unterstützung zugesagt hatte. Körperlich sei alles bestens in Ordnung, auch wenn man noch die Blutwerte abwarten müsse. Aber mit einer Depression sei wahrlich nicht zu scherzen, hatte der umsichtige Arzt ihm nach einer gründlichen Untersuchung mitgeteilt. »Sie haben eine sehr kluge Entscheidung getroffen, Herr Schemmel, die allerhöchsten Respekt verdient«, hatte der weise Mediziner ihn freundlich verabschiedet. Wie konnte er ahnen, dass er auf eine dreiste Lüge hereingefallen war.

»Der hält dich wirklich für geisteskrank, Tom Schemmel, du hättest Schauspieler werden sollen«, hatte Tom auf dem Heimweg still vergnügt vor sich hin geschmunzelt und sich nicht zum ersten Mal ausgemalt, wie es wäre, auf einer der ganz großen Bühnen dieser Welt zu stehen.

»Dein ist mein ganzes Herz! Wo du nicht bist, kann ich nicht sein. So, wie die Blume welkt, wenn sie nicht küsst der Sonnenschein!«, hatte er eine Arie aus der Operette *Das Land des Lächelns* über die Weser geschmettert, als er wenige Minuten später wieder in seiner Wohnung angekommen war. Erst als eine Passantengruppe stehen blieb und Beifall klatschte, war Tom wieder in seiner etwas trostloseren Wirklichkeit gelandet. Hastig hatte er das Fenster geschlossen.

»Verwelkte Blumen, verrostete Mohnblumen. So ein Quatsch! Dein Leben ist verwirkt, Rudi von Bargen, deine abgrundtiefen Lügen will kein Mensch hören, am allerwenigsten Claudia«, hatte er nach dem Arztbesuch den abgelegten Faden wieder aufgegriffen und den ganzen Nachmittag damit verbracht, die todbringenden Gedanken in allen Einzelheiten auszuformen. Jeder Tag zählte. Selbst wenn es nicht Claudia war, die am Vortag an der Tür geklingelt hatte, konnte sie jederzeit durch einen dummen Zufall auf das infame Machwerk aufmerksam werden. Es war zutiefst beunruhigend für Tom, nicht zu wissen, wer ihm das Buch zugeschickt hatte. Noch heute würde er sich auf eine längere Reise machen. Er hatte alles ganz genau bedacht.

»Wohin ich immer gehe, ich fühle deine Nähe …«, hatte sich eine Passage der Arie aus Franz Lehárs Operette in seinem Kopf festgesetzt.

*

Noch einmal ging Tom seinen Plan in allen Einzelheiten durch. »Am schwersten sind die Fälle aufzuklären, in denen es keinerlei Beziehung zwischen Täter und Opfer gibt«, hatte ein bekannter Bremer Fallanalytiker erklärt, den er vor Jahren als Gast in seine Sendung gebeten hatte, um über einen, nach Toms Meinung genialen Roman zu urteilen.

Seine letzte Begegnung mit Rudi lag mehr als vierzig Jahre zurück und bedeutete nicht mehr als ein x-beliebiger Vorname. Da gab es keine Beziehung. Der einzige Mensch auf der ganzen Welt, der eine Verbindung zwischen ihnen herstellen konnte, war Claudia. Aber darüber musste er sich keine Gedanken machen, war Tom sich nach kurzer Überlegung absolut sicher gewesen.

»Claudia liebt mich und nicht diesen eingebildeten Affen«, brabbelte er vor sich hin. »Sie hat Sehnsucht nach mir und nicht nach ihm. *Ich* fehle ihr, nicht er«, redete er sich ein und übte vor dem Spiegel ein paar Mal, wie er die tödliche Waffe zu führen habe.

Claudia wäre ihm für immer dankbar dafür, dass er das Problem so entschlossen gelöst habe, war er schließlich ganz fest überzeugt. Niemals würde sie den Mann, den sie liebt, ans Messer liefern. Warum auch sollte sie das zukünftige gemeinsame Leben zerstören?

Außerdem würde niemand jemals etwas davon erfahren, dass er nach Kreta gereist sei. Es wäre besser für alle, wenn selbst Claudia im Unklaren darüber blieb. Tom Schemmel war kein Dummkopf! Er hatte einen Flug von Bremen über Frankfurt nach Istanbul gebucht. Von dort würde er nach Bodrum weiterreisen und so mit der Fähre über Kos und Santorini nach Heraklion kommen. Einmal in Griechenland angekommen, gäbe es keinen Tom Schemmel mehr. Vorsorglich hatte Tom sich mit reichlich Bargeld eingedeckt, so dass er weder eine Kreditkarte noch einen Geldautomaten würde benutzen müssen.

Ein Tom Schemmel hinterließ keine Spuren!

Dass Rudi sich irgendwo in einem Dorf in der Nähe des Klosters Preveli verkroch, stand für Tom außer Frage. Es würde ein Leichtes sein, ihn dort unauffällig ausfindig zu machen. Die Spitze des Brieföffners kam Tom noch ein wenig schärfer vor, als er sie noch einmal prüfte. Der Gedanke, den feigen Lügner mit einer Waffe zu vernichten, die Elena Tom geschenkt hatte, bereitete ihm eine merkwürdige Befriedigung.

»Ich soll dir schöne Grüße von deiner Tochter ausrichten«, sollten die letzten Worte sein, die Rudolph von Bargen auf dieser Welt hören würde.

»Taxi, ist da, kommst du runter«, tönte es aus der Gegensprechanlage.

»Das fängt ja toll an«, freute Tom sich über den türkischen Fahrer, der ihm an der Haustür den kleinen Rollkoffer abnahm. Der kann mich auf der kurzen Fahrt zum

Flughafen vielleicht ein wenig mit Istanbul vertraut machen, dachte er freudig. Außerdem würde der Fahrer sich jederzeit daran erinnern, welches Reiseziel Tom angegeben hatte, falls irgendwann doch jemand dumme Fragen stellte. Aber das war so gut wie ausgeschlossen.

Freitag, 21. April 2017

»Mama, du kannst ihn nicht einfach so umbringen. Willst du für diesen Mistkerl den Rest deines Lebens im Gefängnis sitzen? Lass uns morgen überlegen, wie es weitergehen soll. Jetzt bin ich todmüde.«

Mit diesen Worten hatte sich Elena spät am Abend mit dem Roman in der einen und einem Glas Rotwein in der anderen Hand ins Gästezimmer verabschiedet. Aber auch der unter griechischer Sonne gereifte Schlummertrunk brachte nicht die erhoffte Entspannung. An Schlaf war lange nicht zu denken. Zu aufgewühlt waren die Gedanken. Zu erschüttert die Gefühle. Zu sehr lag die Freude darüber, endlich eine Spur des so lange vermissten Vaters gefunden zu haben, im Widerstreit mit der Trauer über die verlorenen Jahre. Zu sehr kämpfte das schreiende Glücksgefühl gegen den stummen Kummer.

Lange hatte Elena in dieser Nacht darüber nachgegrübelt, wie ihr Leben womöglich verlaufen wäre, wenn Tom ihrer Mutter vor 41 Jahren die Wahrheit gesagt hätte. Und obwohl sie tief in sich das Gefühl einer glücklichen Kindheit trug, schmerzte manche Erinnerung an die vaterlosen Jahre.

Wie oft hatte Elena sich als Kind ausgemalt, wie schön es wäre, auch einen Vater zu haben. So wie Sandra, Stefanie oder Nicole. Wie sehr hatte sie manchmal ihre beste Freundin Susanne beneidet, wenn deren Vater sie vom Kindergarten abgeholt hatte. Später in der Schule hatte Tom ein wenig diese Rolle übernommen. Aber eben nur ein wenig.

Tatsächlich war Tom ihr in späteren Jahren in manchen Dingen fast zum Vater geworden. Aber eben nur fast. Irgendetwas Trennendes, wofür Elena keinen Namen kannte, hatte immer zwischen ihnen gestanden.

Warum, Tom Schemmel? Warum!, war der letzte Gedanke gewesen, bevor sie in einen unruhigen Halbschlaf gefallen war. Es dämmerte schon ein wenig.

Warum, Tom Schemmel?, war auch der erste Gedanke, als Elena am späten Vormittag erwachte. Sie kannte die Antwort.

Nicht selten steckten Liebe und Eifersucht unter einer Decke.

Liebe und Verrat!

Eifersucht und Verrat!

»Er soll es mir ins Gesicht sagen. Hast du seine Nummer? Weißt du, wann er freitags Feierabend hat?« Mit diesen knappen Sätzen betrat Claudias Tochter gegen halb elf die Küche, in der seit Stunden alles für ein gemeinsames Frühstück vorbereitet war. Tee und Kaffee, frische Brötchen, griechischer Joghurt, Honig und Orangensaft.

»Erst einmal koche ich dir neuen Tee«, erwiderte Claudia. Sie nahm die gläserne Kanne vom Stövchen und goss die dunkle Flüssigkeit in den Abfluss. »Der hier ist in der Zwischenzeit abgestanden und bitter geworden.«

»Sorry, Mama. Danke. Erst einmal Guten Morgen. Ich hoffe, du hast besser geschlafen als ich.«

Auch diesmal waren die Anlaufschwierigkeiten schnell überwunden, und bald berieten Mutter und Tochter beim gemeinsamen Frühstück das weitere Vorgehen.

»Ich habe ihm Rudis Roman noch am Montag an den Sender geschickt. Allerdings ohne Absender«, verriet Claudia ihrer Tochter noch ein Detail, dass sie gestern nicht erwähnt hatte. »Ich habe gehofft, dass er auf der Stelle an seiner Lüge erstickt, damit ich das nicht erledigen muss. Aber bis jetzt habe ich noch keine Nachricht erhalten«, ergänzte sie bissig.

»Außerdem hätte im Weser-Kurier sicher ein großartiger Nachruf auf ihn gestanden: ›Er hatte immer den Anspruch, auf dem unüberschaubaren Buchmarkt die Spreu vom Weizen zu trennen. Tom Schemmel, vielen Radio-Bremen-Hörern noch bestens bekannt als Moderator der literaturkritischen Sendung *BUCHWEIZEN*, ist überraschend an seiner eigenen, verlogenen Vergangenheit verstorben. Na, dann Prost! Trinken wir ein Weizenbier auf das Buch, das ihn endlich zur Strecke gebracht hat.‹«

Die Wut in Claudia hatte bei der imaginären Zeitungsmeldung noch einmal starkes Oberwasser bekommen.

»Mama, warum hast du mit dem Verschicken des Buches nicht gewartet, bis ich hier bin? Ich hätte ihn gerne unvorbereitet angetroffen«, bedauerte Elena die vorschnelle Handlung ihrer Mutter.

»Sicher hat er sich inzwischen ein ganzes Gebäude aus Lügen errichtet«, ging sie ihren Gedanken noch ein Stück weiter nach. »Sicher hat er für alles eine ganz logische Erklärung. Wahrscheinlich behauptet er sogar, dass kein Wort davon wahr ist, was Rudi geschrieben hat.« Claudia schüttelte gedankenverloren den Kopf, als sei sie aus einem bösen Traum erwacht. »Ach Elena, ich war so durcheinander. Ich wusste doch selbst nicht, was ich tue. Ich könnte ihn wirklich immer noch mit meinen eigenen Händen umbringen. Schrecklich, wozu Menschen in der Lage sind. Deine Mutter eine Mörderin! Kannst du dir das vorstellen?«

Elena aber war gerade noch tiefer in eine ganz andere Gedankenwelt eingetaucht. Sie machte einen Abstecher in die grenzenlose Welt der Lügen, in der alles vorstellbar war.

Einfach alles!

Nach den Einzelheiten der Reise, die Rudolph von Bargen beschrieben hatte und die ihre Mutter bis ins kleinste Detail bestätigen konnte, gab es keinen Zweifel daran, dass der Verfasser des Romans tatsächlich nur Rudi sein konnte. Aber wer konnte bestätigen, dass auch die finalen Ereignisse im Palmental der Wahrheit entsprachen? Was, wenn nicht Tom, sondern Rudi der Lügner war?

Als könne sie Elenas Gedanken lesen, setzte Claudia zu einer Antwort an: »Ich habe auch darüber nachgedacht, mein Kind. Immer wieder. Rauf und runter. Aber es passt hinten und vorne nicht. Glaubst du wirklich, er könnte unsere einzigartige Liebe so einfühlsam beschreiben und dann auch noch öffentlich machen, wenn er sie am Ende so schäbig verraten hätte?«

Einen Moment herrschte Schweigen im Raum, bevor Claudia fortfuhr: »Elena, du hast gestern vielleicht nicht mehr alles gelesen. Er hat mich jahrelang gesucht. In Hamburg habe ich ihn sogar auf den Landungsbrücken gesehen. Oben, von der Straße aus. Ich bin gerannt, wie ich noch nie in meinem Leben gerannt bin. Aber als ich endlich unten auf den Pontons war, hatte ich ihn aus den Augen verloren. Später habe ich mir eingeredet, dass ich mich getäuscht hätte. Aber er war es wirklich. Du kannst es nachlesen. Ich habe ihn in den Lokalen und auf den Toiletten gesucht, aber er war in eine der wartenden Barkassen gestiegen und hat eine Hafenrundfahrt gemacht. Warum hätte er tagelang nach mir suchen sollen, wenn er nichts mehr von mir wissen wollte? Jemanden in einer fremden Großstadt zu finden, war damals noch nicht so einfach wie heute. Es gab noch kein Internet und ich stehe bis jetzt in keinem Telefonbuch. Mein Name taucht in keiner Suchmaschine auf. Als ich so alt war, wie du jetzt bist, habe ich Google für eine Nudelsorte gehalten.«

Bevor sie wieder auf den Roman zu sprechen kam, öffnete Claudia ein Fenster, um frische Luft einzulassen. Einen Moment schaute sie, tief in Gedanken versunken, den ziehenden Wolken nach.

»Es ist alles so unvorstellbar, Elena. Jahre später waren wir zur selben Zeit zwei Tage in Paris. Du warst gerade in die Schule gekommen, und ihr habt eine erste Ausreise ins Schullandheim gemacht. Ich hatte bei der Bürgerpark-Tombola eine zweitägige Busreise gewonnen. Eine

Übernachtung im Mehrbettzimmer. In Paris waren Rudi und ich fast zur selben Zeit auf dem Eiffelturm – ich kurz vor Mittag, er kurz danach. Aber eben nur fast zur selben Zeit. Ich bin verrückt geworden, als ich das Datum, das er in seinem Buch angibt, mit dem Eintrag in meinem Tagebuch verglichen habe. Ein anderes Mal wären wir uns fast in München über den Weg gelaufen. Aber eben nur fast. Wir waren am selben Tag im Deutschen Museum und anschließend im Englischen Garten.«

Aufgebracht überflog Claudia einige Seiten des Romans, bis sie die entsprechenden Stellen gefunden hatte: »Hier Elena, bitte, lies selbst.«

Nach meiner Rückkehr von Kreta war ich einige Zeit in Hamburg, um nach Claudia zu suchen. Warum nur hatte sie sich nicht bei meiner Mutter gemeldet? Eine Frage, die mich bis heute durch manch schlaflose Nacht begleitet.

Eine kleine Wohngemeinschaft am Steindamm hatte mir vorübergehend für wenig Geld ein freies Zimmer überlassen. Die beiden Bewohnerinnen versprachen mir, mich bei meiner Suche nach Claudia zu unterstützen und an der Uni nach ihr zu forschen. Ich hängte am ersten Vormittag in den Zügen der U-Bahnlinie, die in Elbnähe fuhr, Zeichnungen von Claudia aus. Aber die für mich so wertvollen Bilder waren schon bald wieder verschwunden, und niemand meldete sich telefonisch in der WG, um mir den erlösenden Hinweis zu geben.

Obwohl die Stadt so riesig ist, wurde ich nicht müde, Tag und Nacht die Straßen entlang der Elbe auf und ab zu wandern. In tausend Kneipen und Bäckerläden habe ich nach Claudia gefragt und nicht weniger Passanten in der Nähe der Landungsbrücken angesprochen. Niemand konnte mir helfen. Wie sollte ich die geliebte Frau finden, wenn mir nicht ein Zufall zur Hilfe kam?

Am letzten Tag meiner Suche musste ich an Tom und seine Lieder denken, die er für jede denkbare Situation parat hatte: Ein Schiff wird kommen, und das bringt mir den einen. *Ein letzter Strohhalm, dachte ich, und stieg, obwohl ich es eigentlich total albern fand, in eine wartende Barkasse, die gerade zu einer Großen Hafenrundfahrt ablegte. Aber auch das kleine, schwankende Schiff brachte mich nicht zu meinem Engel. Tom hatte mir diesmal kein Glück gebracht. Am nächsten Tag verließ ich traurig die Stadt. Ich brauchte dringend Geld und hatte einen guten Job in Braunschweig gefunden. Von meinen letzten Ersparnissen habe ich noch eine Anzeige im Hamburger Abendblatt aufgegeben. ›Kreta im April – Rudi sucht Engel Claudia‹. Aber welches himmlische Wesen liest schon die Anzeigen in der Tageszeitung.*

»Und du hast Rudi wirklich unten auf den Landungsbrücken gesehen?« Elena war plötzlich ganz aufgekratzt. »Mein Gott, Mama, dann war ich ja auch schon dabei«, lachte sie ein wenig albern und stellte sich vor, wie es gewesen wäre, wenn ihre Eltern sich damals im Hamburger Hafen wiedergefunden hätten. Vielleicht war die Idee ihrer Mutter, diesen elenden Lügner umzubringen, doch gar nicht so schlecht. Der menschliche Abgrund war auch Claudias Tochter nicht völlig fremd.

»Ja, mein Kind, du warst schon dabei. Ich wusste seit ein paar Tagen, dass ich schwanger bin, aber daran habe ich in dem Moment überhaupt nicht gedacht. Ich hätte nicht so rennen dürfen«, zeigte sich die Mutter auch nach über vierzig Jahren noch besorgt.

Elena nahm ihre Mutter ganz fest in den Arm. »Ihr Mütter seid schon eine komische Sorte«, sagte sie nur, und die Umarmung wurde noch ein wenig fester.

»Die Sache ein paar Jahre später in Paris ist fast noch unheimlicher«, wechselte Claudia abrupt das Thema und löste sich aus der Umarmung.

Die entsprechende Textpassage im Roman hatte sie mit einem Lesezeichen gekennzeichnet. Dazu schlug Claudia eine markierte Seite ihres Tagebuches auf. »Hier du kannst es selbst vergleichen. Wir haben uns mehrfach nur ganz knapp verpasst. Eigentlich hat nur gefehlt, dass wir Zimmer an Zimmer in der gleichen Absteige wohnen, ohne es zu merken. Ich weiß auch nicht, warum uns der Zufall nicht helfen wollte. Er ist so unberechenbar.«

Claudia war erneut ans Fenster getreten und schaute wieder nachdenklich in den Himmel. »Mir ist gerade eingefallen, dass ich Tom erst vor einigen Tagen zufällig bei einem Spaziergang an der Weser getroffen habe. Wir haben ein paar belanglose Sätze gewechselt. Aber dann wurde es mit ihm auch fast unheimlich. Er hat mich die ganze Zeit so merkwürdig angestarrt und etwas gefaselt, was ich nicht wirklich verstanden habe. Er wisse ganz genau, wie es in mir aussieht, oder so etwas ähnliches. Ich habe mich unter einem Vorwand schnell von ihm verabschiedet.«

Als sie weitersprach, hatte sich Claudias Stirn in Falten gelegt: »Sein Lachen beim Abschied klang merkwürdig irre. Vielleicht kannte er den Roman sogar schon vor mir. Mit Büchern kennt er sich ja bestens aus. Vielleicht hat er sogar gehofft, dass ich Rudis Buch nie in die Finger bekomme. Eine Zeit lang habe ich ja tatsächlich nur gelesen, was er mir aus seiner Sendung mitgebracht hat. Es waren wirklich tolle Bücher dabei, muss ich zugeben.«

Elena bedachte die Worte ihrer Mutter einen Moment, ging aber nicht weiter darauf ein. Sie goss sich einen Becher Tee ein, schmierte sich noch ein halbes Brötchen mit Honig und vertiefte sich eine Zeit lang in die nebeneinander liegenden Texte. Bald hatte sie erfahren, dass Rudi und ihre Mutter sich zwei Tage lang im völligen Gleichklang durch die französische Metropole bewegt hatten, nur getrennt von einer knappen halben Stunde.

»Ist das eine Träne?«, fragte sie schließlich sanft und deutete auf einen kleinen Fleck am Rand der Seite.

»Ja, schon möglich«, gestand Claudia ein. »Beim Lesen habe ich manchmal Rotz und Wasser geheult. Das, was ich mit deinem Vater erlebt habe, war wirklich einzigartig. Nie mehr im Leben habe ich etwas Ähnliches erfahren.«

»Das ist wirklich unheimlich, Mama. Wie ist es möglich, dass er mit der ganz sicheren Erwartung auf den Eiffelturm hochgefahren ist, dich oben auf der Plattform anzutreffen? Er will im Aufzug deinen Duft wahrgenommen haben und hatte deshalb keinen Zweifel daran, dass du kurz vor ihm im Fahrstuhl warst. Eigentlich glaube ich nicht an so einen Quatsch. Aber du bist ein paar Minuten vorher wirklich da gewesen. Das kann es doch nicht wirklich geben.«

Jetzt hatte Elena die Stirn in tiefe Falten gelegt.

»Rudi und ich waren wirklich eins«, gab Claudia nur eine wortkarge Erklärung und tauchte für eine Weile in eine Welt ein, zu der nur sie und Rudi Zutritt hatten.

»Es war vielleicht so ähnlich, wie wir beide eins waren, als du noch in meinem Bauch warst«, tauchte sie mit ebenso knappen Worten schließlich wieder aus der Versenkung auf.

Elena bedachte die Worte ihrer Mutter einen Moment, erwiderte aber nichts mehr. Alles, was das Leben von Mutter und Tochter in den letzten vier Jahrzehnten so nachhaltig verändert hatte, war gesagt. Die Vergangenheit lag wie eine fein gezeichnete Landkarte auf dem Tisch vor ihnen ausgebreitet.

»Wie schön wäre es, wenn aus einem stillen Tal die Friedensglocke läuten würde«, flüsterte Elena ein wenig traurig in den Himmel, und sie erinnerte sich dunkel daran, wie sie als vierjähriges Kind, auf Toms Schultern reitend, in das Palmental hinabgeschaut hatte. Vielleicht war die Erinnerung an das abgeschiedene Tal aber auch nur lebendig geblieben, weil sie in den folgenden Jahren das Fotoalbum der Reise tausendfach mit ihrer Mutter zusammen angeschaut hatte.

Stillen Frieden wünschte Elena sich!

Aber alles in ihr schrie ganz laut nach Vergeltung.

Rache!

Elena bemühte sich, ihre aufgewühlten Gefühle wieder in den Griff zu bekommen. Sie wusste nur zu gut, dass Rache ein schlechter Ratgeber war.

»Wir müssen jetzt ganz genau überlegen, wie es weitergehen soll, Mama. Mit so einer Wut im Bauch ist das gar nicht so einfach.«

Claudia schaute ihre Tochter an, blieb aber stumm. So nahm Elena den Faden nach kurzer Bedenkzeit wieder auf: »Was hast du schon davon, wenn du ihm mit einer Eisenstange den Schädel einschlägst? Was haben wir davon? Er hat seine Ruhe, jedenfalls wenn er nicht in der Hölle schmort, und du wirst Rudi nie wiedersehen, weil du 15 Jahre im Gefängnis sitzt. Versprich mir, dass du nichts Dummes tust, bitte.«

Claudia nickte nur stumm und schaute gedankenverloren hinaus in den Garten. »Was schlägst du vor?«, stellte sie erst nach geraumer Zeit eine einfache Frage.

»Ich möchte meinem lieben Beinahe-Vater noch heute einen kleinen Besuch abstatten. Alleine. Ohne dich, Mama. Ganz die liebe Elena.« Claudias Tochter wirkte entschlossen. Sie hatte einen Plan. »Vielleicht kann ich mit ihm, wie in alten Tagen, zusammen das Lied vom Baggerführer Wilibald singen: *Und klettert in den Bagger, und baggert auf dem Acker ein großes tiefes Loch – was noch?*«

Elena konnte wieder ein wenig lachen: »Du hast doch gesagt, dass sie gleich neben seiner Wohnung die Schule abreißen und dort schon seit Monaten eine tiefe Baugrube ist.«

Claudia starrte ihre Tochter aus entsetzten Augen an und war augenblicklich tief besorgt: »Elena, du willst ihn doch nicht etwa dort verbuddeln? Kind, mach dich nicht unglücklich.«

»Nein, Mama«, lachte Elena »keine Angst, ich werde ihm kein Haar krümmen. Außerdem will ich so schnell wie möglich meinen richtigen Vater finden. Das geht nicht, wenn ich statt deiner im Knast sitze. Hast du einen Lippenstift?«

»Jetzt sag doch endlich, was du vorhast«, konnte die Mutter sich nicht länger beherrschen. »Spann mich nicht so auf die Folter.«

Mit wenigen Sätzen erklärte Elena ihren Plan: »Ich will, dass er weiß, dass wir es wissen, Mama. Wir können weder die Zeit zurückdrehen noch irgendetwas ungeschehen machen. Aber wir haben noch ein langes Leben vor uns. Lass uns nach vorne schauen, Mama! Wie wäre es, wenn Mutter und Tochter mal wieder gemeinsam Urlaub machen, zum Beispiel auf Kreta? Es muss heutzutage doch ein Leichtes sein, herauszufinden, wo Rudi wohnt.«

Elena schaute ihre Mutter eine Weile erwartungsvoll an. Sie konnte förmlich sehen, wie die Gedanken durch Claudias Kopf rasten. Aber ihrer Mutter schien es die Sprache verschlagen zu haben. So fuhr die Tochter fort: »Tom soll dagegen ruhig Tag für Tag auf sein verlogenes Leben zurückblicken und jedes Mal, wenn er morgens in den Spiegel schaut, an sein schäbiges Handeln von damals denken. Womöglich ist das schlimmer für ihn als der Tod.»

Fast kam es Elena jetzt ein wenig grausam vor, als sie ihrer Mutter den Rest ihres Planes erklärte: »Bevor ich meinen kurzen Besuch bei Tom beende, muss ich natürlich noch auf die Toilette. Dafür brauche ich deinen Lippenstift. Natürlich wird er mich beim Abschied zunächst zur Haustür begleiten. Aber wenn er danach ins Bad geht, steht auf dem Spiegel: ›Klar Rudi, mach ich. Wir hatten doch eine so schöne Zeit miteinander.‹«

Nur allmählich begriff Claudia das Vorhaben ihrer Tochter. »Und wenn er sich etwas antut?«, fragte sie besorgt.

»Mama, du wolltest ihn umbringen.«

Freitag, 21. April 2017

Fast die gesamte dreistündige Flugzeit von Frankfurt nach Istanbul hatte Tom dafür genutzt, seine Vorgehensweise noch einmal gründlich zu überdenken. Er hatte seine weiteren Pläne daraufhin noch einmal deutlich verändert. Tom Schemmel hatte vorschnell gehandelt, ärgerte sich der nachdenkliche Passagier ein wenig über sich selbst.

Unbedacht!

Das durfte ihm nicht noch einmal passieren.

Es war schon nicht klug gewesen, überhaupt ein Taxi zum Flughafen zu nehmen. Aber es grenzte schon fast an Dummheit, den Fahrer dann auch noch in sein Reiseziel einzuweihen, hatte Tom nach reichlicher Überlegung selbstkritisch festgestellt. Diese Entscheidung nahm ihm die Möglichkeit, im Falle eines sehr unwahrscheinlichen Falles einfach zu behaupten, dass er ein paar Tage völlig antriebslos im Bett gelegen habe. Mit einer Depression sei leider nicht zu scherzen, hätte er sich dabei auf die Worte seines Arztes berufen können. Kein noch so raffinierter Schnüffler hätte widerlegen können, dass er sich tagelang einfach nicht auf die Straße gewagt hatte. Warum also völlig unnötig eine Reise in den Süden ins Spiel bringen?

Beim Sender hatte er sich ordnungsgemäß krankgemeldet. Niemand würde ihn in den nächsten Tagen in Bremen vermissen oder gar nach ihm suchen, war sich Tom so gut wie sicher. Dafür hatte er sich in der letzten Zeit zu sehr von allen Menschen abgewandt, zu denen er noch sporadischen Kontakt gepflegt hatte. Es gäbe in ganz Bremen niemanden, der die bedauerliche Version seiner vorübergehenden schweren depressiven Erkrankung widerlegen könnte.

Andererseits war der Zufall unberechenbar, wusste Tom nur zu gut aus unzähligen spannenden Romanen, die er über die Jahre in seiner Sendung besprochen hatte. Die Bücher lebten von der überraschenden Wendung. Wie oft war in Kriminalfällen sogar direkt vom Kommissar Zufall die Rede. Wenn durch irgendein unvorhersehbares Ereignis auch in seinem Fall ein ungeahnter Weg eingeschlagen werden sollte, dann hätte Tom immer noch eine längere Reise aus dem Hut zaubern können. Aber eben nur für den unwahrscheinlichen Fall, dass doch jemand dämliche Fragen stellte.

An sich war die Reise ja völlig unverdächtig. Sein Arzt hatte ihm sogar zu einem Urlaub am Meer geraten, und warum sollte jemand einen sinnlosen Mord an Kretas Südküste mit seinem Flug in die Türkei in Zusammenhang bringen? Es gab keinerlei Verbindung zwischen Rudolph von Bargen und ihm oder der Stadt. Vielleicht stellte die Polizei irgendwann in Hamburg, Paris oder München ergebnislose Nachforschungen an, aber nicht in Bremen. Doch man konnte nie wissen. Warum also unnötig schlafende Hunde wecken?

Tom nahm sich fest vor, jeden weiteren Schritt noch viel gründlicher zu bedenken als bisher. Nach dem unbedachten Einbeziehen des Taxifahrers in seine Reisepläne war es besser, von Anfang an in die Offensive zu gehen. Ein Tom Schemmel war zu schlau, um sich im Ernstfall in Widersprüche verwickeln zu lassen.

So entschied Tom, dass er im Gegensatz zur ursprünglichen Planung in der Türkei deutliche Spuren hinterlassen wollte. Er würde Ansichtskarten schreiben, sich zuerst in Istanbul und dann in Bodrum in ein Hotel einmieten, Geld abheben, die Kreditkarte einsetzen. Vielleicht würde er sich lederne Stiefel an seine Bremer Adresse schicken lassen, oder einen kleinen Teppich. Im Basar würde er nach einem Schmuckstück für Claudia Ausschau halten. Ein goldener Ring vielleicht!

Hoch über den Wolken war Tom bei diesem Gedanken für einige Minuten in eine Welt abgetaucht, zu der nur er Zutritt hatte. Es war eine Welt, in der die Freiheit grenzenlos war. Schon bald würde er dieses Paradies mit Claudia teilen. Aber genau wie der Prinz im Märchen musste er zuvor noch eine schwierige Aufgabe lösen.

Bevor er sich zu seinem kleinen Abstecher nach Kreta aufmachen würde, wollte er sich in Bodrum wiederholt an die Hotelbar setzen und großzügige Trinkgelder hinterlassen.

Man würde sich an Tom Schemmel erinnern!

Die Sache an Kretas Südküste war mit der An- und Abreise in vier Tagen zu erledigen, hatte Tom sich ausgerechnet. Es war ein Leichtes gewesen, die Fährverbindungen im Internet herauszufinden. In elf Stunden konnte er auf der griechischen Insel sein. Allerdings würde er auf die Schnellfähre zwischen Santorini und Kreta verzichten, wenn dafür zum Einchecken der Ausweis erforderlich war. Tom hatte wirklich an alles gedacht. Keinesfalls würde er auf der Insel ein Taxi benutzen, sondern mit Hut, Sonnenbrille und Gehstock getarnt in einen Linienbus steigen. Er hatte lange in den großen Spiegel im Badezimmer geschaut und nach besonderen Merkmalen gesucht, die ihn verraten könnten. Es gab keine.

Allein bereitete ihm Sorge, dass er sich nach seiner neuen Planung insgesamt ein paar Tage mehr Zeit für die ganze Angelegenheit nehmen musste. Darin lag ein gewisses Risiko. Wie ein Damoklesschwert schwebte der Gedanke daran, dass Claudia den Roman in Händen hielt und Kontakt zu Rudi aufnahm, bevor er sein Werk vollendet hatte, mit in den türkischen Luftraum. Ein abschließendes Mal prüfte Tom alle denkbaren Möglichkeiten und kam zu dem Entschluss, dass er das zeitliche Wagnis eingehen musste. Nur so war gewährleistet, dass sein Alibi im Falle eines Falles absolut wasserdicht war.

Wie absurd wäre es, wenn er das geplante zukünftige Leben mit der geliebten Frau gegen eine karge Zelle im Gefängnis eintauschen müsste?, kam ihm plötzlich ungefragt ein Gedanke zugeflogen, der ihn augenblicklich wieder mit in eine ferne Zeit nahm. Immer mehr Bilder tauchten in Toms Kopf auf.

Er sah den nackten Rudi am Strand im Palmental liegen.

Er hörte Robins Stimme: »Üblicherweise lassen sie die Leute zwei, drei Tage in einer Zelle schmoren.«

Er hörte sich sagen: »Sorry Rudi, ich hätte dir wirklich gerne aus der Patsche geholfen. Aber es reicht nicht mehr für dich.«

Er versuchte, sich einzureden, dass er damals die Wahrheit gesagt habe, denn die ihm verbliebenen 300 DM brauchte er schließlich noch für die Rückfahrt. Jedenfalls einen nicht unerheblichen Teil davon.

Er sah, wie Rudi mit den beiden Polizisten in eines der beiden Ruderboote stieg.

Dann hörte er ganz deutlich Rudis Stimme: »Kannst du Claudia eine Telefonnummer geben, Tom?«

»Klar Rudi, mach ich. Klar Rudi, mach ich«, dröhnte es plötzlich aus dem Lautsprecher über Toms Kopf. Er hielt sich die Ohren zu, aber die Stimme wollte einfach nicht verstummen.

»Klar Rudi, mach ich!«

Kalter Schweiß stand Tom auf der Stirn. Nur ganz allmählich konnte er die Stimme aus dem Lautsprecher dem Flugkapitän zuordnen, der den beginnenden Landeanflug ankündigte, und Tom begriff, dass seine Nerven ihm gerade einen ganz üblen Streich gespielt hatten.

Das durfte ihm nicht noch einmal passieren!

»Das habe ich niemals im Leben gesagt. Dieser elende Lügner«, brabbelte Tom schließlich vor sich hin und machte damit seinen Sitznachbarn auf sich aufmerksam.

Tom räusperte sich. »Entschuldigung, ich musste gerade an eine Buchbesprechung denken. Ein Krimi. Da ist es wohl ein wenig mit mir durchgegangen. Wissen Sie, ich arbeite beim Rundfunk, Radio Bremen, ich moderiere wöchentlich eine Literatursendung.«

Der Mann nickte nur stumm.

In Tom aber war in diesem Moment Lüge und Wahrheit gänzlich und endgültig eins geworden. »Das habe ich niemals im Leben gesagt«, flüsterte er erneut still vor sich hin, und eine ungeheure Wut auf den unverschämten Lügner Rudolph von Bargen machte sich in ihm breit. Entschlossen machte er sich an die letzten offenen Fragen.

Vor seinem kleinen Abstecher ins Nachbarland würde er sich in Bodrum ein Auto mieten, das er später am Flughafen in Istanbul abgeben konnte. Auf der Rückfahrt in die Stadt am Bosporus würde er dann auf schnellen Straßen zusätzliche 500 Kilometer zurücklegen. So wäre auch der Verdacht entkräftet, dass das Auto während seiner Abwesenheit nur auf einem verborgenen Parkplatz gestanden habe. Er war an diesen Tagen ganz einfach ohne ein festes Ziel im Hinterland unterwegs gewesen.

Das Festmahl war nun vollständig angerichtet!

»Buten un Binnen, Wagen un Winnen«, murmelte Tom den Sinnspruch der Bremer Kaufleute vor sich hin, der dem täglichen Fernsehmagazin von Radio Bremen 1980 zu seinem Namen verholfen hatte. Wenige Monate später hatte er Claudia auf der Fähre nach Heraklion wiedergetroffen.

Ein gutes Omen!

»Wagen un Winnen! Wagen un Winnen!«

Ein wenig erschrocken stellte Tom fest, dass er die Sätze wieder laut vor sich her gesprochen hatte und dass sein türkischer Sitznachbar ihn interessiert beobachtete. Aber sogleich beruhigte sich die kurze Aufregung wieder. Tom hatte einen genialen Einfall. Er wollte Spuren hinterlassen. Warum den Mann also nicht in ein kleines Gespräch verwickeln? Zeuge Nummer eins, gebucht auf den Lufthansa Flug von Frankfurt nach Istanbul am 21. April 2017, Reihe 9B.

»Das ist Plattdeutsch und bedeutet: Wagen und Gewinnen«, lächelte Tom den Mann an. »Was glauben Sie, ist eine Reise nach Istanbul in der heutigen Zeit mehr ein Wagnis oder mehr ein Gewinn? Anschläge, Verhaftungen ... Was meinen Sie? Wie geht es jetzt nach dem Referendum weiter?«

»Ich bin Redakteur bei einer regierungskritischen Zeitung. Da ist es unter Erdoğan ganz gewiss ein Wagnis, hierher zu kommen«, entgegnete der Mann nur kurz angebunden und wandte sich wieder seiner Lektüre zu.

Tom lächelte still vor sich hin. Zeuge Nummer eins war also so etwas wie ein türkischer Kollege. Unwillkürlich wanderten Toms Gedanken an seinen Arbeitsplatz nach Bremen, der so gar nichts mehr mit seinen Blütejahren zu tun hatte. Wieder einmal dachte er einen Moment wehmütig an die schönen Jahre im Sender. An seine gewissenhaften Mitarbeiterinnen im Büro, die mit ihrer Arbeit im Hintergrund wesentlich zum Erfolg seiner Sendung BUCHWEIZEN beigetragen hatten. An die Kollegen aus der Redaktion, mit denen er nach Feierabend manchmal noch ein Bier in einer Kneipe in der Horner Straße getrunken hatte, bevor er glücklich und zufrieden nach Hause gegangen war, wo Claudia schon sehnsüchtig auf ihn gewartet hatte. Plötzlich schmerzte es heftig in Toms Brust, als ihm ein weiteres Mal bewusst wurde, wie sehr sich seit der Trennung von Claudia alles verändert hatte. Das Leben war grau geworden.

Einsam!

Kurz vor der Landung auf türkischem Boden gestand Tom sich ein, dass er wohl tatsächlich ein paar Tage tot im Bett liegen würde, bevor man ihn fand. Niemand würde

Tom Schemmel vermissen. Erst ein durchdringender Gestank im Hausflur würde auf seine längere Abwesenheit aufmerksam machen.

»Gut, dass sich das bald ändern wird. Ich wage es für uns, mein Herz. Es geht nicht anders, Claudia! Rudi würde uns nie in Ruhe lassen«, redete er vor sich hin, als säße die geliebte Frau direkt neben ihm.

Gleich darauf wurde er leichenblass. Sein Sitznachbar blieb zwar in seine Zeitung vertieft, aber Tom hatte schon wieder denselben Fehler gemacht. Nein, diesmal war es viel schlimmer. Er hatte Namen genannt. Es durfte keine Verbindung zwischen ihm und einem Rudi geben, und schon gar nicht auf dieser Reise.

Die Flugbegleiterin, die gerade vorbeikam und überprüfte, ob alle Passagiere für die bevorstehende Landung ordnungsgemäß angeschnallt waren, sah Tom besorgt an. »Sie sind ganz blass. Ist alles in Ordnung mit Ihnen? Keine Angst, es wird eine ganz sanfte Landung. Unser Kapitän ist sehr erfahren.«

Tom nickte nur stumm und beschloss, seinen Sitznachbarn als möglichen Zeugen für seine Anwesenheit an Bord zu streichen. Die junge Frau würde sich im Falle eines Falles genauso gut an ihn erinnern.

Ganz allmählich kehrte ein wenig Farbe in Toms Gesicht zurück.

Istanbul schenke ich mir, dann gewinne ich wieder ein wenig Zeit. Je schneller es erledigt ist, desto besser, ärgerte Tom sich darüber, dass er nicht gleich von Bremen aus einen Anschlussflug gebucht hatte. Aber am Schalter war das Glück zu ihm zurückgekehrt. Schon zwei Stunden später sollte die Reise nach Bodrum weitergehen.

Freitag, 21. April 2017

»Der Autor lebt und arbeitet seit 2013 in einem kleinen Dorf auf Kreta«, las Claudia noch einmal den Klappentext des Romans. »Kleine Dörfer gibt es dort viele. Was meinst du? Wir könnten doch einfach beim Verlag anrufen. Die wissen doch, wo er auf der Insel wohnt.« Die Mutter sah ihre Tochter erwartungsvoll an.

»Spar dir die Mühe, Mama. Eine Freundin von mir arbeitet bei einem Verlag in Frankfurt. Sie geben keine Auskunft. Ich glaube, dass dürfen die gar nicht. Aber das ist auch gar nicht nötig.« Noch einmal schlug Elena jetzt das Buch auf. Nach einigem blättern hatte Claudias Tochter gefunden, was sie suchte.

»Hier steht es: ›Wohl an die hundert Kerzen habe ich in den letzten Jahren in der kleinen Kirche entzündet, in der stillen Hoffnung, Vergebung für die missbrauchte Gastfreundschaft der Klosterbrüder zu finden.‹«, las sie die Stelle, die sie gesucht hatte.

»Ist doch völlig logisch, Mama. Er wohnt natürlich ganz in der Nähe des Klosters Preveli. Oder glaubst du, er fährt jeden Tag von Heraklion aus dorthin, um eine Kerze anzuzünden?«, triumphierte Elena.

»Heraklion ist doch kein kleines Dorf, Elena. Aber ja, du hast natürlich recht«, stimmte Claudia freudig zu. »Mein Herz sagt mir schon seit Tagen, dass Rudi in Plakias wohnt. Unsere gemeinsamen Tage dort waren so glücklich. Ich trage immer noch Millionen Bilder aus dieser Zeit in mir. Nicht ein einziges davon ist mit den Jahren verblasst.«

In die Augen Claudias war der strahlende Glanz zurückgekehrt, der in den letzten Tagen so gänzlich erloschen war.

»Wann kannst du dir Urlaub nehmen?«, griff die Mutter jetzt mit erwartungsvoller Stimme den Vorschlag auf, den Elena ihr zuvor gemacht hatte. Sie konnte und wollte ihre Vorfreude nicht länger unterdrücken.

»Wie er wohl aussieht? Ob er noch seine langen, dunklen Haare hat? Nein, hoffentlich ist er genau so grau wie ich geworden. Mein Gott, er wird dieses Jahr tatsächlich schon 65«, überlegte Claudia laut, und ihr Herz schlug Purzelbäume wie seit sehr langer Zeit nicht mehr.

»Das mit dem Urlaub kläre ich später, Mama. Ich glaube, ein paar Tage sind kein Problem, weil ich immer noch so viele Überstunden habe, die ich schon lange abbauen soll. Aber aus irgendeinem Grund ist immer wieder etwas dazwischen gekommen.«

Elena dachte kurz darüber nach, wie oft sie ihre Urlaubsplanung in den letzten Monaten über den Haufen geworfen hatte, weil sie in der Firma nicht abkömmlich war. Diesmal jedoch würde sie nicht akzeptieren, dass ihrer Reise irgendetwas im Wege stand. Auf der ganzen Welt gab es nichts, was wichtiger sein könne als die baldige Suche nach ihrem Vater Rudi, entschied sie grimmig.

»Wie wäre es jetzt mit einem kleinen Spaziergang an der Weser? Ich kann es gar nicht mehr erwarten, den lieben Onkel Tom endlich in seiner Hütte zu besuchen. Vielleicht ist er freitags um diese Zeit schon zu Hause. Sonst fragen wir im Sender nach, wo er steckt.«

Kurze sonnige Abschnitte und dichte Wolken wechselten sich am Himmel ab, als sich die beiden Frauen eine halbe Stunde später entschlossen auf den Weg den Fluss entlang machten, der nach kurzer Strecke überraschenderweise mit unzähligen schönen Erinnerungen gepflastert war.

»Weißt du noch …?«, hieß der allgegenwärtige Begleiter auf der kurzen Strecke zwischen den Weserterrassen und den Arkaden an der Tiefer. Die aufgekommenen Erinnerungen an die gemeinsamen Jahre mit Tom fühlten sich überwiegend weich an. Verstörend weich. Sie fühlten sich überwiegend freundlich und warm an. Verstörend freundlich und warm! Sie wollten so gar nicht zu der gehörigen Portion Wut auf den Mann passen, die sich mit den beiden Frauen auf den Weg gemacht hatte.

Mächtige Wut!

»Weißt du noch, wie oft wir den 1. Mai nach der Demo in der Stadt auf der Wiese unterhalb der Weserterrassen verbracht haben? Bei gutem Wetter manchmal bis in den Abend hinein. Es war immer ein großes Maizelt aufgebaut, und ihr habt tausend Bekannte getroffen. Für die Kinder gab es jahrelang dasselbe Autokarussell. Die halbe Schule war an der Weser. Es war fast wie auf dem Pausenhof. Ich wollte immer nur in so ein pinkfarbenes Rennauto. Manchmal hat Tom mir den Platz richtig freigeboxt. Er konnte manchmal wie ein großer Bruder sein«, hatte Elena sich freudig an die Zeit erinnert, in der Tom ihr fast zum Vater geworden war.

»Weißt du noch, dass hier im Sommer manchmal ein Spielmobil aufgebaut war? Ich glaube, es war beim Stadtteilfest. Tom hat manchmal mit dir wie ein kleines Kind in der Hüpfburg herumgetobt. Es war gar nicht so einfach, ihn da wieder rauszubekommen«, waren die schönen Erinnerungen an die ersten Jahre in Bremen gleich darauf auch mit Claudia durchgegangen.

»Hier habe ich mit ihm meine ersten Versuche auf dem Einrad gemacht. Manchmal bin ich ganz schön auf die Nase gefallen«, gab Elena eine weitere kindliche Erinnerung preis.

Ihre Mutter widersprach ihr jedoch sogleich heftig: »Das kann überhaupt nicht sein, Elena. Damals war hier noch ein Schotterweg. Mit dem Einrad habt ihr immer auf dem Schulhof geübt.«

Die Tochter blieb jedoch bei ihrer Version: »Es war ganz bestimmt hier, Mama, ich kann mich ganz genau daran erinnern. Ich bin mir absolut sicher. Zusammen mit Sandra und ihrem Vater.«

Es war so eine Sache mit der Erinnerung, wenn das Geschehene Jahre zurück lag. Ungezählte Welten entstanden so Tag für Tag, die nur in den Köpfen eines oder weniger Menschen existierten. Wie oft wurde aus einer kindlichen Erinnerung, einer Fantasie oder aus dem tiefen Wunsch eines erwachsenen Menschen mit den Jahren eine unumstößliche Wirklichkeit.

Wahrheit!

Erst auf Höhe der Sielwallfähre stimmten Mutter und Tochter wieder überein: »Weißt du noch? Er hat es immer geschafft, den Fährmann zu einer Extrarunde zu bewegen, wenn wir rüber zum Café Sand gefahren sind. Es war ein Riesenspaß. Du hattest allerdings immer Angst, dass die Fähre kentert, wenn sie sich mitten auf dem Fluss wie ein Karussell drehte. Wir Kinder konnten gar nicht genug davon bekommen. Aber du hast dir fast in die Hosen gemacht.«

»Ja«, erinnerte sich auch Claudia lachend an die turbulenten Überfahrten, »aber ich habe doch keine Angst gehabt, Elena. Und wenn überhaupt, dann natürlich nur um dich.«

Die Tochter hakte sich schmunzelnd bei ihrer Mutter ein, erwiderte aber nichts mehr. Schweigend überdachte sie noch einmal ihr Vorhaben in Toms Wohnung. Den Lippenstift hielt sie dabei fest umschlossen. Fast glaubte sie, eine Waffe in ihrer Hand zu tragen.

Wie jeder Mensch hatte ganz offensichtlich auch der einstige Lebensgefährte ihrer Mutter zwei Gesichter. »In jedem Menschen, den du kennst, steckt ein Mensch, den du nicht kennst!«, schoss Elena eine Weisheit durch den Kopf, deren Herkunft ihr nicht bekannt war. Tom, der ihr fast zum liebevollen Vater geworden war, wohnte im selben Körper wie Tom, der ihr mit einer einzigen Lüge den Vater genommen hatte. Wer war Tom Schemmel wirklich? Konnte der eine überleben, wenn sie den anderen mit wenigen Worten auf dem Spiegel vernichtete?

Durch Claudias Kopf rauschten ganz ähnliche Gedanken. Sie erinnerte sich an einen fröhlichen, jungen Mann, dessen ungeteilte Liebe sie einige Jahre lang durchaus genossen hatte. Sie erinnerte sich an seine immerwährende Aufmerksamkeit ihr gegenüber! An seinen tiefgründigen Humor! An seinen Wortwitz! An sein jahrelanges Bemühen, ihr nahezu jeden Wunsch von den Lippen abzulesen. Tom Schemmel hatte sie geliebt, war Claudia sich ganz sicher.

Sie erinnerte sich aber auch an einen Mann, der es mit den Jahren immer besser verstanden hatte, aus jeder kleinen Episode ein umfassendes Drama zu machen.

»Tom hatte immer schon zwei Seiten«, machte Claudia ihre Gedanken unvermittelt für ihre Tochter sichtbar. »Er konnte sehr unterhaltsam und witzig sein, amüsant, charmant. Er war sehr belesen und konnte alles erklären. Wirklich alles! Er war ein wandelndes Lexikon.«

Einen Moment verharrte Claudia in einer Welt, zu der einige Jahre nur sie und Tom Zutritt gehabt hatten, bevor sie mit einer Stimme fortfuhr, die fast ein wenig traurig klang: »Aber er hatte schon immer auch einen Hang zur Tragödie. Mit den Jahren wurde es immer schlimmer. Er konnte aus jeder Mücke einen Elefanten machen.«

Elena wagte eine Vermutung, die ihre Mutter aufhorchen ließ: »Es heißt immer, die Zeit heilt alle Wunden, Mama. Kann es sein, dass es bei ihm genau andersherum war? Tom wusste zeitlebens, dass sein kleines Familienglück, oder besser gesagt unser kleines Familienglück auf einer schäbigen Lüge basierte. Wenn er Rudi nicht verraten hätte, dann wäre nicht nur unser, sondern auch sein Leben ein völlig anderes gewesen. Er hat dich abgöttisch geliebt, Mama.«

Claudia runzelte nachdenklich die Stirn. Die Sonne war gerade zwischen den Wolken hervorgekrochen, und die Mutter schlug vor, sich trotz eines kalten Windes einen Moment auf einer Bank am Osterdeich den wärmenden Strahlen hinzugeben, um das weitere Vorgehen noch einmal gründlich zu bedenken.

»Du hast manchmal gesagt, ich sei meinem Vater wie aus dem Gesicht geschnitten«, setzte Elena nach kurzer Zeit ihren Gedankengang fort. »Im Gegensatz zu mir kannte er meinen Vater. Du hast nie ein Geheimnis daraus gemacht, dass ich Rudis Tochter bin.«

Elena schaute einen Moment auf die still fließende Weser. Die Ebbe hatte fast ihren tiefsten Punkt erreicht. Schon bald würde die Strömung umschlagen, und das auflaufende Wasser würde wieder kraftvoll gegen die Deiche drücken.

»Ich glaube, dass ich jetzt verstehe, warum er mich manchmal so komisch angeschaut hat. Als ich schon älter war, hab ich mir mitunter ganz andere Gedanken darüber gemacht«, gestand Elena ihrer Mutter.

Sofort war Claudia hellwach: »Hat er …?«

»Nein, Mama, niemals. Ganz bestimmt nicht«, entkräftete Elena energisch den von ihr selbst ins Spiel gebrachten Verdacht. »Damals hab ich es nicht verstanden, aber jetzt weiß ich, dass er in mir immer Rudi gesehen hat.«

Augenblicklich drängte sich der nächtliche Streit, der das Ende ihre Ehe mit Tom besiegelt hatte, wieder in Claudias Gedächtnis: »Ich habe es immer gehasst, wenn sie mich aus ihren dunklen Augen so blöd angeglotzt hat. Es war, als ob dieser Halbaffe mich angestarrt hat, immer war er mit im Zimmer, wenn sie da war.«

Claudia legte den Arm um Elena, bevor sie mit einer Träne im Auge sagte: »Ich habe eine sehr kluge Tochter. Du hast genau ins Schwarze getroffen.« Zum ersten Mal erzählte die Mutter Elena ausführlich von der verheerenden nächtlichen Auseinandersetzung, die nach mehr als zwanzig Ehejahren endgültig zur Trennung geführt hatte.

»Er ist also zuzusagen an seiner eigenen Lüge zugrunde gegangen. Erstickt! Sie ist ihm im Hals stecken geblieben«, fasste Elena nach einer knappen halben Stunde das Geschehen in wenigen Worten zusammen. Gerade hatte die Flut eingesetzt.

*

Es war genau 15 Uhr, als die beiden Frauen sich wieder auf den Weg machten. Um diese Zeit sei Tom häufig von der Arbeit gekommen, wusste Claudia noch aus früheren Jahren. Mutter und Tochter hatten sich entgegen der ursprünglichen Planung darauf verständigt, dem Verräter offen ins Gesicht zu schauen, während sie ihn mit seiner Lüge konfrontierten.

Gemeinsam!

Welchen Sinn machte schon jede angedachte hinterhältige Rache?

Warum zerstören, was längst am Boden lag?

Das hieß keinesfalls, dass sie Tom verschonen wollten. Sie wollten aus seinem Mund hören, was damals im Palmental geschehen war. Sie wollten aus seinem Mund hören, dass er sich die Beziehung zu Claudia mit einer dreckigen Lüge erschlichen und dass er Elena damit den Vater genommen hatte, auch wenn er das zum damaligen Zeitpunkt noch nicht wissen konnte. Sollte Tom Schemmel für den Rest seines Lebens ruhig mit ihrer Verachtung leben, waren sich Mutter und Tochter einig geworden. Es war ganz allein seine Sache, wie er damit in den Spiegel schaute. Mochte ihm ruhig bei der täglichen Morgentoilette speiübel werden. Tom Schemmel trug die Verantwortung für das Geschehen. Er sollte sich dieser Verantwortung stellen. Sie konnten und wollten ihn nicht davor bewahren.

»Mama, er ist der Täter und du bist das Opfer«, hatte Elena noch einmal nachdrücklich festgestellt, als Claudia sich ein weiteres Mal ernsthafte Sorgen machte, Tom könne sich etwas antun.

»Hier habe ich ihn neulich getroffen, als er so wirres Zeug geredet hat«, erinnerte Claudia sich nachdenklich, als sie wenig später die Teerhofbrücke passierten. »Wenn ich es mir recht überlege, sah er überhaupt nicht gut aus. Krank. Irgendetwas steckt in ihm. Dazu dieses irre Lachen. Er hat mir wirklich Angst gemacht.« Diesmal hakte Claudia sich ganz fest bei ihrer Tochter ein. »Komm, lass es uns schnell hinter uns bringen. Und dann möchte ich ihn nie wiedersehen.«

Aus den Biergärten entlang der Schlachte drang vereinzelt fröhlicher Lärm herunter auf die Promenade an der Weser. Die Menschen genossen einen unbeschwerten Tag am Fluss, obwohl es für die Jahreszeit ungewöhnlich kalt war.

»Glaubst du, es kann noch einmal so werden wie damals, Elena?«, stellte Claudia unvermittelt eine Frage in den Raum.

»Nein, Mama, ganz bestimmt nicht«, entgegnete die Tochter nach kurzer Überlegung.

Claudia blickte erschrocken auf. Sie hatte auf eine ganz andere Antwort gehofft. Doch schon Elenas nächster Satz beruhigte die verunsicherte Mutter wieder.

»Dann gäbe es mich doch noch gar nicht«, fuhr Elena lachend fort. »Das könnte dir so passen, dass ihr beide euch im kretischen Frühling alleine vergnügt. Kommt gar nicht in Frage, Mama!«

Plötzlich wieder ganz ernst geworden, fügte Elena noch an: »Außerdem halte ich nicht viel davon, dass es immer werden soll wie damals oder früher, oder …, oder … Warum soll es nicht werden wie heute, Mama? Wie jetzt?«

»Wie recht du damit hast, Elena«, stimmte Claudia ihrer Tochter uneingeschränkt zu, und ihre Gedanken wanderten wieder vier Jahrzehnte zurück. »Damals hat er sich in so ein junges, knackiges Gemüse verliebt. Frisch und unverbraucht. Aber ich habe mein Leben auch ohne Rudi gelebt, und ich glaube, dass es mir überwiegend sogar ganz gut gelungen ist. Aber natürlich hat es Spuren hinterlassen. Ich habe mich verändert. Durchaus nicht immer nur geradlinig. Manchmal gab es auch Irrwege. Aber wer ist die nicht gegangen. Wie ich heute bin, weiß Rudi gar nicht. Wie sollte er auch.«

»Nein, Mama, das weiß er nicht. Und wir wissen nicht, wie er ist. Aber ich bin mächtig gespannt darauf«, erwiderte Elena. Dann fügte sie noch etwas hinzu, dass Claudia erneut verunsicherte: »Vergiss nicht, dass wir einen Roman gelesen haben, wenn er auch auf einer wahren Begebenheit beruht, die du in jeder Einzelheit bestätigen kannst. Aber es bleibt ein Roman. Rudi schreibt nichts darüber, was heute ist. Jetzt. Vielleicht hat er eine Frau und sechs entzückende Kinder.«

Obwohl Claudia diesen Gedanken im Stillen auch schon gehegt hatte, schmeckte er, so von Elena ausgesprochen, ganz abscheulich bitter. Sie hatte ihn bis jetzt außerordentlich erfolgreich verdrängt.

»Aber er schreibt doch, dass ich ihn bis heute durch seine schlaflosen Nächte begleite. Das würde er doch nicht tun, wenn …« Claudia brach den unvollendeten Satz abrupt ab. In wie vielen schlaflosen Nächten hatte sie neben Tom gelegen und an Rudi gedacht, gestand sie sich ein. *Ich gehe eine Vernunftehe ein*, erinnerte sie sich schmerzhaft an einen Eintrag in ihrem Tagebuch.

Das letzte Stück des Weges legten die beiden Frauen schweigsam zurück. »Jetzt ist erst einmal etwas ganz anderes an der Reihe«, unterbrach Elena schließlich die Stille. Sie hatten das Haus im Stephaniviertel erreicht. Die Jalousien der Loggia waren herabgelassen.

»Und was machen wir, wenn er nicht zu Hause ist?«, stellten Mutter und Tochter wie aus einem Mund die gleiche Frage. Ihr Puls hatte sich gleichermaßen erhöht. So als schlüge nur ein Herz in ihrer Brust.

Sie umrundeten das Haus, bis sie vor der Eingangstür standen. Entschlossen drückte Elena die Klingel.

Aber niemand gewährte ihnen Einlass.

Freitag, 21. April 2017

Es wollte so gar nicht zu Tom Schemmel passen, dass er völlig unvorbereitet in einer fremden Stadt landete. Es behagte ihm keinesfalls, so gut wie nichts über sein gewähltes Reiseziel zu wissen, und kurz vor der Landung in Bodrum machte sich ein ziemlich flaues Gefühl in der Magengegend bemerkbar. Alles, was er bis jetzt über die auf einer Halbinsel gelegenen Stadt wusste, hatte er einem abgegriffenen Hochglanzmagazin entnommen, das er in der Sitztasche vor sich im Flugzeug gefunden hatte.

Vom »St. Tropez der Türkei« war dort die Rede. Ungefragt hatte sich durch diesen Vergleich ein Satz in Toms Kopf eingeschlichen, der sehr unangenehme Erinnerungen heraufbeschworen hatte: »Rudi sagt, dass Kreta wie Rimini ist.«

Auch nach über vierzig Jahren ärgerte Tom sich immer noch maßlos darüber, dass er Rudis hirnrissigen Vergleich damals ins Spiel gebracht hatte. Angelika hatte daraufhin versucht, ihn vor Claudia lächerlich zu machen. Auch wenn ihr das nur mäßig gelungen war, schloss Tom eine Mitschuld an den Ereignissen in der Folgezeit nicht gänzlich aus. Wahrscheinlich wäre der Tag im Hafen von Piräus ohne diesen dummen Vorfall völlig anders verlaufen.

»Wahrscheinlich, so ein Quatsch«, hatte Tom halblaut vor sich hingebrabbelt und damit ungewollt seinen türkischen Sitznachbarn auf sich aufmerksam gemacht. Er hatte dem Mann freundlich zugenickt und ihn nach seinen Deutschkenntnissen gefragt. Tom war erleichtert gewesen, denn der Mann verstand kein einziges Wort.

Gleich darauf war er wieder tief in Gedanken versunken. Mit Sicherheit hätte Claudia ihn, Tom Schemmel, gebeten, sie am Abend auf die Fähre nach Kreta zu begleiten und nicht diesen Halbaffen. Mit Sicherheit hätte er mit Claudia unvergessene Wochen auf der Götterinsel verbracht. Warum nur war er nicht alleine nach Piräus gefahren?

Wie oft hatte Tom in den zurückliegenden Jahren schon den verhängnisvollen Morgen in Athen verflucht, an dem er Rudi auf dem Weg zum Bus angesprochen hatte. Warum nur? Alles wäre gänzlich anders gekommen, wenn er sich auf eigene Faust auf den Weg zum Hafen gemacht hätte.

So, wie er sich jetzt entschlossen auf den Weg gemacht hatte!

Toms Gedanken hatten sich minutenlang wild überschlagen, und es hatte ihn einige Mühe gekostet, sich wieder der Zeitschrift zuzuwenden.

Bodrum verfügte dem Artikel nach über mehr als 300 Hotels, von denen viele mit fünf Sternen ausgezeichnet waren, entnahm er dem Magazin. Die Stadt hatte eine von den Johannitern im Mittelalter errichtete Burg zum Wahrzeichen und lockte die Touristen aus aller Welt mit unvergesslichen Bootstouren auf traditionellen Holzschiffen hinaus auf das türkisfarbene Meer oder lud sie bei Sonnenuntergang zu einem unterhaltsamen Kamelritt an einem der schönen Strände in der näheren Umgebung ein.

»Dümmliches Hochglanzwissen«, hatte Tom sich nach kurzer Lektüre ein weiteres Mal über seine mangelhafte Reisevorbereitung geärgert. Eigentlich hatte er sich Bodrum mehr als ein großes Dorf vorgestellt. Dass er in einer lebhaften Kleinstadt landete, war ihm zuvor nicht in den Sinn gekommen. Im Grunde spielte es aber keine wesentliche Rolle, hatte Tom nach kurzer Überlegung ganz nüchtern festgestellt. Es änderte nichts an seinen Plänen.

Das übliche Touristenprogramm konnte ihm ohnehin völlig gestohlen bleiben, entschied der zu allem entschlossene Mann nach einer weiteren kurzen Bedenkzeit. Ihn interessierte allein, dass es von hier aus eine tägliche

Fährverbindung auf die nahe griechische Insel Kos gab. Die bevorstehende mehrtägige Anwesenheit in der türkischen Stadt war ein notwendiges Übel. Sie sollte allein dazu dienen, an der Hotelbar zu sitzen und an einem wasserdichten Alibi zu feilen.

Zuerst musste er eine geeignete Unterkunft finden, legte der Reisende seinen nächsten Schritt fest. Fünf Sterne waren genau das richtige für Tom Schemmel. Er würde das Auto für die Tage seiner Abwesenheit über die Rezeption buchen und sich an der Bar des Hotels Tipps für eine viertägige Fahrt ins Hinterland geben lassen, konkretisierte er sein Vorhaben. Vor der Rückreise nach Deutschland würde er zwei oder drei weitere Tage im Hotel verweilen müssen, so dass während der Tatzeit ein lückenloser Aufenthalt weit ab von Kreta verbürgt war.

Tom war zufrieden mit seinen Plänen. Es war einfach eine geniale Idee, über die Türkei auf die Insel im Libyschen Meer einzureisen, befand er. Niemand käme auf die Idee, ihn zu verdächtigen.

Die Türkei war in den zurückliegenden Jahren noch niemals auf der Liste seiner möglichen Reiseziele aufgetaucht. Mit Kuba hatte er im letzten Jahr geliebäugelt, Thailand vielleicht oder Kambodscha. Aber ohnehin war aus keiner Reise etwas geworden. In der Türkei müsse zunächst die Kurdenfrage gelöst werden, hatte er sich in den vergangenen Jahren in verschiedenen Diskussionen am Arbeitsplatz immer mal wieder zu Wort gemeldet. Die aktuelle politische Entwicklung im Land unter Erdoğan war da nur Wasser auf seine Mühlen gewesen und hatte seine ablehnende Haltung gegen einen entspannten Urlaub an einem nach Chlor stinkenden Hotelpool nur noch verstärkt. Das so offensichtlich undemokratisch durchgeführte Verfassungsreferendum vor wenigen Tagen mit den vorangegangenen Nazivergleichen des türkischen Präsidenten hatte daran gewiss nichts geändert.

Jetzt aber ging es nicht anders!

Tom hatte keine Wahl mehr. Rudolph von Bargen hatte ihn in diese Situation gebracht. Er allein trug die Schuld für das, was passieren würde.

Der liebe Rudi hat es sich selbst zuzuschreiben. Fast hätte dieser gedachte Satz Toms Lippen verlassen, aber er presste seinen Mund gerade noch rechtzeitig fest zusammen.

»Rudi? Rudi, wer, Rudi wie, diesen Namen hört ich nie«, alberte eine Textpassage durch seinen Kopf.

»Küss die Hand schöne Frau«, flüsterte er den Titel des Liedes vor sich hin und musste lachen.

»Erste Allgemeine Verunsicherung« kicherte Tom wieder vor sich hin, und es klang wahrhaftig ziemlich irre.

Schluss damit!

Tom Schemmel würde jetzt für Sicherheit sorgen. Endlich würde es ein Ende haben, dass sich dieser Kerl ungefragt in sein Leben einmischen konnte.

»In *unser* Leben«, korrigierte Tom sich. Dabei hatte er deutlich vernehmbar vor sich hin geflüstert, aber streng darauf geachtet, keinen Namen zu nennen.

Die Wut auf den früheren Reisegefährten hatte sich noch einmal deutlich gesteigert, als Tom wenig später die weitläufige Ankunftshalle des Flughafens betrat.

*

Ohne sich nach einer möglichen Busverbindung in die Stadt zu erkundigen, stieg Tom in eines der vielen wartenden Taxis. »Bringen Sie mich zum Hafen«, gab er dem Fahrer nur eine knappe Anweisung.

Erst als sie schon einige Minuten unterwegs waren, bemerkte Tom, dass das flaue Gefühl im Magen zu einem guten Teil in einen Mordshunger umgeschlagen war. Es war fast 19.30 Uhr, und er hatte seit dem frühen Morgen nichts mehr gegessen. »Sprechen Sie Deutsch?«, wandte er sich an den Taxifahrer.

Der bisher schweigsame Mann ging sogleich auf das Gesprächsangebot ein und erklärte freudig, dass er einige Jahre in Frankfurt gelebt hätte. Dort hätte er zusammen mit seinem Bruder mehrere Jahre ein gut gehendes Gemüsegeschäft geführt. Aber in der letzten Zeit hätte das Geld nur noch für eine Familie gereicht, und deshalb wäre er auch in der Mainmetropole schon Taxi gefahren. Bodrum sei seine Heimatstadt, die er über alles liebe, und er sei froh, endlich wieder zu Hause zu sein. Außerdem sei das Geschäft hier in den letzten Jahren viel besser gelaufen als in Frankfurt. Zurzeit allerdings gebe es nur sehr wenige Touristen.

Tom begriff schnell, dass der Mann sein Geschäft in der hessischen Großstadt bestens gelernt hatte.

»Frankfurt Hühnermist«, erklärte der heimgekehrte Fahrer ihm recht anschaulich. »Hauptbahnhof zum Flughafen nur 12 Kilometer, aber teuer, 30 Euro. Bodrum viel weiter. Flughafen 35 Kilometer. Trotzdem billig, mache für dich extra guten Preis. Nur 70 Euro.«

Erst jetzt bemerkte Tom, dass der Taxameter nicht eingeschaltet war, und er ahnte, dass er gerade mächtig übers Ohr gehauen wurde. Aber er war viel zu müde, um sich auf eine wortreiche Auseinandersetzung einzulassen. Geld gehörte zum Glück nicht zu seinen Hauptproblemen. Es waren ganz andere Dinge, die sein Leben in den letzten Jahren so beschwert hatten. Doch schon sehr bald würde sich das ändern.

»Kennen Sie ein gutes Hotel? Möglichst nahe am Hafen, und am besten fünf Sterne«, fragte Tom den Fahrer, als nach knapp halbstündiger Fahrt die ersten weißen Häuser der Stadt im Abendlicht auftauchten.

»Mein Bruder sehr gute Pension, direkt bei Hafen. Aber nix Sterne. Wozu brauchst du Sterne, wenn Essen gut? Frau von Bruder beste Köchin der Welt«, machte der geschäftstüchtige Mann einen Gegenvorschlag, und Tom war einen Moment geneigt, seine ursprüngliche Planung über den Haufen zu werfen.

Ein Gefühl tiefer Einsamkeit hatte sich urplötzlich zu ihm auf die Rückbank des Taxis gesellt. Toms Gedanken wanderten durch ein kleines Bremer Haus im Steintorviertel mit einem kleinen Garten und Morgensonne beim sonntäglichen Frühstück. Sie verweilten eine Zeit lang in der wohnlichen Küche, in der ein feiner Geruch nach Zimt und Curry ankündigte, dass ein köstliches Mahl zubereitet wurde. Dann stieg Tom – tief in Gedanken versunken – die schmale Treppe hoch und betrat das gemeinsame Schlafzimmer.

Bald war Tom so sehr in dieser Welt gefangen, dass er seinen neuerlichen Fehler gar nicht bemerkte: »Ich tue es doch für uns, Claudia, für unsere gemeinsame Zukunft. Rudi ist bald nur noch kalte Vergangenheit.«

Erst als der Fahrer vor einer kleinen Pension direkt am Yachthafen anhielt, kam Tom wieder zu sich. Es schmerzte in der Brust, und die Stimme versagte ihm fast, als er den gut gemeinten Vorschlag des Mannes mit einiger Verspätung ungewollt schroff zurückwies: »Was soll ich hier? Ich habe gesagt, ein Fünf-Sterne-Hotel.«

»Du gesagt: Bring mich zum Hafen. Hier ist Hafen. Gib 70 Euro.« Aus der Stimme des Mannes war jede Freundlichkeit gewichen. Schon stand der kleine Rollkoffer einsam auf dem Gehweg.

Eine ungezügelte Wut stieg in Tom empor. »Ich könnte ihn erwürgen«, schoss es ihm durch den Kopf, und schon wollten seine Hände sich um den Hals des Mannes legen. Aber sogleich erkannte Tom seine triste Lage, und er versuchte, sich zu beherrschen.

Er hatte Hunger.

Er war müde.

Er fühlte sich einsam.

Er war allein in einer fremden Stadt.

»Ich gebe dir 80 Euro, aber bring mich zu einem anständigen Hotel.«

»90 Euro jetzt, sonst nix wieder einsteigen«, machte der Taxifahrer seinen Lehrmeistern in Frankfurt alle Ehre.

Freitag, 21. April 2016

»Nein, Tom ist nicht im Haus. Er hat sich gestern krank gemeldet. Weißt du das gar nicht?«

Martina schaute Claudia etwas verunsichert an, bevor sie weitersprach: »Aber sag mal, das mit euch beiden ist ja eine tolle Neuigkeit. Nun erzähl schon! Nach so vielen Jahren. Das ist wirklich eine Überraschung für mich. Ich dachte, zwischen euch geht schon lange gar nichts mehr.«

Claudia blickte einen Moment aus ratlosen Augen auf Toms langjährige Arbeitskollegin. Die beiden Frauen kannten sich gut aus früheren Jahren und schätzten sich gegenseitig. Trotzdem wäre es weit übertrieben, von einer Freundschaft zu sprechen. Privat hatte es über die Jahre nur wenige Kontakte gegeben, und der letzte lag nach Claudias Erinnerung lange Zeit zurück. Tom hatte seinen fünfzigsten Geburtstag mit einer großen Gartenparty gefeiert, und Martina hatte im Namen des Kollegiums eine äußerst launige Rede auf den großen Tom Schemmel gehalten.

»Wir vergeben hiermit fünf Sterne für Radio Bremens leuchtenden Stern am Kulturhimmel«, hatte sie nach guten zwanzig Minuten ihren Redebeitrag beendet und vom Kollegium einen Gutschein für ein Wellness-Wochenende in einem Luxushotel in Berlin überreicht.

»Warum sollte Mama wissen, dass er sich krank gemeldet hat?«, beendete Elena die kurze Sprachlosigkeit.

»Was meinst du damit: das mit euch beiden?«, schloss Claudia rasch an. Ihre Stirn hatte sich in tiefe Falten gelegt.

Martina ahnte, dass sie unbeabsichtigt eine Lawine losgetreten hatte, deren zerstörerische Kraft sich jetzt entfalten wollte.

»Habt ihr etwas Zeit? Wollen wir an der Schlachte einen Kaffee zusammen trinken? Ich habe gerade Feierabend«, schlug sie Mutter und Tochter vor. Wenn es noch etwas zu retten gab, dann wollte die besonnene Frau gerne ihren Beitrag dazu leisten.

Nachdem sie ihre Bestellung aufgegeben hatten, erzählte Martina ihren Begleiterinnen mit bedachten Worten, was Tom ihr kürzlich anvertraut hatte. Sie ließ dabei nichts aus, denn sie war sich inzwischen sicher, dass Tom sie an der Nase herumgeführt hatte. »Behalte es noch für dich«, hatte er seine rosarote Mitteilung breit grinsend beendet und ihr schließlich ab Dezember noch seine Wohnung mit Blick auf den Fluss zur Nachmiete angeboten. Weihnachten werde in diesem Jahr endlich wieder ein Fest der Liebe, hatte er noch mit belegter Stimme angefügt, und seine Augen hatten dabei gestrahlt, wie die eines unschuldigen Kindes.

Claudia hing während der Ausführungen wie versteinert an Martinas Lippen. Mit jedem weiteren Satz stellte sich ihre Welt mehr und mehr auf den Kopf. Wieder griff eine Lüge von Tom in ihr Leben ein. Wieder hatte er ihr Dasein verändert. Beängstigend verändert! Es war zutiefst beunruhigend.

»Ich kann es gar nicht glauben. Der spinnt doch! So etwas Beklopptes zu verbreiten. Der ist doch vollkommen verrückt geworden«, brachte sie fassungslos hervor.

»Er hat dir wirklich erzählt, dass er wieder mit Mama zusammen ist und bald zu ihr zurück in die Alwinenstraße zieht? Das ist so was von durchgeknallt. Der Typ ist echt wahnsinnig geworden!«, fasste Elena ihr Erstaunen ungläubig zusammen.

Martina starrte auf den halbvollen Kaffeebecher in ihrer Hand. »Ja, einige Kollegen im Sender machen sich schon lange ihre Gedanken«, sagte sie ein wenig zögerlich. »Er ist in der letzten Zeit wirklich sehr verändert gewesen. Aber wahrscheinlich hat ihn nie jemand direkt darauf angesprochen.«

Nach kurzer Überlegung räumte Toms langjährige Kollegin noch selbstkritisch ein: »Ich habe es ja auch nicht getan, obwohl ich ihn vielleicht am besten kenne. Wir hatten wirklich gute Jahre miteinander.«

Martina schüttelte nachdenklich mit dem Kopf. Bevor sie weitersprach, tauchte sie für einen kurzen Moment in die gemeinsame Vergangenheit mit ihrem Kollegen ein. Eine Zeit lang – es lag viele Jahre zurück – war sie sogar ein wenig verliebt in ihn gewesen, gestand sie sich ein. Damals hatte sie aber schnell erkennen müssen, dass es für Tom nur eine einzige Frau auf der ganzen Welt gab. Er hatte immer nur Augen für Claudia gehabt.

»So richtig konnte ich ja auch nicht glauben, was er mir erzählt hat«, fuhr sie schließlich fort. »Aber dass es völlig aus der Luft gegriffen ist ...«

Auch auf Martinas Stirn zeichneten sich jetzt tiefe Falten ab. »Ehrlich gesagt mache ich mir Sorgen um ihn. Er hat sich in letzter Zeit so völlig von allem und jedem zurückgezogen. Und jetzt das! Wir haben viel darauf geschoben, dass er keine eigene Sendung mehr hat. Er zählte die Tage, bis er endlich ganz aufhören kann, hat Arne mir neulich gesagt. Zu Arne hat er auch jeden privaten Kontakt abgebrochen. Dabei waren sie mal gute Freunde. Aber die Zeit kennt ihr besser als ich.«

Eine gewisse Rat- und Sprachlosigkeit hatte sich am Tisch breit gemacht. Keine der drei Frauen hatte eine zündende Idee, wie es sinnvoll weitergehen könne.

»Ihr wolltet ihn zu Hause besuchen? Vielleicht öffnet er mir die Tür«, machte Martina schließlich halbherzig einen Vorschlag, von dem sie nicht wirklich überzeugt war. »Vielleicht hat er euch auf der Promenade kommen sehen und sich deshalb in seiner Burg verschanzt«, ergänzte sie noch nachdenklich. »Tom ist nicht blöd, Claudia. Er wird schon wissen, dass er in einem Kartenhaus mit dir lebt, das jederzeit einstürzen kann. Jedenfalls wenn er nicht völlig verrückt geworden ist. Kein Wunder, wenn er sich verkriecht, wenn er euch kommen sieht.«

Mutter und Tochter berieten sich kurz. »Ich möchte, dass dieser Spuk ganz schnell ein Ende hat, Martina. Wer weiß, was er sich noch alles ausdenkt. Das grenzt ja schon an Stalking. Vielleicht ist es gut, wenn du mitkommst.«

Elena fügte hinzu: »Was Mama mir gestern von Tom erzählt hat, war schon mehr als genug. Darüber weißt du ja noch gar nichts. Und jetzt noch das! Ich fände es auch gut, wenn wir zusammen zu ihm gehen. Der Kerl macht mir langsam Angst.«

Martina nickte nur stumm. »Ich kann ihm eine WhatsApp schreiben und unseren Besuch ankündigen«, schlug sie vor. »Wenn er sie liest und trotzdem nicht öffnet, dann wissen wir wenigstens, dass er auch mir nicht aufmachen will.«

Die drei Frauen zahlten ihren Kaffee und machten sich erneut auf den Weg entlang der Weser.

»Langsam komme ich mir vor, wie in einem Krimi«, beschrieb Elena ihre Befindlichkeit, als sie nach kurzer Strecke die Bürgermeister-Smidt-Brücke unterquerten.

»Hauptsache, wir finden keine Leiche«, malte Martina eine düstere Vision an die Wand, an die Claudia im Stillen auch schon gedacht hatte.

»Glaubst du ernsthaft, er könnte sich etwas antun?«, stellte sie eine Frage in den Raum, die den Schritt des Trios ein wenig beschleunigte.

*

»Und jetzt?« Elena schaute ihre Mutter und Toms Arbeitskollegin aus fragenden Augen an.

»Er hat meine Mitteilung nicht gelesen. Ich klingel jetzt ein letztes Mal Sturm und dann …« Martinas Satz blieb angefangen in der Luft hängen.

Die Haustür öffnete sich, und ein untersetzter älterer Herr, der einen Rauhaardackel vor sich herschob – vielleicht war es aber auch so, dass der Dackel den Mann hinter sich her zog –, entrüstete sich über die unverhältnismäßige Störung des Hausfriedens: »Was soll denn das? Zu wem wollen sie denn? Hier wohnen nur anständige Leute.«

Gerade wollte Claudia zu einer bissigen Erwiderung ansetzen, als Elena ihr zuvorkam: »Lass mich mal.«

An den anständigen Mann gerichtet, fragte sie mit zauberhaftem Lächeln im Gesicht: »Sie kennen doch sicher Herrn Schemmel?« Nach einer ganz kurzen, aber sehr bedeutungsschweren Pause fuhr sie mit fast flüsternder Stimme fort: »Wussten Sie, dass er eine Tochter aus erster Ehe hat? Hier bin ich. Ich komme von weit her, verstehen Sie. Meine Mutter ist Halbgriechin. Ich möchte meinen Vater mit meinem Besuch überraschen. Wissen Sie, ob er zu Hause ist?«

Der Mann mit dem Dackel wirkte sogleich interessiert. Über den Rundfunkmann im Haus wusste er nur sehr wenig. Viel zu wenig! Er tastete mit seinen Augen, die denen seines kurzbeinigen Freundes nicht unähnlich waren, nacheinander die Gesichter der drei Frauen ab. Offensichtlich fand er nichts Bedrohliches oder gar Unanständiges.

»Den Schemmel von Radio Bremen meinen Sie?«, fragte er nach, als stünde ihm eine größere Auswahl an Schemmels zur Verfügung. Toms Hausnachbar wies seinen Hund an, Platz zu machen. Vermutlich würde die Begegnung an der Haustür doch ein wenig länger dauern, als ursprünglich vorgesehen, ging ihm durch den Kopf. Waldi gehorchte aufs Wort.

»Sicher sind Waldi und mein Vater gute Freunde. Früher hat mein Papa auch immer einen Dackel gehabt«, versuchte Elena, sich das Wohlwollen des Mannes mit flötender Stimme zu sichern. Mit gutem Erfolg!

»Der Schemmel und ein Dackel, das hätte ich jetzt gar nicht gedacht. Dabei täusche ich mich selten in Menschen, das können Sie mir glauben.« Man sah förmlich, wie die Gedanken des Hundebesitzers durch die Zeit wanderten und schließlich bei den seltenen Begegnungen mit Tom Schemmel verweilten. Abwechselnd schaute er wiederholt seinen treuen Begleiter und dann Elena an.

»Mein Waldi hat auch eine sehr gute Menschenkenntnis, vielleicht sogar noch besser als ich. Sie zum Beispiel mag er. Schauen Sie sich bloß seine Rute an.« Noch einmal wanderten seine Gedanken zurück: »Wenn ich es mir jetzt recht überlege, hat er immer auch sehr gut auf Herrn Schemmel reagiert.«

»Sehen Sie«, setzte Elena die Komödie noch ein wenig fort, »vielleicht könnte mein Vater Waldi sogar Gassi führen, wenn Sie mal verhindert sind. Ich frage ihn gleich einmal. Wenn ich nur wüsste, wo er steckt! Ich hätte meinen Besuch vorher ankündigen sollen. Aber ich wollte ihn einfach überraschen. Wir haben uns so lange nicht gesehen.«

Herr Lewandowski hatte sich inzwischen vorgestellt. In seine Gesichtszüge mischte sich etwas Mitfühlendes, als er sagte: »Das tut mir aber wirklich leid. Der Herr Schemmel ist doch heute Morgen nach Istanbul geflogen.« Als müsse er seine Menschenkenntnis erneut unter Beweis stellen, fügte er noch an: »Dem kleinen Koffer nach bleibt er aber höchstens ein paar Tage.«

Claudia hatte dem kleinen Theaterstück ihrer Tochter die ganze Zeit schweigend beigewohnt. Das Talent zu ihrem bühnenreifen Auftritt musste sie von Tom haben, war ihr dabei durch den Kopf geschossen. Er liebte großes Theater. Jetzt war die Mutter urplötzlich blass geworden. »Nach Istanbul sagen Sie? Sind Sie da sicher?«

Kurzzeitig klopfte wieder das Misstrauen an die immer noch offenstehende Haustür. Herr Lewandowski war ein wenig rot angelaufen: »Wenn Sie meinen, dass ich nicht weiß, wovon ich rede … Komm Waldi, machen wir uns auf den Weg. Die Damen finden ihren Weg alleine.«

»Nein, ich bitte Sie«, versuchte Claudia Toms Nachbarn zu beschwichtigen. »Ich bin nur so überrascht, weil er nie in die Türkei wollte.«

Die Aussicht, dass sein Nachbar nicht nur ein Dackelfreund war, sondern womöglich sogar ein Gesinnungsgenosse, besänftigte Herrn Lewandowski augenblicklich: »Das hätte ich jetzt gar nicht gedacht. Dabei täusche ich mich selten in Menschen, das können Sie mir glauben. Ich dachte, er mag diese Ausländer.«

»Hat er Ihnen erzählt, warum er nach Istanbul fährt?«, ergriff Elena sofort die Gelegenheit.

Herr Lewandowski schaute kurz auf Waldis Rute. Sie wedelte immer noch.

»Aber Kindchen, ich habe doch gar nicht mit ihm gesprochen.«

An Claudia gewandt fügte er dann hinzu: »Aber ich habe ganz genau gehört, was er dem Taxifahrer gesagt hat. Das war auch so ein Mohammedaner. Bringen Sie mich nach Istanbul, hat er gesagt. Wenn Sie das bis mittags nicht schaffen, reicht es auch, wenn Sie mich zum Flughafen bringen. Auf der Fahrt können Sie mir etwas über die Stadt erzählen.«

Die Frauen wussten, was sie wissen wollten, und ließen Hund und Herrchen an der Haustür zurück. Herr Lewandowski schaute ihnen lange nach. Es passierte höchst selten, dass er kein eindeutiges Urteil über seine Mitmenschen fällen konnte. Heute war so ein Tag. Den Schemmel würde er nach seiner Rückkehr ein wenig besser im Auge behalten, nahm er sich vor.

Samstag, 22. April 2017

Tom erwachte mit leichten Kopfschmerzen. Entgegen seiner Gewohnheit hatte er sich eine Flasche Rotwein auf das Zimmer bringen lassen, die er fast ganz geleert hatte, bevor er gegen 23 Uhr in einen komaähnlichen Schlaf gefallen war. Er richtete sich mühsam im Bett auf und blinzelte in den anbrechenden Tag. Es war erst kurz nach sechs. Gerade war die Sonne aufgegangen. Tom schleppte sich auf den Balkon, wo sich ihm ein wunderbarer Blick über die Bucht bot, die gestern bei der Ankunft im Hotel schon in der Dämmerung versunken war. Ganz allmählich fügten sich die Gedanken an den gestrigen Abend wieder zu einem Gesamtbild.

Der Taxifahrer hatte ihn nach kurzer Fahrt vor dem Hotel »Diamond of Bodrum« abgesetzt. »Hier hast du deine fünf Sterne«, hatte er sich unfreundlich von Tom verabschiedet. »Aber ist nicht ›Grandhotel Hessischer Hof‹. Sind türkische Sterne«, hatte er sich noch einmal mit spöttischer Miene umgedreht, bevor er in sein Taxi gestiegen und mit hoher Geschwindigkeit davongerast war.

Tom hatte problemlos ein Zimmer mit Blick auf das Meer bekommen. »Ist Doppelzimmer, aber können Sie auch alleine benutzen. Gleicher Preis«, hatte der Mann an der Rezeption ihm in einer etwas merkwürdigen Logik erklärt.

Einer plötzlichen Eingebung folgend, hatte Tom den Rechenkünstler noch gefragt, was ein Transfer zum Flughafen kostet.

»Kommt ganz darauf an«, hatte der Mann geantwortet, ohne näher zu erklären, worauf es ankommt. »Normaler Preis ist 36 Euro.«

Tom hatte einen Moment förmlich gespürt, wie sich seine Hände mit einiger Verspätung doch noch um den Hals des Taxifahrers legten und zudrückten.

Fester!

Immer fester!

»Vielleicht viel besser als mit dem Brieföffner«, war Tom durch den Kopf geschossen. Er hatte den Gedanken aber nicht weiter ausgeformt.

Bevor er wenig später sein Zimmer betreten hatte, war Tom für einen Moment in eine Welt abgetaucht, die er seit einigen Jahren nicht mehr betreten hatte. Kurz nach seinem fünfzigsten Geburtstag hatte er mit Claudia ein Wellness-Wochenende in einem Fünf-Sterne-Hotel in Berlin verbracht. Es war ein großzügiges Geschenk seines Kollegiums gewesen. Tom hatte sich an jede Einzelheit der Tage in der Hauptstadt erinnert und sich vorgenommen, Claudia nach seiner Rückkehr aus der Türkei mit einem Gutschein für genau dieses Hotel zu überraschen. Vielleicht könnte er sogar dasselbe Zimmer buchen, Nr. 823 mit Blick über die Stadt und den Tiergarten. Es wäre ein guter Neuanfang. Ein sehr guter sogar!

Als er mit diesen Gedanken gleich darauf in absoluter Hochstimmung sein Zimmer betreten hatte, war Tom ein wenig enttäuscht gewesen. Er kannte in verschiedenen Städten der Welt Hotels mit weniger Sternen, die deutlich mehr Komfort boten. Aber was sollte es schon. Gemeinsam mit der geliebten Frau würde er ohnehin niemals hierherkommen, hatte er sich schnell getröstet. Wer wollte schon Urlaub in einem Land machen, in dem es keine Satirefreiheit gibt? Keine Meinungsfreiheit? Keine Pressefreiheit? Wer wollte schon Urlaub in einem Land machen, in dem ein selbstherrlicher Staatspräsident anderen Ländern Nazimethoden vorwirft, während er gleichzeitig das Mahl für seine eigene Allmächtigkeit zubereitet?

»Die Gedanken sind frei«, hatte Tom die erste Strophe des alten Volksliedes mit heller Stimme gesungen, als er den kleinen Balkon vor seinem Zimmer betreten hatte. In wortgewaltigen Gedanken hatte er sich eine Weile

mit dem Kollegen Jan Böhmermann solidarisiert, der vor einem Jahr vom türkischen Staatspräsidenten wegen seines Schmähgedichtes angezeigt worden war. Wer hätte denn damals gedacht, dass das nur der Anfang war. Dann war ihm der Sitznachbar im Flugzeug wieder eingefallen. Es sei aus ganz anderen Gründen ein Wagnis hierherzukommen, hatte der türkische Kollege gesagt. Die zweite Strophe des Liedes hatte Tom erst gesungen, als er wieder hinter der fest verschlossenen Tür im Zimmer war. Er hatte die Schränke inspiziert und sich ein Bier aus der Minibar eingeschenkt. Augenblicklich hatte sich der brüllende Hunger wieder zu Wort gemeldet.

Da er das Zimmer nur mit Frühstück gebucht hatte, war er noch ins nahegelegene Stadtzentrum gegangen, und hatte in einem kleinen Restaurant Fisch bestellt und dazu ein weiteres Bier getrunken.

Nach seiner Rückkehr ins Hotel hatte Tom bei einem kurzen Rundgang festgestellt, dass sich nur wenige Gäste in der weitläufigen Anlage verloren. Auch die Bar war fast menschenleer gewesen. Todmüde hatte Tom sich noch eine Flasche Rotwein aufs Zimmer bestellt und den Tag allein mit Claudia beendet.

»Wie schön es ist, dass du bei mir bist. Du kannst dir nicht vorstellen, wie sehr ich dich liebe. Bald haben wir es geschafft«, waren seine letzten geflüsterten Worte gewesen, bevor er in einen traumlosen Schlaf gefallen war. Nur ein einziges Mal war er in der Nacht kurz aufgewacht. Es war himmlisch gewesen, den Duft der geliebten Frau im Bett neben sich wahrzunehmen.

*

»Und wie geht es jetzt weiter, mein Schatz?« Tom blickte mit schmalen Augen über die Bucht. Die frühe Morgensonne tauchte das weiße Häusermeer in ein warmes Licht. Das Hochglanzmagazin hatte nicht übertrieben. Auf dem türkisfarbenen Wasser ankerten einige Luxusyachten und hölzerne Segelschiffe. Vom Hotelstrand aus ragte ein Badesteg ins seichte Wasser. Auf der rechten Seite thronte die historische Festung über der Einfahrt zum Yachthafen, und zur linken Seite sah Tom am Kai ein großes Fährschiff liegen. Vielleicht war es die Fähre nach Kos.

Wirklich malerisch, dachte Tom unwillkürlich, bereute den Gedanken aber sogleich, denn statt der geliebten Frau saß plötzlich Rudi neben ihm auf dem Balkon und fertigte mit sicherer Hand eine Skizze der Bucht an.

»Ja, mal ruhig noch ein bisschen, du Affe«, blaffte er den imaginären, ungebetenen Gast an. »Viel Zeit dafür bleibt dir nämlich nicht mehr.« Wieder verließ ein irres Lachen seine Lippen, bevor Tom wieder ins Zimmer ging. Er wollte sich noch vor dem Frühstück erkundigen, wann die Fähre nach Kos ablegte.

Nach einer ausgiebigen Dusche hatten sich die Kopfschmerzen in eine kleine Ecke an den Schläfen verzogen. Ein Morgenspaziergang an der frischen Luft würde den Schmerz hoffentlich gänzlich vertreiben, wünschte sich Tom. Schon sah der Tag wieder freundlicher aus.

Die Dame an der Rezeption, bei der er sich nach einem Mietwagen erkundigte, steigerte Toms Wohlbefinden zusätzlich. Bei der Autovermietung gleich nebenan gebe es für die Hotelgäste Sonderkonditionen, verriet sie ihm mit einem strahlenden Lächeln. Wenn er es wünsche, könne sie alles für ihn erledigen. Das Auto stünde dann ab zehn Uhr für ihn bereit. Er müsse ihr nur die gewünschte Fahrzeugklasse nennen und vor Schlüsselübergabe den Mietvertrag unterschreiben.

Läuft doch, dachte Tom, als er die Hotellobby verließ, ärgerte sich aber sogleich mächtig über sich selber. Er hatte vergessen, dass er das Auto bei seiner Rückreise am

Flughafen in Istanbul hatte abgeben wollen. Er machte kehrt, um seinen Auftrag zu stornieren, falls das nicht möglich sei.

Nein, dann müsse er das Auto bei einer der großen Agenturen mieten. Das sei jedoch wesentlich teurer, beschied die Dame ihm. Ihr Lächeln fiel diesmal deutlich sparsamer aus.

Das Schiff am Kai war tatsächlich die Fähre nach Kos und legte täglich um neun Uhr ab, erfuhr Tom in einem Ticketbüro. Er kaufte sich einen Fahrschein für Dienstag. Einfach, denn der Tag der Rückreise stand noch nicht ganz fest.

Die Würfel waren gefallen.

Mittwoch, 26. April 2017

Die für Mutter und Tochter gleichermaßen zutiefst schockierende Mitteilung von Toms Arbeitskollegin Martina, wonach Tom in der Stadt verbreite, dass er noch vor Weihnachten wieder in die gemeinsame Wohnung in der Alwinenstraße einziehen werde, die ergebnislose Suche nach ihm in seiner Wohnung und das aberwitzige Zusammentreffen mit Herrn Lewandowski und seinem Dackel Waldi an der Haustür lagen erst wenige Tage zurück. Während Claudia sich in den für sie endlos langen Tagen immer wieder in ihre Erinnerungen an die gemeinsamen Stunden mit Rudi geflüchtet hatte, um ein wenig stillen Frieden zu finden, hatte Elena in der für sie viel zu kurzen Zeit alle Hände voll damit zu tun gehabt, die spontane Reise angemessen vorzubereiten. Zusammen mit ihrer Mutter, die erst seit wenigen Wochen nicht mehr im aktiven Schuldienst war, saß die Tochter jetzt in der Düsseldorfer Abflughalle und wartete darauf, dass der Aegean-Airlines-Flug nach Heraklion via Athen aufgerufen wurde.

Es war nicht einfach für sie gewesen, ihren dringenden Urlaubswunsch in der Firma durchzusetzen. »Es ist wirklich ein Notfall«, hatte sie ihrem Chef gleich am Montagmorgen unmissverständlich klargemacht. »Es geht nicht anders! Wenn ich keinen Urlaub bekomme, muss ich mich krankschreiben lassen«, hatte sie mit ganz offenen Karten gespielt und so schließlich zähneknirschend einen vierzehntägigen Urlaub genehmigt bekommen.

»Ich habe Angst, dass etwas Furchtbares passiert, Elena. Da stimmt etwas nicht! Ich habe ein ganz komisches Gefühl in mir. Wenn es um Rudi geht, dann traue ich Tom alles zu. Hätte ich ihm bloß nicht das Buch zukommen lassen, bevor ich Rudi gefunden habe«, hatte ihre Mutter am Freitag besorgt erklärt, gleich nachdem sie von Herrn

Lewandowski erfahren hatten, dass Tom nach Istanbul gereist sei.

Am Abend des ereignisreichen Tages hatte Claudia ihrer Tochter dann bei Lasagne und einem Glas Rotwein ganz ausführlich erzählt, warum Tom niemals ohne triftigen Grund in die Türkei reisen würde.

»Ein alter Freund von ihm ist Kurde. Er ist schon vor Jahren mehrfach willkürlich verhaftet worden. Keine Ahnung, ob sie noch Kontakt miteinander haben. Tom hat immer gesagt: ›Solange ein einziger Kurde aus politischen Gründen in einem türkischen Gefängnis sitzt, kriegen mich dort keine zehn Pferde hin‹. Und das hat er mit Sicherheit ernst gemeint. Wenn er sich mal was in den Kopf gesetzt hat …«

Einen Moment war Claudia tief in Gedanken versunken, bevor sie ihre Tochter fragte: »Warum also jetzt diese Reise, Elena? Warum ausgerechnet jetzt? Das macht doch keinen Sinn. Die Gefängnisse in der Türkei sind voller als jemals zuvor, und seit dem Putschversuch kommt es fast jeden Tag zu neuen willkürlichen Verhaftungen. Was will er dort?«

Ein weiteres Mal hatte Claudia mit gerunzelter Stirn still vor sich hin gegrübelt, bevor sie noch hinzugefügt hatte: »Das mit dem Böhmermann vor einem Jahr hat Tom auch nicht gefallen. Ich habe gehört, dass er im Sender getobt haben soll. Presse- und Meinungsfreiheit sind für ihn völlig zu Recht eine heilige Kuh. Darin waren wir uns ausnahmsweise immer einig. Der Kerl spinnt doch, so ein Theater wegen einer Satire, auch wenn sie noch so geschmacklos ist! Das mit den Ziegen hätte der Böhmermann ja wirklich weglassen können. Die armen Tiere!«

Ohne dass Claudia die Angst, die sie in sich trug, näher beschreiben konnte, hatte Elena durchaus geahnt, in welche Richtung die Befürchtungen ihrer Mutter gingen. Waren die Gedanken und Gefühle der aufgewühlten, feinfühligen Frau wirklich völlig abwegig?, hatte die Tochter lange überlegt, war aber zu keinem eindeutigen Ergebnis gekommen.

»Mama, Istanbul ist weit weg von Kreta«, hatte sie Claudia zu beruhigen versucht. »Wenn du aufs Oktoberfest in München willst, macht es doch keinen Sinn, nach Berlin zu fahren«, hatte sie einen Vergleich angeführt, der ein wenig an den Haaren herbeigezogen war.

Claudia hatte ihre Tochter lange nachdenklich angeschaut. »Ich fühle, dass er in Gefahr ist, Elena«, hatte sie schließlich nur einen einzigen Satz erwidert. Nach einer längeren Zeit des Schweigens hatte sie noch hinzugefügt: »Vielleicht sind wir immer noch eins. Ich weiß, dass du nicht an so einen Quatsch glaubst. Aber können wir trotzdem so schnell wie möglich versuchen, Rudi zu finden?«

So hatten sie noch am gleichen Abend im Internet einen Flug gebucht.

»Wenn es noch früher sein soll, musst du alleine fliegen, Mama«, hatte Elena Claudias Hoffnung zerschlagen, sie könnten schon am nächsten Tag abreisen.

»Ich kann mich nicht einfach so wie du in den Flieger setzen, ohne mit meinem Chef gesprochen zu haben«, hatte Elena ein Argument auf ihrer Seite, das nicht zu widerlegen war. Am Sonntag war sie zurück nach Marburg gefahren, um die nötigen Reisevorbereitungen zu treffen. »Wir sehen uns dann Mittwoch um 13 Uhr am Flughafen«, hatten Mutter und Tochter sich schweren Herzens voneinander verabschiedet.

»Vielleicht sollte ich zur Polizei gehen. Die können doch sicher etwas unternehmen«, hatte Claudia kurz vor Elenas Abfahrt aus Bremen noch einen Gedanken ins Spiel gebracht, den Elena lachend verworfen hatte. »Dann stecken sie dich ins Irrenhaus, Mama. Vielleicht triffst du da Tom. Willst du das wirklich?«, hatte sie ihrer Mutter entgegnet.

»Du hast recht. Er muss tatsächlich verrückt geworden sein«, hatte ihre Mutter geantwortet. »Wieder hier einziehen … Was für ein fürchterlicher Gedanke.«

So saßen sie jetzt fünf Tage später gemeinsam am Gate in Düsseldorf, als endlich die Lautsprecherdurchsage kam, dass das Flugzeug zum Einstieg bereit wäre.

*

Schon bald nach dem Start begannen die Sätze der beiden Frauen wieder mit: »Weißt du noch…«

Fast die gesamte Flugzeit nach Athen streiften sie gemeinsam durch die uralten Olivenhaine zwischen Plakias und Sellia. Sie fütterten einen gelangweilt in der prallen Sonne stehenden Esel mit den harten Resten des Brotes vom Vortag und hörten dabei das Summen der Honigbienen bei ihrer emsigen Suche nach den süßen Pflanzensäften. Claudia und ihre Tochter sahen die kleinen Zicklein munter über steinige Hänge springen, und sie hörten das erbärmliche Geschrei der kleinen Lämmer, auf der Suche nach ihrer Mutter. Dann verweilten sie auf einer Anhöhe, um über das türkisfarbene Meer rüber zu der kaum bewohnten Insel Gavdos zu schauen. Einen Moment blickten sie auf eine spiegelglatte Oberfläche, doch gleich darauf peitschte der Sturmwind das Meer und türmte meterhohe Wellen auf, die zu weißer Gischt brachen. Danach pflückten sie riesige Sträuße Mohnblumen und Margeriten, die sie der alten Pensionswirtin mitbrachten, die nie vergaß, sich mit leckerem Zimt- oder Anisgebäck oder mit einem Glas frisch gepressten Orangensaft zu bedanken. Später schlenderten sie am Meer entlang an den Strand von Souda, oder sie stiegen den schmalen Pfad über die alte Wassermühle hinauf in das kleine Bergdorf Myrthios, um dort bei Sonnenuntergang den Blick über die Bucht zu genießen. Beim Aufstieg zu der kleinen, in einen Felsüberhang gebauten Kapelle machten sie auf halbem Weg bei der kleinen venezianischen Brücke einen Abstecher.

»Dort hat Tante Dorothe gewohnt«, erinnerte sich Elena an eine Fledermaus, die das kleine Gotteshaus über Jahre als Herberge gewählt hatte. »Wir Kinder hatten richtig Schiss vor ihr, und es war eine Mutprobe für uns, alleine in die Kapelle zu gehen. Den kleinen Vampir Rüdiger und seine blutrünstige Tante kannte schließlich jeder«, tauchte sie in einen lange zurückliegenden Urlaub zusammen mit Tom ein.

»Eines muss man ihm lassen«, ergänzte sie die Erinnerungen an glückliche Kindertage noch, »er konnte uns Kindern wirklich spannende Geschichten erzählen. Weißt du noch, wie er im Garten von Nikos manchmal richtige Märchenstunden für uns abgehalten hat? Erinnerst du dich noch an die Geschichte von der Schildkröte, die ihm angeblich wirklich passiert ist? Ich weiß bis heute nicht, ob sie stimmt oder ob er sie frei erfunden hat. Aber wir konnten sie nicht oft genug hören. Auf jeder Wanderung musste er sie wieder erzählen. Wir haben uns jedes Mal aufs Neue totgelacht.«

Erst jetzt wurde Claudia bewusst, dass sie gänzlich andere Erinnerungen an Plakias in sich trug als ihre Tochter. Natürlich erinnerte sie sich auch gerne an die Urlaube, als Elena noch klein war. Natürlich erinnerte sie sich auch daran, wie Tom es verstanden hatte, die kleinen Pensionsgäste mit seinen Geschichten immer wieder zum Lachen zu bringen. Aber sie hatte diesen Mann, Tom Schemmel, nie im Leben so geliebt wie den Mann, mit dem sie Jahre zuvor in Plakias die glücklichsten Tage ihres Lebens verbracht hatte. Mit dem jetzt aufgetauchten Roman hatte ihr Glück endlich einen Namen bekommen: Rudolph von Bargen.

Claudias Erinnerungen an das Dorf an Kretas Südküste waren ein einziger Rausch der Sinne in einer kleinen Bucht unter sternenklarem Himmel. Sie erinnerte sich an eng umschlungene Nächte in milder Frühlingsluft, in denen zwei Körper gänzlich eins geworden waren. Sie erinnerte sich an unvergessliche Wanderungen durch berauschend schöne Landschaften, Hand in Hand, bei denen zwei getrennte Seelen zu einer unzertrennlichen Einheit zusammengeschmolzen waren. Frevelhaft hatten zwei verliebte junge Menschen vor über vierzig Jahren diese Verbindung in die Rinde einer Tamariske unten im Palmental geritzt.

Ob das von einem Pfeil durchbohrte Herz die Zeit wohl überdauert hat?, fragte Claudia sich einen Moment. Mit zarter Berührung fuhr sie über die Muschelkette, die sie an diesem Morgen zum ersten Mal seit sehr langer Zeit umgelegt hatte. Rudi hatte das einzigartige Schmuckstück für sie angefertigt, am Tag, bevor Tom ihr seine vernichtende Botschaft überbracht hatte.

Um wieder auf das gleiche Gleis wie ihre Tochter zu kommen, schüttelte Claudia die wild auf sie einstürmenden Gedanken wieder ab und ging etwas verspätet auf Elenas Frage ein: »Die Geschichte von einer Schildkröte, sagst du? Ja, dunkel erinnere ich mich daran. Aber genau weiß ich nicht mehr, worum es ging.«

Elena brauchte mehrere Anläufe, weil sie immer wieder heftig lachen musste. »Er hat immer angefangen, als würde er ein Märchen erzählen. Aber am Ende hat er geschworen, dass die Geschichte wahr sei«, hatte sie ihre Stimme schließlich wieder unter Kontrolle.

»Ich versuche mal, es so zu erzählen, wie er immer angefangen hat: Es war einmal eine kleine Griechische Landschildkröte, die hieß Luzie. Sie wohnte ganz alleine zwischen den Steinen unter einem riesigen Oleanderbusch nahe an einem kleinen Fluss. Kein noch so schlauer Fuchs konnte sie dort in der Nacht entdecken, denn sie war kaum von den in der Gegend herumliegenden Felsbrocken zu unterscheiden. Welcher Schlaufuchs wollte sich schon die Zähne an einem so harten Brocken ausbeißen? Aber weil kein kleines Kind und keine kleine Schildkröte gerne den ganzen Tag alleine ist, machte Luzie jeden Morgen einen ausgiebigen Spaziergang, in der Hoffnung einen guten Freund oder eine echte Freundin zu finden. Oft kehrte sie ein paar Stunden später traurig zurück, weil niemand mit ihr spielen wollte. Doch eines Tages hatte sie Glück, so wie alle Tiere und Menschen eines Tages Glück haben: Der gute Onkel Tom schlich durchs Unterholz. Offensichtlich hatte er es eilig. Suchend schaute er sich in der Gegend um. Tom schien ein dringendes Bedürfnis zu haben …«

Jetzt erinnerte sich auch Claudia schmunzelnd daran, wie die Geschichte weiterging, und Elena musste erneut heftig lachen, bevor sie fortfuhr: »An dieser Stelle wurde dann aus dem Märchen immer bittere Wahrheit. In jedem Fall bitter für die Schildkröte, aber eigentlich auch für ihn, hat Tom immer geheimnisvoll hinzugefügt und uns Kindern versichert, dass jedes folgende Wort wahr sei. Beim Leben seines dreibeinigen Teddybären. Nichts als die reine Wahrheit würde er uns erzählen. Vor Jahren habe er einmal auf einer anderen griechischen Insel im Gebüsch auf einem kleinen Hügel etwas abseits vom Strand die Hosen heruntergelassen, um ein Geschäft zu erledigen. Als er dabei so über das spiegelglatte Meer geschaut habe, sei er fast vor Schreck erstarrt, weil er plötzlich aus den Augenwinkeln gesehen habe, dass sein Geschäft vor ihm hergelaufen sei. Vor Schreck sei er fast hineingefallen. Er hatte Luzie doch tatsächlich für einen Stein gehalten und ihr schweres Gepäck aufgebürdet. Und was lernen wir daraus? ›Manchmal kann das Leben ganz schön beschissen sein‹!, hat er seine Geschichte jedes Mal mit dem gleichen Satz beendet.«

»Ja, ich erinnere mich wieder«, ergänzte Claudia jetzt nachdenklich. »Die Geschichte spielte übrigens immer an einem vollgekackten Strand auf der kleinen Insel Ios, ist mir eben wieder eingefallen. Meines Wissens ist er dort aber nie im Leben gewesen.«

Einen Moment blieben Claudias Gedanken im Dunkeln, bevor sie noch hinzufügte: »In unseren letzten gemeinsamen Monaten war das mit dem beschissenen Leben übrigens einer seiner Lieblingssätze. Er hat sich über die Jahre wirklich sehr verändert. Aber wer tut das nicht?«

Schon bald darauf gingen die beiden Frauen durch die Transithalle des Athener Flughafens, um sich auf das letzte Stück ihrer Reise zu machen.

Eine knappe Flugstunde später, die fast schweigend verlaufen war, hatten sie ihr Reiseziel erreicht.

»Mein Gott, Elena, zuletzt waren wir vor zwanzig Jahren zusammen auf Kreta«, war Claudias erster Satz auf der geliebten griechischen Insel. Es war schon spät am Abend, und die beiden Frauen hatten für die erste Nacht ein einfaches Hotelzimmer in Heraklion gebucht.

III. Teil

Liebe am Abgrund

Dienstag, 25. April 2017

Bisher war der Tag ohne jeden unvorhergesehenen Zwischenfall verlaufen, freute Tom sich, als er das Ticket für seine letzte Schiffspassage in der Hand hielt. Kurz nach 17 Uhr ging er im neuen Hafen von Santorini auf die Schnellfähre, die ihn in etwa zwei Stunden an sein Reiseziel Heraklion bringen sollte.

In Bodrum hatte er in den letzten Tagen in seinem Hotelzimmer viele Stunden vor dem Spiegel verbracht und eine perfekte Tarnung ausgeklügelt. Ein Hut mache ihn viel zu verwegen und damit viel zu auffällig, hatte Tom letztlich entschieden. Stattdessen hatte er sich eines dieser albernen amerikanischen Baseballcaps tief ins Gesicht gezogen. Uniformierte Massenware. Zusätzlich verdeckte eine große dunkle Sonnenbrille die Augenpartie. Seine wenigen Habseligkeiten hatte der Reisende in einem kleinen schwarzen Rucksack verstaut. Den silbernen Brieföffner hatte er mit einem Handtuch umwickelt. Mit einem kunstvoll geschwungenen Gehstock täuschte er ein wenig Gebrechlichkeit vor. Dazu hatte er sich entschieden, weil er sich erneut an die Worte des Fallanalytikers aus Bremen erinnert hatte: »Wenn Sie jemals ein perfektes Verbrechen planen, Herr Schemmel«, hatte der fachkundige Mann vor Jahren scherzhaft während einer Livesendung erklärt, »dann geben Sie sich ein ganz besonderes, aber sehr unauffälliges Merkmal. Das bleibt unbewusst in den Köpfen der Menschen hängen, und kein Zeuge wird sie wiedererkennen, wenn sie das Merkmal nach der Tat wieder abgelegt haben. Das erschwert unsere Arbeit erheblich«, hatte er völlig überzeugend aus seinem Berufsalltag geplaudert.

So hatte Tom sich in mühsamer Kleinarbeit eine besondere Eigenschaft zugelegt, die später niemand mit ihm in Verbindung bringen würde. Er war ein guter Schauspieler. Ein sehr guter sogar!

Stundenlang hatte er vor dem Spiegel einen leicht hinkenden Gang eingeübt, bei dem er das rechte Bein ein wenig nachzog.

Kaum sichtlich und trotzdem unübersehbar war Tom mit dem Ergebnis seiner Arbeit höchst zufrieden, als er jetzt über die Gangway schlurfte. Das würde die Polizeiarbeit nicht nur erschweren, sondern völlig aussichtslos machen, war er sich absolut sicher. Ein breites Grinsen huschte über Toms Gesicht, als er in einem der komfortablen Sessel der Fähre Platz nahm. Wenige Minuten später kündigten dröhnende Motoren die bevorstehende Abfahrt des Schiffes an.

»It's going on, darling«, flüsterte Tom vor sich hin. Er hatte soeben zusätzlich entschieden, dass er von jetzt an bis zu seiner Rückkehr nach Bodrum nur noch Englisch sprechen würde. Niemand auf der ganzen Welt würde ihn so jemals mit Tom Schemmel in Verbindung bringen, der in diesen Tagen mit dem Auto im Hinterland von Bodrum unterwegs war. Allerdings würde er sich auf wenige Worte beschränken und nur reden, wenn es unbedingt notwendig war.

Während der Überfahrt auf die Insel der Götter schwankten Toms Gedanken so regelmäßig hin und her wie die Fähre in den Wellen des von einem stürmischen Wind aufgewühlten Meeres. Wenn er seinem Vorsatz treu bleiben wollte, auf Kreta nicht mit dem Taxi zu fahren, dann konnte er die Reise erst am nächsten Morgen fortsetzen, hatte er sich ausgerechnet.

»Damit bin ich überhaupt nicht einverstanden«, grübelte er ein ums andere Mal, und der Gedanke, den ursprünglichen Plan noch einmal abzuändern, wurde immer mächtiger.

»Eine Nacht in Heraklion ist ausgesprochen ärgerlich, weil ich dadurch viel zu viel Zeit verliere. Jede Stunde zählt«, entschied der so hervorragend getarnte Mann schließlich. Mit dem Taxi konnte er noch vor 22 Uhr an der Südküste sein und sich in einer kleinen Pension einmieten – als Robin Wood aus Cardiff, Wales.

Kurz vor der Einfahrt in den Hafen von Heraklion war Tom erleichtert darüber, dass wieder völlige Klarheit in seinem Kopf herrschte: Er wollte seine Suche nach dem Schreiberling aus Deutschland in Plakias beginnen, hatte er sich am Vorabend nach reiflicher Überlegung festgelegt. Die Wahrscheinlichkeit, dass Rudi sich dort ein Nest gebaut hatte, wo Claudia sich 1976 von ihm verabschiedet hatte, schien ihm am größten zu sein.

»Die Wahrscheinlichkeit, so ein Quatsch«, hatte er sogar alle anderen Möglichkeiten in der Nähe des Klosters gänzlich verworfen. Tom Schemmel war ein Fuchs. Ein Schlaufuchs! Er war sich in der Wahl des Ortes absolut sicher.

»Wahrscheinlich rennt der Affe jedes Mal zur Haltestelle, wenn ein Bus aus Rethymnon ankommt. Wahrscheinlich wartet er immer noch darauf, dass sie am Abend aus der Stadt zurückkommt. Wahrscheinlich hat er immer noch nicht begriffen, dass sie sich für mich entschieden hat. Er war schon immer ein schlechter Verlierer, sogar beim Doppelkopf«, hatte er sich bei der Entscheidungsfindung in Rage geredet.

Die Wahl des Verkehrsmittels hatte er jetzt auf der Fähre mit einem Kompromiss entschieden. Nach seiner neuen Planung wollte Tom das Taxi mehrfach wechseln und schließlich ganz unverdächtig in Lefkogia aussteigen. Ein paar Kilometer vor dem eigentlichen Ziel. Wer käme schon auf die absurde Idee, dass der etwas gebrechliche Mann einzig und allein direkt aus Heraklion angereist sei, um in Plakias ein kleines Problem aus der Welt zu schaffen.

»Ein kleines Problem aus der Welt schaffen«, hatte Tom sich den Satz wiederholt auf der Zunge zergehen lassen und dabei still vergnügt in sich hinein gekichert.

Dem letzten Taxifahrer würde er erklären, er mache zwei Wochen Urlaub in einem der großen Hotels in Rethymnon. Er sei ein wenig in die Jahre gekommen und brauche im täglichen Leben ein wenig mehr Komfort als früher, würde er einen kleinen Einblick in seine Gewohnheiten gewähren. Aber noch ein einziges Mal im Leben wolle er den Sonnenaufgang auf dem Timeos Stavros erleben. Als ganz junger Mensch sei er schon einmal über Nacht dort oben gewesen. Jetzt im Alter sei der beschwerliche Weg auf den Berg eine Wallfahrt für ihn. Er wolle Gott in der kleinen Kapelle auf dem Gipfel dafür danken, dass er ihm nach langer Finsternis seine Frau zurückgegeben habe. Er sei zwar ein wenig gebrechlich, würde er den Mann ausdrücklich auf sein kleines Leiden hinweisen, aber jetzt, wann sonst?, wolle er sich diesen Herzenswunsch noch einmal erfüllen, den er schon so lange in sich trage. Und wenn er die letzten Meter auf allen Vieren kriechen müsse, würde er seinen Vortrag ein wenig theatralisch beenden. Kein Taxifahrer auf der ganzen Insel würde den frommen Mann jemals mit einem Verbrechen in Verbindung bringen.

»You're a genius, Tom Schemmel«, brabbelte er vor sich hin, als die Fähre im Hafen von Heraklion festmachte. Die letzte Etappe seiner Reise lag vor ihm. Einen Moment lang stellte Tom sich vor, wie es wäre, auf einem Esel in Plakias einzureiten. Er musste wieder kichern. Eine tiefe Erregung hatte ihn plötzlich ganz fest im Griff. Nein, die letzten sechs Kilometer von Lefkogia nach Plakias würde er im Schutze der Dunkelheit zu Fuß zurücklegen, und den Rest der Nacht wollte er in den Dünen unterhalb der Steilwand ganz allein mit Claudia am Meer verbringen. Es würde ein einziges Fest der Sinne werden!

Unbemerkt hatten sich Tränen in Toms Augen geschlichen.

Glückstränen! Endlich war er am Ziel.

*

Zum ersten Mal wechselte Tom das Taxi nach schweigsamer Fahrt bei einem großen Iberostar Hotel an der Nordküste. Es war kurz vor Sonnenuntergang, und über dem Meer hingen vereinzelt ein paar dunkle Wolken. Der Wind hatte sich ein wenig gelegt, doch die Wellen peitschten noch immer mit unverminderter Kraft an den Strand. Als sei er ein gewöhnlicher Hotelgast, machte Tom einen kurzen Rundgang durch die Anlage. Er wollte ganz sicher sein, dass der erste Fahrer aus Heraklion nicht mitbekam, dass er gleich darauf wieder in eines der wartenden Taxis vor dem Hotel steigen würde.

»Old town of Rethymnon, please,« gab er dem Fahrer, der gerade seine Heckscheibe putzte, nur eine knappe Anweisung. Der Mann nickte nur kurz und schnippte seine erst halb abgebrannte Zigarette auf den Boden, bevor er Einstieg und den Motor anließ.

»Deutsch?«, fragte der Mittvierziger Tom nach kurzer Fahrt.

»No, I'm from Cardiff, Wales«, entgegnete der darüber etwas erschrockene Fahrgast mit ganz breiter Zunge. Um seine Herkunft noch ein wenig deutlicher zu machen fügte er noch mit stark verwaschener Aussprache an: »Cardiff is located on the Bristol Channel, you know?«

Die verbleibende Fahrt verlief zunächst schweigend. Einen Moment sah Tom im Rückspiegel die prüfenden Augen des Chauffeurs. Er glaubte sogar, einen etwas spöttischen Ausdruck darin zu erkennen. Hatte der Mann womöglich sein kleines Schauspiel durchschaut? Auf Toms Stirn bildeten sich ein paar Schweißtropfen.

»So ein Quatsch«, sprudelte es plötzlich ungewollt aus Toms hervor, aber er war so angespannt, dass er den kleinen Ausflug in die deutsche Sprache gar nicht bemerkte.

Um seine Hirngespinste zu besiegen, lenkte er seine Gedanken in die Stadt, die nur noch wenige Kilometer vor ihm lag.

Rethymnon.

Tom schlenderte im Geiste durch die verwinkelten Gassen der Altstadt. Er kaufte sich einen Gürtel in der Ledergasse und gab für Claudia ein Paar Stiefel in Auftrag. Danach bestieg er das aus osmanischer Zeit stammende Minarett und erfrischte sich an einem sprudelnden Brunnen, bevor er in einem kleinen Lokal in der Nähe der Markthalle eine Flasche Retsina und Lammbraten bestellte. Nach dem Essen ging er ans Meer, um in einem der Cafés am venezianischen Hafen einen sehr süßen griechischen Kaffee zu trinken. Lange saß er danach auf der Kaimauer und schaute auf das klare Wasser. Tom beobachtete die kleinen Fische im Hafenbecken, die – wie Kühe auf der Weide – den Grund des flachen Gewässers abgrasten. Doch urplötzlich bekam das friedliche Bild ganz andere Konturen, denn einer der stummen Fische begann zu sprechen: »Ich soll dir von Rudi sagen, dass er genug von dir hat. Hamburg sei nichts für ihn, soll ich dir ausrichten. Er will alleine noch eine Zeit lang weiterreisen. Wohin wusste er selber noch nicht. Vielleicht nach Ios.«

Toms Magen machte eine wilde Drehung, und wenn er wirklich Lammbraten gegessen hätte, dann wäre der Inhalt womöglich auf der Rückbank des Taxis gelandet.

»Halt endlich deine blöde Fresse«, schrie er das eingebildete Wesen an. »Sie wollte schon immer nur mich! Kapierst du das nicht?«, setzte er seinen Ausflug in die Welt, die nur er allein kannte, fort. Der eigentlich stumme Fisch glotzte Tom aus großen Augen an.

»Deutsch?«, fragte der Fahrer mit einem erschrockenen Blick in den Rückspiegel nur und beschleunigte die Fahrt ein wenig. Er war froh, dass er seinen Fahrgast wenige Minuten später der inzwischen hereingebrochenen Dunkelheit übergeben konnte.

Mittwoch, 26. April 2017

Tom wusste nicht mehr genau, wie er die Nacht verbracht hatte. Er erwachte beim ersten Morgengrauen auf einer harten hölzernen Bank in der Nähe des Meeres. Deutlich hörte er das Rauschen der Wellen. Ihm war kalt. Tom zitterte am ganzen Körper. Erst ganz allmählich wurde ihm bewusst, dass er sein Ziel am gestrigen Abend nicht mehr erreicht hatte. Weder war Claudia in dieser Nacht bei ihm gewesen noch hatte es in Plakias ein rauschendes Fest der Sinne am Fuße der Steilwand gegeben. Tom war immer noch in Rethymnon. Allein in der Dunkelheit.

Sehr allein!

Einen Moment lang kämpfte ein zutiefst niedergeschlagener Mann heftig mit den Tränen. Aber schon bald hatte er sich wieder gefangen.

»Es geht nicht anders, Tom. Du tust es doch für uns. Für mich!«, säuselte es aus einem nahen Strauch.

»Endlich wird er sich nicht mehr in unser gemeinsames Leben einmischen können. Du und ich, wir werden sehr glücklich sein«, rauschte es in den Blättern.

»Auch Elena wird dir ewig dankbar sein«, raschelte es in den Zweigen. »Du hast dich jahrelang um sie gekümmert, wie ein Vater. Wo war Rudi denn, als sie ihn gebraucht hätte?«

Die ihm mit wohlbekannter Stimme zugeflüsterten Sätze hatten Tom augenblicklich wieder in eine Welt mitgenommen, in der es kein Leiden gab, mochte die bevorstehende Aufgabe auch noch so schwer sein.

Über dem Meer kreischten ein paar Möwen, und ein rotglühender Streifen am Horizont kündigte den bevorstehenden Sonnenaufgang an. Tom wandte sich dem Licht zu und murmelte einige unverständliche Sätze in den Himmel. Wieder ganz fest entschlossen, blickte er dem anbrechenden Tag voller Zuversicht entgegen.

Zwar war die Baseballkappe nicht mehr an ihrem Platz, und auch die Sonnenbrille fehlte, aber sonst hatte er nichts von seiner Habe eingebüßt, stellte der Reisende nach einer kurzen Prüfung erleichtert fest. Sein Portemonnaie fand er gut gefüllt in einer der Hosentaschen, und auch der kleine Rucksack schien ungeöffnet zu sein. Durch den festen Stoff konnte Tom deutlich das silberne Werkzeug ertasten, das Rudis Schicksal besiegeln sollte. Sein Smartphone hatte Tom absichtlich im Hotel in der Türkei zurückgelassen, um seinen Standort auf keinen Fall unbedacht preiszugeben. Er hatte wirklich alle notwendigen Vorkehrungen getroffen.

»Am Ende ist Tom Schemmel immer einen Schritt voraus, weil er einfach ein Schlaufuchs ist«, fasste der Mann, der sich ohne Zweifel als Claudias zukünftiger Lebenspartner sah, die etwas aus dem Ruder gelaufene Situation breit grinsend in knappe Worte. Schon fühlte der Tag sich wieder ganz leicht an.

Sehr leicht!

Tom hatte eine Schlacht verloren, aber mit der geliebten Frau an seiner Seite würde sich das Blatt schon sehr bald wieder ändern. Schon in Kürze würde er als strahlender Sieger dastehen, hatte ein vorübergehend verhinderter Märchenprinz seinen Mut bald vollends wiedergefunden, und er machte sich auf den Weg zum nahen Busbahnhof, wo trotz der frühen Stunde schon reges Treiben herrschte.

»Plakias?«, fragte Tom einen der wartenden Fahrer.

Der Mann deutete mit einer sehr sparsamen Kopfbewegung – kaum sichtlich und dennoch unübersehbar – auf ein modernes Reisegefährt, das schon mit laufendem Motor wartete.

Tom musste kichern. Die spärliche Geste des Busfahrers hatte ihn wieder daran erinnert, worauf es bei seiner Mission entscheidend ankam. Das rechte Bein ein wenig nachziehend, bestieg ein etwas gebrechlicher Mann kurze Zeit später den Bus, der seine Reise in den Süden der Insel auf die Minute genau um 6.15 Uhr startete. Schon bald nach der Abfahrt war der Passagier, der in der ersten Reihe Platz genommen hatte, ganz tief in Erinnerungen versunken.

*

Kaum hatte der Reisebus Rethymnon verlassen, waren Toms Gedanken weit zurück in die Vergangenheit gereist. Bald verweilten sie auf einer ziemlich maroden Fähre, die auf ihrer Reise in den Hafen von Heraklion im Morgengrauen mit stampfenden Motoren das kretische Meer durchpflügte. Einige Delfine begleiteten das Schiff anmutig. Es war im Frühling des Jahres 1981 gewesen, erinnerte Tom sich noch ganz genau, denn er hatte den Moment, der an diesem Morgen Wirklichkeit werden sollte, fünf lange Jahre herbeigesehnt.

Fünf Jahre lang hatte er auf mehreren Reisen nach Kreta immer wieder davon geträumt, endlich Claudia zu treffen, die Frau seines Lebens, in die er sich 1976, bei seinem ersten Aufenthalt auf der Insel, so unsterblich verliebt hatte.

Als sei es erst gestern gewesen, war der Moment, in dem Tom die geliebte Frau auf dem Fährschiff wiedergetroffen hatte, bis heute in ihm gegenwärtig. Ein unbeschreibliches Glücksgefühl hatte damals jede Faser seines Körpers durchdrungen, als er ihren leicht seitlich geneigten Hinterkopf in einer Menschenmenge vor sich entdeckt hatte.

Ein einziges Haar hätte schon ausgereicht, um sie unter Tausenden herauszufinden. Aber plötzlich war zwischen den Köpfen, die sich über die Reling beugten, um die Delfine zu beobachten, eine Kontur aufgetaucht, die

Tom in den fünf Jahren zuvor durch ungezählte Träume begleitet hatte. Es gab keinen Zweifel mehr: Sein größter Wunsch war in Erfüllung gegangen.

»Das ist endlich der Beweis dafür, dass Delfine wirklich Glück bringen«, hatte er Claudia von hinten angesprochen. Als sie sich ein wenig zögerlich umgedreht hatte, wäre das Schiff jedoch fast im tiefen Meer versunken, erinnerte Tom sich jetzt auf der Busfahrt nach Plakias an den Moment und gestand sich ein, dass dieser Augenblick heute nicht weniger schmerzte als damals.

Claudia hatte ein Kind auf dem Arm getragen. Die neugierigen Augen des Mädchens hatten ihm unverzüglich einen Stich versetzt, denn sie ließen nicht den geringsten Zweifel daran, wer der Vater des Kindes war. Einen Moment hatte Tom auf der Fähre befürchtet, Rudi könne auch an Bord sein. Aber seine Angst war vollkommen unbegründet gewesen, hatte Claudia ihn schnell beruhigt. Sie hatte nie wieder etwas mit diesem Affen zu tun gehabt, der sich Jahre zuvor so schamlos in ihr Leben gedrängt hatte.

Tom gönnte sich einen langen Schluck aus seiner Wasserflasche und ließ einen Moment die kretische Landschaft an den Fenstern des Busses vorüberziehen. Es kam ihm so vor, als habe sich die Welt gerade ein klein wenig verdunkelt. Mit zusammengepressten Lippen setzte er seine Gedankenreise fort. Aber Claudia war in der Zwischenzeit verschwunden. Stattdessen machte sich jetzt Rudi mit auf den Weg über die Insel. Rudi, den er 1976 irgendwo auf der Straße in Athen aufgelesen hatte. Diese völlig verkrachte Existenz konnte die Liebe zwischen Claudia und ihm, Tom Schemmel, von Anfang an nicht ertragen. Der Gedanke daran machte Tom heute nicht weniger wütend als damals. Immer wieder hatte der Kerl sich in ihr stilles Glück eingemischt. Tag und Nacht hatte er Claudia nachgestellt. Auf keiner Wanderung, in keiner

Taverne, an keinem Strand hatte er Ruhe gegeben, bevor er endlich unten im Palmental beim Kloster seiner eigenen Dummheit zum Opfer gefallen war. Schließlich hatte er die Regeln des Gastlandes schamlos durchbrochen. Nackt baden, so ein Quatsch!

»Er hatte sich seine Verhaftung schon selber zuzuschreiben. Schade, dass es erst so spät passiert ist. Leider war der Urlaub fast zu Ende. Für Claudia und mich ist nicht mehr viel Zeit geblieben«, murmelte der aufgebrachter Fahrgast vor sich hin. Die laute Musik aus dem Lautsprecher direkt über ihm übertönte seine Worte jedoch.

Tom nahm den letzten Schluck aus der Wasserflasche und entschied, dass er sich von jetzt an nur noch den schönen Erinnerungen widmen wollte. Einen Moment war es, als säße Tom nicht allein im Bus nach Plakias, sondern zusammen mit Claudia in einem engen Taxi auf der Fahrt in die Messara-Ebene. Sie saß auf seinem Schoß und hatte sich ganz fest an ihn geschmiegt. Er schloss die Augen und konnte den Duft der geliebten Frau deutlich wahrnehmen. Ihr warmer Körper erregte Tom heftig. Immer fester drückte der imaginäre Leib sich sehnsüchtig an ihn und forderte Tom unmissverständlich zu einem leidenschaftlichen Fest der Sinne heraus.

»Wie sehr sie mich damals schon geliebt hat«, flüsterte Tom in den Himmel, und schon öffnete er heimlich die Knöpfe ihrer Bluse.

Doch die Geister der Vergangenheit schliefen auch zu dieser frühen Morgenstunde nicht. Urplötzlich zogen Bilder durch Toms Kopf, die das Leben unerträglich machten.

Es war Rudi, dem Claudia mit zärtlichen Fingern über den Rücken fuhr, nicht ihm.

Es war Rudi, den Claudia mit zärtlichen Lippen küsste, nicht ihn.

Es war Rudis Körper, der mit Claudia ganz und gar eins wurde, nicht seiner.

Es war Rudi, von dem Claudia ein Kind empfangen hatte, nicht Tom.

Tom zitterte wieder am ganzen Körper, und diesmal war nicht die Kälte dafür verantwortlich. Eine rasende Eifersucht auf den einstigen Reisegefährten hatte sich in Tom von Kopf bis Fuß breit gemacht. Er kannte dieses Gefühl gut.

Sehr gut sogar!

Seit nunmehr 41 Jahren kannte er es.

»Sei nicht dumm, Tom Schemmel«, begab er sich schnell wieder in die Welt, die nur er allein kannte. »Sie hat immer nur dich geliebt, auch wenn der Anfang ein wenig holperig war.« Seine Gedanken eilten wieder zurück auf das Fährschiff, das Claudia, Elena und Tom 1981 gemeinsam in den Hafen von Heraklion gebracht hatte.

»Was konnte ein Kind schon für die Ereignisse, die fünf Jahre zurück lagen«, hatte Tom damals noch vor der Ankunft im Hafen entschieden, und zu dritt hatten sie einen ersten gemeinsamen Urlaub auf Kreta gemacht.

Diese Welt schmeckte wie kretischer Honig. Sie roch nach Kräutern und Zitrusfrüchten.

Er war es gewesen, der Zimmer an Zimmer in derselben Pension gewohnt hat wie Claudia und Elena, nicht Rudolph von Bargen.

Mit ihm hat Claudia im Garten der Pension noch eine Flasche Retsina getrunken, nachdem sie Elena in den Schlaf gesungen hatte, nicht mit Rudi.

Er hatte das Kind auf den Schultern über die Insel getragen. Er hatte mit Elena fröhliche Kinderlieder gesungen, und er hatte sie auf den Rücken eines Esels gesetzt, nicht Rudi.

Tom Schemmel hatte Elena vor wilden, streunenden Hunden beschützt und gefährliche Schlangen von ihr fern gehalten, nicht Rudolph von Bargen.

Von diesen unvergesslichen Tagen an hatten sie nur noch nach vorne in eine gemeinsame Zukunft geschaut. Sie hatten nichts überstürzt. Warum auch? Das ganze Leben lag noch vor ihnen.

Mit jedem Kilometer auf der Busfahrt über die Insel tauchte Tom tiefer in eine Zeit ein, in der es keinen Rudi gegeben hatte. So, wie es bald wieder sein würde. Vielleicht schon morgen!

Als der Bus den kleinen Ort Koxare passierte, wanderte Tom gerade in Gedanken mit Claudia an der Elbe entlang. Sie hatte an diesem Tag einen Möhrennusskuchen für ihn gebacken.

Als sie einige Minuten später durch die engen Gassen Asomatos' fuhren, war Tom gerade mit Claudia in das kleine Reihenhaus im Bremer Steintorviertel gezogen. Claudia hatte ihm das Ja-Wort gegeben. Ihm, Tom Schemmel, und nicht Rudolph von Bargen.

»Bis dass der Tod euch scheidet«, war Tom wieder beim einzigen Zweck seiner jetzigen Reise angekommen, als das Ortsschild von Lefkogia vor dem Busfenster auftauchte.

»Mach dich bereit, Rudi«, kicherte er, als er kurz darauf in Plakias aus dem Bus stieg. »Dein letztes Stündchen hat geschlagen.«

Donnerstag, 27. April 2017

Es wäre nicht richtig, zu sagen, dass Claudia erwachte, denn sie hatte während der ganzen Nacht kaum eine Minute geschlafen. Elena dagegen weilte noch ganz tief im Reich der Träume, und so bemühte die Mutter sich, noch ein wenig Ruhe zu bewahren. Ein Blick aufs Handy zeigte Claudia, dass es noch kurz vor Sonnenaufgang war. Sie drehte sich auf den Rücken und starrte lange an die in erstes Dämmerlicht getauchte Zimmerdecke. Eine etwas geräderte Frau versuchte, ein wenig Ordnung in ihre Gedanken zu bringen, die stundenlang, wie das Wasser in einem Gebirgsbach, hin- und hergesprungen waren.

Tausendmal hatte Claudia sich in den zurückliegenden Stunden vorgestellt, wie die bevorstehende Begegnung mit Rudi wohl verlaufen würde.

Tausendmal hatte sie mit ihrer Angst gekämpft, Elenas düstere Prognose könne sich bewahrheiten. »Vielleicht hat er eine Frau und sechs entzückende Kinder«, hatte die Tochter vor wenigen Tagen einen bitteren Gedanken ins Spiel gebracht.

Tausend Sätze hatte Claudia während der Nacht formuliert, mit denen sie Rudi begrüßen würde.

»Hallo Rudi, schön, dass ich dich endlich gefunden habe. Ich habe immer gewusst, dass du damals nicht einfach so abgehauen bist.«

»Hallo Rudi, das ist unsere Tochter Elena. Sie ist schon vierzig. Es gibt so viel, was ich dir von ihr erzählen möchte.«

»Hallo Rudi, erinnerst du dich noch an Tom? Ich war mehr als zwanzig Jahre lang mit ihm verheiratet. Wie konnte ich denn ahnen, dass er dich nach den Ereignissen im Palmental so schäbig verraten hat?«

Tausendmal hatte Rudi ihr nur sanft den Finger auf den Mund gelegt und sie schweigend ganz fest in den Arm genommen.

Tausendmal hatte sie in den zurückliegenden nächtlichen Stunden ihre Zelte in Bremen abgebrochen, um die verbleibenden Jahre mit dem geliebten Mann unter südlicher Sonne zu leben.

Rudi, mon amour!

Kreta, mon amour!

Tausendmal war sie in Gedanken mit Rudi in die kleine Bucht gewandert, in der sie vor mehr als vierzig Jahren so überaus glückliche Stunden miteinander verlebt hatten.

»Ist es überhaupt möglich, nach so langer Zeit nahtlos daran anzuknüpfen? Wir kennen uns doch überhaupt nicht mehr. Jeder hat sein eigenes Leben gelebt. Du genauso wie ich. Das ist nicht spurlos an uns vorübergegangen«, hatte der Zweifel mitten in der Nacht versucht, sich ein wenig in den Vordergrund zu spielen. Er war aber kläglich gescheitert, weil Claudia sich nach eingehender Prüfung ihrer Gefühle bald wieder ganz sicher war.

»Ich habe niemals aufgehört, dich zu lieben, Rudi«, hatte sie in die Dunkelheit des einfachen Hotelzimmers geflüstert, und einen Moment hatte ein imaginärer Bettpartner sie ganz fest umschlungen gehalten. Es war Claudia heißkalt über den Rücken gelaufen, als sie Rudis zärtliche Hände auf ihrem Bauch fand, die sie jedoch sogleich als ihre eigenen erkannte.

»Lass das, Rudi, deine Tochter Elena liegt doch neben uns!«, hatte Claudia sich wenig glaubhaft empört und dabei lustvoll an den geliebten Mann gedacht, den sie seit mehr als vier Jahrzehnten nicht mehr gesehen hatte. Die eigenen Finger wollten ihr nicht auf Anhieb gehorchen und waren noch ein Stück weiter abwärts gewandert. Schließlich hatten sie sich aber sittsam dem Willen einer fürsorglichen Mutter gebeugt.

»Auch wenn du jetzt Rudolph von Bargen bist, den ich bis jetzt noch nicht kennengelernt habe, so bin ich mir ganz sicher, dass irgendwo tief in dir auch ein Stück

Rudi die Zeit überlebt hat«, hatte Claudia den nächtlichen Dialog nach einer Weile fortgesetzt, und erneut hatte sie eine Gänsehaut am ganzen Körper verspürt.

»Du bist der Rudi geblieben, den ich mehr geliebt habe als alles andere auf der Welt«, hatte Claudia ihre Gedanken in etwas kitschige, rosarote Worte gehüllt.

»Es fühlt sich gerade so an wie damals im Hafen von Piräus«, hatte sie noch hinzugefügt, und erneut hatten ihre Hände sich ungefragt auf Wanderschaft begeben. Seit langer Zeit hatte Claudia nicht mehr solch unbeschreibliche Lust in sich verspürt. Seit langer Zeit hatte das Leben nicht mehr so stürmisch an ihre Tür geklopft.

»Es war damals Liebe auf den ersten Blick, mein Herz! Meine Liebe zu dir ist seitdem um keinen Millimeter kleiner geworden«, hatte sie während der Nachtstunden das zärtliche Liebesgesäusel mit Rudi auf einen süßen Höhepunkt gebracht.

»Mir geht es genauso wie dir«, hatte Rudi ihr mit strahlenden Augen geantwortet.

Doch auch völlig andere Gedanken und Gefühle hatten Claudias Nacht begleitet. »Was war nur in Tom Schemmel vorgegangen?«, hatte sie sich wieder und wieder gefragt.

Kalter Schweiß hatte Claudia auf der Stirn gestanden, als sie sich noch einmal die letzte Begegnung mit ihrem Ex-Mann an der Weserpromenade vergegenwärtigt hatte. Sie hatte einige Minuten am ganzen Körper gezittert, als sie sich in der Dunkelheit des stickigen Hotelzimmers Toms irres Lachen ins Gedächtnis gerufen hatte. Sein wirres Gerede hatte sie zutiefst beunruhigt. Es hatte sie mehr und mehr beängstigt.

Zutiefst beängstigt!

Der hat doch nicht mehr alle Latten am Zaun, hatte Claudia versucht, die Sache ein wenig salopp herunterzuspielen. Aber es war ihr nicht mehr gelungen, die gerufenen Geister in ihre Schranken zu verweisen.

Immer wieder waren ihr Martinas Worte durch den Kopf gegangen: »Aber sag mal, das mit euch beiden ist ja eine tolle Neuigkeit.«

»Es gibt etwas zwischen Rudi und mir, aber nicht mit uns beiden. Kapierst du das endlich? Du bist ja vollkommen verrückt geworden«, hatte Claudia das Geschehen der letzten Tage aufgebracht in stumme Worte gefasst. Danach war es mit der Nachtruhe jedoch endgültig vorbei gewesen.

Immer wieder war eine diffuse Angst in Claudia erwacht, dass Tom seine angebliche Reise nach Istanbul nur vorgetäuscht haben könnte. Sie konnte einfach nicht glauben, dass er wirklich in die Türkei geflogen war. Immer wieder war die Befürchtung in ihr hochgekommen, dass Tom Schemmel einen finsteren Plan verfolge, um sein abscheuliches Tun im Jahre 1976 zu vertuschen. Immer wieder hatte sie sich vorgeworfen, dass sie das Buch vorschnell an Tom geschickt hatte. Warum nur hatte sie sich nicht zuerst auf die Reise zu Rudi gemacht?

Tausendmal hatte Claudia sich in dunkler Nacht vorgestellt, wozu der Mann, mit dem sie viele Jahre lang Tisch und Bett geteilt hatte und der Rudis Tochter fast zum Vater geworden war, in der Lage sein könnte.

Tausendmal hatte sie sich ausgemalt, wie eine Begegnung zwischen Tom und Rudi verlaufen würde. Sie war zu keinem abschließenden Ergebnis gekommen.

Gegen sieben Uhr hielt Claudia es nicht länger im Bett aus. Behutsam schlug sie die Decke zurück und ging in das kleine Badezimmer. Die Dusche, die am Abend nur lauwarm gewesen war, kannte keine Kompromisse. Entweder kam das Wasser eiskalt aus der Leitung, oder es ergoss sich kochend heiß in die kleine Wanne, so dass Claudia sich mit einer Katzenwäsche begnügen musste. Danach blickte die aufgewühlte Frau lange in den Spiegel über dem Waschbecken, so als könne sie dort eine Antwort auf ihre offenen Fragen finden.

»Was hat er vor? Warum ist er angeblich nach Istanbul geflogen? Warum erzählt er in Bremen, dass er wieder mit mir zusammen ist? Das ist doch völliger Quatsch! Der spinnt doch!«

Das Spiegelbild zuckte nur mit den Schultern.

»Warum hat er Martina belogen? Glaubt er wirklich, dass er Weihnachten wieder bei mir einziehen kann?«, stellte sie ihrem stummen Gegenüber noch weitere Fragen.

Das Gesicht blieb ratlos, aber die Lippen der friedliebenden Frau formten sich zu einem einfachen Satz: »Ich bringe ihn um!«

Claudia erstarrte. Sie sah plötzlich in ein Gesicht, das noch vor wenigen Tagen bereit gewesen wäre zu töten, stellte sie erschrocken fest. Plötzlich hatte sie es eilig.

»Elena, mein Kind, bitte wach auf. Wir müssen so schnell wie möglich nach Plakias. Rudi ist in Gefahr! Ich bin mir ganz sicher.«

Eine gute Stunde später bestiegen die beiden Frauen ein Taxi, das sie in neunzig Minuten in das kleine Dorf an der Südküste bringen würde.

Mittwoch, 26. April 2017

Zum letzten Mal war Tom vor zehn Jahren in Plakias aus dem Bus gestiegen. Damals noch zusammen mit Claudia.

Mit seiner Claudia!

Anders als diesmal waren sie damals erst am späten Nachmittag angekommen. Eine tiefe Rührung ergriff Tom plötzlich, als er sich an viele Einzelheiten der damaligen Ankunft erinnerte. Er starrte eine Weile reglos auf das aufgewühlte Meer und hing seinen Gedanken nach. Fast schmerzte es in der Brust.

Zusammen mit Claudia hatte er, wie immer, in einem der großen Apartments bei Nikos gewohnt, obwohl Elena längst ihre eigenen Wege ging. Zu zweit hätte auch eines der kleineren Studios ausgereicht. Aber Nikos hatte ihnen, wie schon bei den Aufenthalten zuvor, die größere Wohnung zum gleichen Preis überlassen. Sie galten als Stammgäste.

»How nice to see you again, Tom and Claudia«, hatten die Gastgeber sie freudig begrüßt.

Nach dem Auspacken der Koffer hatten sie mit Nikos und seiner Frau auf einer kleinen Terrasse Kaffee mit Anisgebäck und einen Raki zur Begrüßung getrunken. Tom konnte sich noch an jede Sekunde und an jedes gesprochene Wort erinnern, so als wäre es erst gestern gewesen.

Selbst den vielfältigen Duft des Tages hatte er noch in der Nase. Und auch, dass der Wind an diesem Tag kräftig von Süd über das Meer geweht war, wusste Tom noch.

Einige der Bäume im Garten hatte Nikos in den Jahren angepflanzt, als Elena noch ein kleines Kind war, und die mächtigen Schatten der inzwischen ausgewachsenen Pflanzen hatten ihnen bewusst gemacht, wie viele Jahre seitdem vergangen waren. Elena hatte in dem Jahr ihren dreißigsten Geburtstag gefeiert.

»Die Zeit wirft lange Schatten auf unser Leben«, hatte Claudia vor zehn Jahren nachdenklich zu ihm gesagt, erinnerte Tom sich an ein weiteres Detail der damaligen Ankunft. Seine Stimmung hellte sich schlagartig auf, weil er dieses Mal gekommen war, um die Schatten der Vergangenheit für immer zu beseitigen.

Tom ließ den Blick über die Bucht schweifen. Mit tiefen, regelmäßigen Atemzügen weitete er seine Lungen. Endlich war der Tag gekommen!

Plakias, das einstige verschlafene, kleine Fischerdorf hatte sich über die Jahre immer mehr zu einem touristischen Ort entwickelt, der alles bot, was für die meisten Menschen einen erholsamen Urlaub ausmacht. Wanderfreunde jeden Alters schätzten die Gegend genauso wie Erholungssuchende, die lieber unbeschwerte Tage auf einer schattigen Liege am Strand verbringen wollten. Vornehmlich junge Menschen aus aller Welt trafen sich am Volleyball-Feld oder entspannten bei lauschiger Musik in einer Strandbar. Mit Seilen gut gesichert, erklommen wagemutige Alpinisten die Steilwand am Ende des Dorfstrands, während die weniger Sportbegeisterten die Tage gerne zu einer Bootsfahrt in die nahegelegene Palmenbucht beim Kloster Preveli nutzten. Die älteren Gäste des Dorfes ließen es sich mittags gerne in einer der zahlreichen Tavernen am Meer gut gehen und schwärmten bei einem Fischgericht von der Zeit, als Manolis, der Küchenchef, noch selbst mit seinem Fischerboot aufs Meer hinausgefahren war, um seine Gäste mit ganz frischer Ware bewirten zu können.

Auch in den letzten zehn Jahren war die Zeit in Plakias keinesfalls stehen geblieben. Als Tom gegen sieben Uhr aus dem Bus gestiegen war, waren noch alle Lokale und Geschäfte geschlossen, und die Straßen waren fast noch menschenleer. Trotzdem war sein erster Eindruck, dass das Dorf noch einmal viel touristischer geworden sei. Kleine Mietwagen säumten die Uferstraße, soweit das Auge reichte, und gut betuchte Touristinnen konnten ihre Beine in ein Aquarium stecken, um sich die lästigen Hautschuppen von kleinen Fischen abknabbern zu lassen. Die kleine, urige Souvlakibude, deren hölzerne Tische und hanfgeflochtene Stühle viele Jahre lang einen Teil der Straße entlang des Meeres eingenommen hatten, war verschwunden. Stattdessen konnten rothäutige Frauen im Bikini oder Männer in Badeshorts auf weißen Plastikhockern an einer Bar in grellen Neonfarben sitzen und Eiskaffee aus Pappbechern trinken.

Niemand im Dorf würde sich noch an ihn erinnern, entschied Tom, als er die Uferstraße einmal auf und ab schlenderte. Er war einer der vielen Tagestouristen, die der Bus aus Rethymnon täglich früh morgens ausspuckte und die das Dorf am Abend wieder verließen.

»Ich bin nur ein armer Wandergesell, gute Nacht, lieber Rudi, gut' Nacht«, summte Tom gutgelaunt eine Passage aus der Operette *Der Vetter aus Dingsda* vor sich hin. Allerdings in seiner ganz eigenen Textversion.

Da er zu dieser frühen Stunde keine unauffälligen Informationen über den Schriftsteller aus Deutschland einholen konnte, beschloss der Wandergeselle, sich am Strand eine Stunde unter eine Tamariske zu legen, um die Zeit zu überbrücken, bis die ersten Geschäfte und Lokale öffneten. Er ging an der Hafenmole vorbei und fand einen geeigneten Platz an dem kleinen Strand jenseits des Hafens. Nach der Nacht auf der harten Holzbank, deren Ereignisse für Tom immer noch im Dunklen lagen, gönnte er sich eine der Strandliegen, die unter einem Baum zu einem hohen Turm gestapelt waren. Kaum hatte er es sich bequem gemacht, fiel der übernächtigte Reisende in einen tiefen Schlaf.

*

Als Tom erwachte, war es kurz vor zehn Uhr. Ein kurzer Anflug von Ärger über die verschlafene Zeit war sogleich wieder verschwunden. Der Tag, der seinem Leben eine neue Richtung geben sollte, war zu schön, um ihn mit Ärger zu füllen.

»Auf ein paar Stunden soll es mir nicht ankommen, Rudi«, kicherte er der Sonne entgegen. Tom stellte die Liege zurück auf den Stapel und klopfte sich sorgfältig den Staub von der Kleidung. Erst jetzt bemerkte er, dass ein paar Kinder, die vorne am Wasser spielten, ihn neugierig beobachteten. Seine Hochstimmung hatte einen kleinen Dämpfer bekommen.

»Es sind doch nur ein paar spielende Kinder«, versuchte er sich schnell wieder zu beruhigen. Aber es gelang nur mittelmäßig.

Als erstes kaufte Tom sich im Dorf eine neue Kappe und eine unauffällige Sonnenbrille, um sein Gesicht ein klein wenig zu verbergen. Auch das Bein zog er wieder ein ganz klein bisschen nach. Das kleine Zwischentief hatte sich jetzt doch wieder verzogen.

Tom Schemmel hatte wieder alles unter Kontrolle!

Als er aus dem Laden im Souterrain kam, der alles bot, was das Touristenherz höher schlagen ließ, stockte ihm jedoch urplötzlich der Atem. Der Puls begann wild zu rasen. Die Adern an den Schläfen drohten zu platzen.

Tom hatte ihn auf Anhieb erkannt!

Die einst lange Mähne fiel nur noch halblang in den Nacken, und die Stirn war deutlich höher geworden. Die dunklen Augen schauten immer noch etwas geheimnisvoll in die Welt. Wie magisch angezogen blieb Toms Blick dann an den Lippen hängen.

Wie hasste er diese vollen Lippen!

Wie hasste er diese dunklen Augen!

Nie wieder sollten diese Fleischlappen sich nehmen, was ihnen nicht gehörte!

Nie wieder sollten diese Augen, die so tief waren wie ein finsterer Brunnen, einen Blick auf die Frau werfen, die ganz allein ihm gehörte!

Augenblicklich war der Reisende, fester denn je, vom ganz tiefen Sinn seiner Mission überzeugt.

Tom ging näher an das Plakat heran. Mit jedem Zentimeter, den er zurücklegte, verdoppelte sich der Hass auf Rudolph von Bargen. Die Buchstaben unter dem Bild verschwammen vor Toms Augen, und er musste sie einen Moment schließen, bevor er den Text entziffern konnte:

Rudolph von Bargen liest aus seinem Roman »Rostiger Mohn«

Wo: Hotelanlage Hapimag, Damnoni (Plakias)

Wann: Donnerstag, 27. April 2017

Zeit: 20 Uhr

»Morgen also willst du deinen Dreck auch hier verbreiten. Da bin ich ja gerade noch rechtzeitig gekommen«, presste Tom hervor, als er sich wieder ein wenig gefangen hatte.

»Der gute Onkel Tom ist doch ein Schlaufuchs. Ich wusste genau, dass ich dich hier finde, du Ratte«, fügte er breit grinsend hinzu, bevor das Grinsen wieder einmal in ein glucksendes Kichern überging. Einen Moment leckte Tom sich die trockenen Lippen und versuchte, ein wenig Speichel in die ausgetrocknete Kehle zu bekommen.

»Sorry, Rudi, aber du wirst nie wieder etwas lesen, höchstens die Hausordnung der Hölle. Und deine dreckigen Lügen über dich und Claudia wirst du schon gar nicht mehr verbreiten. Sie liebt nämlich ganz alleine mich. Nur du kapierst das nicht. Dafür warst du schon immer zu dämlich«, setzte Tom seine immer wirrer werdenden Gedanken fort, und er überlegte fieberhaft sein weiteres Vorgehen.

Aber schon kam ihm der Zufall zu Hilfe.

»Das Glück ist mit den Tüchtigen«, schmunzelte Tom als er dem Gespräch der beiden Frauen um die fünfzig lauschte, die an das Plakat herangetreten waren.

»Kommst du morgen mit zu der Lesung? Ich habe ihn neulich oben in Myrthios beim Essen getroffen. Wirklich ein total netter Typ.«

»Höre ich da etwa Honig in deiner Stimme?«

»So ein Quatsch! Aber der Roman soll einfach ganz toll sein. Hast du ihn schon gelesen?«

»Nein, bis jetzt nicht.«

»Dann komm morgen doch einfach mit. Es wird bestimmt ein interessanter Abend.«

»Stimmt es, dass er hier in Plakias wohnt?«

»Ja, schon seit vier Jahren. Kennst du das Haus oberhalb vom Bäcker?«

»Das weiße mit dem großen Bogen?«

»Ja, das mit dem Bogen und dem blauen eisernen Tor. Er hat gesagt, dass es immer offen steht, und wenn ich zufällig vorbeikomme, soll ich einfach auf einen Kaffee reinkommen.«

»Und? Bist du zufällig vorbeigekommen?«

»Nein, ich habe mich nicht getraut.«

»Wohnt er etwa alleine dort? Ist er noch zu haben?«

»Das weiß ich doch nicht! Außerdem interessiert mich das überhaupt nicht!«

Die beiden Frauen zogen, die eine mit hochrotem Gesicht, lachend davon, und Tom konnte nicht mehr verstehen, was sie noch alles über den ach so netten Typen sagten. Aber er hatte gehört, was er hören musste.

Tom kannte das Haus. Plötzlich schmerzte es wieder in der Brust, und er musste sich einen Moment an einem Treppengeländer festhalten, weil die Welt sich plötzlich schneller drehte.

Immer schneller!

Vor vielen Jahren hatte er eines Abends nach einem ausgiebigen Spaziergang mit Claudia vor dem blauen eisernen Tor gestanden, hinter dem ein schöner Garten lag, in dem bunte Blumen, eine große, schattenspendende Palme, eine farbenprächtige Bougainville und duftende kretische Kräuter wuchsen. Vom Tor aus führte ein kleiner Weg aus Natursteinen zum etwas höher gelegenen Haus. Tom hatte sich zusammen mit Claudia ausgemalt, wie es wäre, dort auf der Anhöhe mit Blick über die Bucht zu wohnen. Sie hatten davon geträumt, Hand in Hand auf der Terrasse zu sitzen, wenn über der Felsformation, die sich wie ein märchenhafter Drache ins Meer schlängelte, die Sonne unterging. Claudia hatte sich vorgestellt, in diesem Haus alt zu werden und darauf zu warten, dass Elena in den Ferien mit den Enkelkindern zu Besuch kam. Tom, der so viele Bücher kannte, hatte sich vorgenommen, einen ungewöhnlichen Reiseführer über die Insel zu schreiben. Vielleicht sogar einen Roman.

Nur ganz langsam kam die Welt wieder zum Stillstand. Das Herz aber sprang Tom fast aus der Brust. Der Gedanke, dass Rudi jetzt dort wohnte und arbeitete, war einfach unerträglich.

»Warum muss er sogar unsere Träume zerstören?«, murmelte der gebrochene Mann vor sich hin und schlurfte über die Straße zu einer Bank auf der Uferpromenade.

»Warum, Rudolph von Bargen?«, schrie er über die weite Bucht. »Warum, Rudi? Sie hat doch immer nur mich geliebt!«

Es dauerte geraume Zeit, bis Tom seinen Fehler bemerkte. Panisch blickte er sich um. Hatte er sich verraten? Hatte jemand gehört, dass es eine Verbindung zwischen ihm und Rudi gab?

Toms Herz dröhnte wie die Motoren einer Schnellfähre.

»Reiß dich zusammen, Tom Schemmel, du schaffst das. Für Claudia kannst du alles schaffen. Tu es für sie! Sie wird dir für alle Zeiten dankbar sein«, redete er sich ein, und eine neue Entschlossenheit machte sich in ihm breit.

Noch einmal spielte Tom alle denkbaren Möglichkeiten durch und kam zu dem Entschluss, dass es überhaupt nicht wichtig sei, was aus ihm wurde. Er hatte falsch gedacht. Er musste bereit sein, sich für die geliebte Frau zu opfern. Mehr und mehr wurde ihm bewusst, dass er egoistisch gehandelt hatte.

»Es geht gar nicht um dich, Tom Schemmel. So ein Quatsch! Du hast eine Mission zu erfüllen«, murmelte er vor sich hin.

Es war ihm plötzlich völlig egal, ob ihn jemand gehört hatte. Es war ihm gleichgültig, was aus ihm wurde. Sollten sie ihn ruhig in einen finsteren Kerker werfen. Mit jedem kärglichen Lufthauch, der in die enge Zelle wehte, würde ihm Claudias Liebe zufliegen. In jeder der spärlichen Sonnenstunden, die er noch erleben sollte, würde ihre Dankbarkeit zu höchster Blüte erwachsen. Tom Schemmel war bereit. Es ging allein um Claudias Wohl. Sie musste er retten. Sie musste er aus Rudis Fängen befreien.

»Gott will es«, begab Tom sich schließlich gänzlich in die wirre Gedankenwelt eines Kreuzritters und kramte in seinem Rucksack nach dem silbernen Brieföffner. Zu allem bereit, machte sich der selbsternannte Gotteskrieger auf nach dem Haus auf der Anhöhe.

Donnerstag, 27. April 2017

Kaum hatte sich das Taxi in Bewegung gesetzt, zeigten Elenas regelmäßigen Atemzüge an, dass sie zu dieser frühen Morgenstunde noch nicht bereit war, die Gedankenwelt ihrer Mutter zu teilen, auch wenn sie Claudias Befürchtung, Tom könne sich heimlich nach Kreta aufgemacht haben, durchaus nachvollziehen konnte.

Claudia aber war hellwach, und ihre Gedanken wanderten durch die Jahre mit Tom. Schon bald spielte in ihrem Kopfkino der Film *Urlaub in Plakias*. Wohl mehr als ein Dutzend Mal hatten sie in dem kleinen Ort an Kretas Südküste die Ferien verbracht.

Zwischen dem ersten gemeinsamen Aufenthalt 1981 nach dem zufälligen Aufeinandertreffen auf der Fähre nach Heraklion und dem letzten Urlaub lagen mehr als 25 Jahre.

»Claudia und ich feiern Silberhochzeit mit dem Dorf und mit den Dorfbewohnern«, hatte Tom dem Gastgeber bei der letzten Ankunft ein wenig großspurig erklärt und Nikos' Frau hatte sie im Garten mit Kaffee und Kuchen bewirtet. Sie hatten mit einem Raki angestoßen, und Nikos hatte aus einem alten Schuhkarton Bilder aus früheren Jahren hervorgekramt.

Am Abend hatte Tom es irgendwie geschafft, dass ein Strauß Rosen auf dem Tisch stand, als sie im GioMa zum Essen gingen. Claudia war gerührt gewesen, und dennoch erinnerte sie sich jetzt auf der Taxifahrt genau daran, wie sie sich an diesem Tag gewunden hatte. Ihre Gefühle und Gedanken waren nicht ausnahmslos bei Tom, hatte sie sich heimlich eingestanden, und sie hatte sich den ganzen Tag über so gefühlt, als spiele sie die Hauptrolle in einer schlechten Komödie.

»Was sind schon tausend Rosen von Tom gegen die eine Mohnblume, die Rudi mir vor so vielen Jahren ins

Haar geflochten hat?«, hatte sie nach dem Abendessen den sanft plätschernden Wellen des Meeres anvertraut.

»Was bedeutet schon eine alberne Silberhochzeit gegen das rauschende Fest der Sinne, das ich 1976 mit Rudi in Plakias gefeiert habe?«, hatte sie den funkelnden Sternen zugeflüstert.

Später im Apartment war es dann sogar zum Streit gekommen, weil Claudia Toms zärtliches Werben um sie schroff zurückgewiesen hatte. Tom war theatralisch auf allen Vieren durchs Zimmer gekrochen, hatte unters Bett geschaut und die Schränke durchsucht.

»Wo steckt der Mistkerl?«, hatte er Claudia mit wütend verkniffenen Gesichtszügen angeschrien. »Kann er uns nicht einmal in der Hochzeitsnacht in Ruhe lassen?«

Nie zuvor in all den Jahren war es Claudia so bewusst geworden, wie jetzt auf der Taxifahrt an die Südküste, dass Toms Verletzungen durchaus einen sehr wahren Kern hatten.

»Liebe kennt keine Vernunft, aber Vernunft erzeugt noch lange keine Liebe«, fasste sie ihre Verbindung zu den beiden ungleichen Männern, Rudi und Tom, in einen einfachen Satz, als das Taxi durch den kleinen Ort Koxare fuhr.

Dabei wollte Claudia aber auch nicht zu streng mit sich ins Gericht gehen. Als sie sich 1987 zu der Vernunftehe mit Tom entschieden hatte, gab es gute Gründe dafür, die nicht das Geringste mit Rudi zu tun hatten. Rudi war zu dieser Zeit seit mehr als zehn Jahren verschwunden, und sie hatte sich redlich um eine liebevolle Beziehung zu Tom bemüht. Es gab auch schöne Zeiten miteinander.

Sehr schöne sogar!

Fast stimmte es Claudia jetzt ein wenig traurig, als sie an den gemeinsamen Alltag der guten Jahre dachte. Tom war ihr jederzeit und in allen Fragen ein zuverlässiger Partner gewesen.

Plötzlich musste Claudia lachen. Sie erinnerte sich mitten im kretischen Frühling daran, dass sie vor einigen Jahren an einem bitterkalten Wintertag mit Tom das Spektakel der Bremer Eiswette am Osterdeich verfolgt hatte. Bei der Wette ging es darum, ob ein 99 Pfund schwerer Schneider am 6. Januar, Schlag zwölf Uhr, mit einem glühenden Bügeleisen die Weser zu Fuß überqueren kann. »Geiht de Werser, oder steiht de Werser?« Fließt die Weser?, oder ist sie zugefroren, hatten die Bremer Kaufleute einige Wochen zuvor gewettet. Weil der Fluss an diesem Tag munter vor sich hin plätscherte, musste der Schneider mit dem Schiff ans andere Ufer gebracht werden.

»So ein Quatsch!«, hatte Tom das Geschehen kommentiert und Claudia dabei ganz fest in den Arm genommen. »Wenn du mal ans andere Ufer willst, dann sag mir einfach Bescheid. Ich trage dich auf Händen rüber.«

Ja, es stimmt, gestand Claudia sich jetzt ein wenig wehmütig ein. Er hat immer versucht, mich auf Händen durchs Leben zu tragen. Er hat immer versucht, mir jeden Wunsch von den Lippen abzulesen. Er war tatsächlich jederzeit für mich und auch für Elena da.

Nach kurzer Bedenkzeit fügte Claudia aber noch eine weitere Überlegung hinzu: Leider hat er mich aber auch dann auf den Arm genommen, wenn ich lieber alleine durchs Leben laufen wollte. Ständig wollte er mich verändern. Daran sind wir gescheitert, Tom Schemmel, nicht an Rudi.

Als hätte sie die Gedanken ihrer Mutter erraten, war plötzlich auch Elena hellwach: »Tom kannte keine Kompromisse. Er wusste immer ganz genau, wo es lang geht. Wenn man ihm folgte, war alles gut. Dann war er der beste Kumpel der Welt. Aber wehe, wenn man eigene Wege ging. Ich konnte es manchmal nicht mehr hören: ›Was machst du da Elena? So geht das nicht. Komm, ich zeig dir, wie man es richtig macht.‹«

»Ich dachte, du schläfst«, erwiderte Claudia nur. Sie war zu überrascht, um sich über Elenas Worte zu wundern.

»Manchmal denke ich, Tom und ich hätten nach 1981 nie wieder nach Plakias fahren dürfen«, brachte Claudia schließlich noch einen anderen Aspekt ins Spiel, als das Taxi kurz darauf durch die engen Gassen Asomatos fuhr.

»Im Grunde hatte Tom recht. Hier waren wir nie wirklich alleine. Wenn wir auf Kreta waren, dann war Rudi immer mit hier. Aber was ändert jetzt noch alles Hätte, Wenn und Aber«, beendete die sehr aufgewühlte Frau den Ausflug in eine längst vergangene Zeit.

Nur Elena kam noch einmal auf die Vergangenheit zu sprechen. »Eine meiner schönsten Erinnerungen an Plakias ist unser einziger Urlaub, den wir beide alleine hier verbracht haben, Mama.«

»Ja«, stimmte Claudia zu, »du warst fast zwanzig. Eine erwachsene Frau. Es waren wirklich schöne Tage, und es war keinesfalls selbstverständlich für mich, dass du noch einmal mit mir in den Urlaub gefahren bist. Bald danach bist du ausgezogen. Ich habe nie verstanden, warum du ausgerechnet in Frankfurt studieren wolltest. So weit weg. Du hättest doch auch einen Studienplatz in Bremen bekommen können.«

Elena schwieg eine ganze Weile, entschied sich dann aber doch zu einer Antwort: »Weißt du was, Mama? Ich glaube, dass wir uns heute nur so nahe sein können, weil ich damals so weit weg gegangen bin.«

Lange bedachte Claudia die Worte ihrer Tochter. Schließlich nickte sie nur stumm. Die Mutter hatte verstanden. Gerade bog das Taxi in einen kleinen Feldweg ein. Sie waren angekommen.

*

Elena hatte übers Internet ein Studio auf einer Anhöhe etwas außerhalb des Dorfes gebucht. Die Wohnung sei kurzfristig frei, und sie könnten jederzeit einziehen, hatte der Vermieter per E-Mail freundlich mitgeteilt. Er selbst wohne in Rethymnon und käme erst am Wochenende nach Plakias, hatte er noch angefügt. Der Schlüssel stecke bei ihrer Ankunft in der Tür.

»Das nenne ich mal Vertrauen«, fasste Elena ihr Erstaunen in knappe Sätze, als sie die Wohnung betraten. »Wir könnten morgen ja auch einfach wieder abhauen.«

»Nur wer selbst betrügt, denkt ständig daran, betrogen zu werden«, entgegnete Claudia ihrer Tochter und fühlte augenblicklich wieder, warum sie diese Insel und ihre Menschen so tief in ihr Herz geschlossen hatte.

Auf einer Anrichte begrüßte sie eine Flasche Wein, ein kleines Fläschchen selbstgebrannter Raki, ein Gläschen hausgemachte Marmelade und ein Teller mit Anisgebäck.

Um ein wenig mehr Licht einzulassen, schob Elena den Vorhang zur Seite und öffnete die Balkontür. Der Blick über die Bucht war atemberaubend schön. Links begrenzte eine senkrecht abfallende Felswand die Bucht, rechts schlängelte sich ein steinerner Felsdrache ins türkisfarbene Meer.

Augenblicklich erwachten in Elena tausend Geschichten, die Tom dem feuerspuckenden Ungeheuer über die Jahre angedichtet hatte. *Poldi* hatten die Kinder im Garten bei Nikos die Steinformation nach der allseits bekannten und beliebten Fernsehserie *Hallo Spencer* genannt und gebannt an Toms Lippen gehangen, wenn er ihnen versichert hatte, dass die leblosen Steine quicklebendig wurden, sobald die Dunkelheit hereingebrochen war.

»Glaubt ihr denn wirklich, dass es der Wind ist, der nachts so heult?«, hatte er in die Runde gefragt, jedoch nur, um die Frage sogleich selber zu beantworten. »So ein Quatsch! Das sind natürlich die riesigen Schwingen des

Drachen, der nachts um die Häuser fliegt und nach Futter sucht.«

Tom hatte seine Erzählung immer mit fürchterlich gruseligen Geräuschen untermalt und angedeutet, dass es für die Kinder besser sei, während der Nacht im Bett zu bleiben, um nicht in Poldis Fänge zu geraten. Aber auf dem Höhepunkt der Spannung gab es jedes Mal eine überraschende Wendung: »Ihr braucht keine Angst vor Poldi haben. Er hat Kinder zwar zum Fressen gern, aber nicht als Mahlzeit.«

Poldi sei ein vegetarischer Drache und möge am liebsten den ganzen Tag mit ihnen spielen, hatte er den kleinen Zuhörern versichert. Aber ein böser Zauberer habe ihm das Herz gebrochen. Deshalb liege er an den Tagen tot wie ein Stein am Rande der Bucht. Nur weil eine mutige gute Fee mit einem langen Kuss auf den rotglühenden Drachenmund den bösen Zauber gebrochen habe, fange das Drachenherz nach Sonnenuntergang wieder an zu schlagen.

Regelmäßig hatten die Kinder, die sich im Garten um Tom versammelt hatten, Pläne geschmiedet, wie sie den armen Poldi zurück in ein anständiges Drachenleben holen könnten. Regelmäßig hatten sie geschworen, den bösen Zauber von ihm zu nehmen.

Tom hatte ihnen daraufhin genau so regelmäßig versichert, dass Poldi zum Dank für seine Erlösung jeden Tag draußen in der Bucht baden werde, um mit seinen gewaltigen Schwingen Wellen für die Kinder zu schlagen, damit sie am Strand einen riesigen Badespaß hätten.

Während Elena sich so an glückliche Kindertage erinnerte, war in Claudia eine ganz andere Geschichte lebendig geworden. Ihr Blick hing unbewegt an der steilen Wand auf der linken Seite der Bucht, und einen Moment hatte sie sich eingebildet, Tom stehe oben am Rand der Klippe. Tatsächlich konnte sie dort oben Menschen ausmachen, aber die waren viel zu weit weg, um Einzelheiten erkennen zu können.

Claudia zitterte fast ein wenig, als sie sich an eine Wanderung oberhalb der Steilküste in ihrem letzten gemeinsamen Urlaub erinnerte. Tom war ganz nah an den völlig ungesicherten Rand des Abgrunds getreten und hatte mit großer Geste R. Kellys grandiosen Song über die Bucht geschmettert: *I believe I can fly*. Er hatte die Arme ausgebreitet, und einen Moment hatte es damals so ausgesehen, als wolle Tom sich tatsächlich, einem Vogel gleich, in die Tiefe stürzen.

Claudia hatte geschrien, und Tom war eilig zu ihr gekommen und hatte sie ganz fest in den Arm genommen. »Keine Angst, den Gefallen tue ich ihm nicht«, hatte er zu ihr gesagt. Dann hatte er noch einen Satz angefügt, der lange Zeit wie Feuer in Claudia gebrannt hatte: »Aber vielleicht solltest du ihn endlich von der Bettkante stoßen, damit wir in Ruhe leben können.«

Auch an diesem Tag hatte Claudia gewusst, dass Toms Eifersucht zwar einem Phantom galt, dass seit Jahrzehnten nicht mehr aufgetaucht war. Dennoch konnte sie auch damals nicht bestreiten, dass ihre Liebe zu Rudi nie erloschen war.

»Schau mal, Mama, dort klettern Menschen in der Steilwand. Wahnsinn!« Mit diesen aufgeregten Worten hatte Elena Claudia aus ihren trüben Gedanken gerissen. Die Tochter hatte ihr Smartphone auf die markante Felsformation gerichtet, um die wagemutige Kletterei in der steilen Wand festzuhalten, aber die Entfernung war einfach viel zu groß, um ein brauchbares Video aufzunehmen.

»Komm, Elena, wir gehen ins Livikon und fragen dort, ob sie wissen, wo Rudi wohnt«, gab Claudia das Signal zum Aufbruch. Gegen 11.30 Uhr machten Mutter und Tochter sich auf den Weg ins Dorf.

Mittwoch, 26. April 2017

Der Tag war anders verlaufen als erwartet. Völlig anders sogar! Einiges war gründlich schiefgegangen. Aber Tom hatte zunächst auf jede neue Herausforderung eine passende Antwort gefunden. Der Abend hatte jedoch ein ziemlich unrühmliches Ende für ihn genommen. Tom hatte schon im Laufe des Tages viel zu viel Wein getrunken. Zudem hatte er keine einzige Runde des starken Raki ausgelassen. Immer vernebelter war sein Blick geworden, immer abwegiger seine lallend in die Runde geworfenen Sätze. Immer fanatischer hatte er Rudis Gäste an seinem kleinen imaginären Glück mit Claudia und Elena in dem kleinen Bremer Reihenhaus in der Alwinenstraße teilhaben lassen. Immer mehr Besucher hatten sich mit der Zeit völlig irritiert von ihm abgewandt.

»Was für ein schräger Vogel ist Rudi denn da ins Haus geflattert«, hatte sich mancher Gast im Stillen gewundert.

Während draußen auf der Terrasse immer noch neue Gäste eintrafen, die mit Rudi um Mitternacht auf seinen 65. Geburtstag anstoßen wollten, hatten sie Tom auf Geheiß des Gastgebers gegen 22.30 Uhr mit vereinten Kräften in ein spärlich eingerichtetes Zimmer gebracht, damit er dort seinen Rausch ausschlafen konnte. Tom hatte nach einigen Minuten noch einmal versucht, zu den ausgelassen feiernden Menschen auf der mit bunten Lichterketten geschmückten Terrasse zurückzukehren, aber er war in der Dunkelheit über einen Hocker gestolpert, der vor seinem Bett stand. Nur mühsam hatte er sich wieder vom Boden aufgerappelt, jedoch nur, um sich gleich darauf wie ein Stein auf das eiserne Bettgestell fallen zu lassen. Nicht einmal die Schuhe hatte er sich ausgezogen. Regungslos lag er jetzt in der Finsternis.

Bevor Tom gleich darauf in einen traumlosen Schlaf fallen sollte, sprangen seine wirren Gedanken noch einmal wild hin und her.

»So ein Quatsch, Tom Schemmel ist doch kein Mörder! Habt ihr etwa wirklich geglaubt, dass ich ihn umbringen will«, lallte er in die Finsternis.

»Tom Schemmel ist der größte Schlaufuchs aller Zeiten«, rief er in Richtung der Zimmertür. »Einfach genial, wie ich Rudi um den Finger gewickelt habe. Jedes einzelne Wort hat er mir abgenommen«, brabbelte er seine ganz persönliche Wahrnehmung des zurückliegenden Tages vor sich hin.

Wie immer der fortschreitende Tag sich auch entwickelt hatte: Das angestrebte Ziel war für Tom erreicht, wenn auch mit ganz anderen Mitteln als ursprünglich vorgesehen.

Allein das zählte!

Claudia, mein Herz, er wird sich nicht weiter in unser gemeinsames Leben einmischen. Er hat verstanden, dass er dir nie wirklich etwas bedeutet hat. Weißt du, eigentlich ist er gar kein schlechter Kerl. Er hat heute endlich kapiert, dass du schon immer nur mich geliebt hast, waren Toms letzte Gedanken nach den ereignisreichen Stunden auf Rudis Terrasse. Dann war nur noch ein Schnarchen zu hören.

*

Stunden zuvor – am späten Vormittag – hatte Tom Rudis Haus auf Anhieb gefunden und lautlos das eiserne blaue Tor geöffnet. Niemand hatte ihn beobachtet, war er sich absolut sicher gewesen. Er hatte eine Zeit lang im Schatten eines Baumes abgewartet. Die abseits gelegene Straße war völlig menschenleer. Zu dieser Tageszeit lagen alle Touristen auf einer Liege am Strand oder waren unterwegs auf einer Wanderung in einer der zahlreichen schattigen Schluchten. Geräuschlos wie eine Katze war er den kleinen Weg, der zum Haus führte, hinauf geschlichen. Aus dem Haus hatte er Musik gehört. Mikis Theodorakis. Das Herz war ihm fast aus der Brust gesprungen, als er die wenigen Stufen hinaufgestiegen war, die auf eine große überdachte Terrasse führten. Die Haustür hatte offen gestanden. Tom hatte die Faust noch ein wenig fester um den silbernen Brieföffner geschlossen.

Schöne Grüße von deiner Tochter, schöne Grüße von deiner Tochter, schöne Grüße von deiner Tochter, hatte es dabei unablässig in seinem Kopf gebrabbelt, als er das Haus gerade betreten wollte. Aber im gleichen Moment hatte es unten am Tor geschellt. Zwei Männer und eine Frau waren plaudernd den kleinen Weg hinaufgekommen, und aus der Haustür war ihm eine Frau entgegengetreten, die ihn mit freundlichen Worten begrüßt hatte: »He, ich bin Dunja. Schön, dass du gekommen bist. Ich habe dich noch nie bei Rudi gesehen. Wenn du keine eigene Matte dabei hast, kannst du eine von dort nehmen.« Dabei hatte sie auf einen Stapel zusammengerollter Yogamatten in einem geflochtenen Weidenkorb gezeigt, der in einer Ecke auf der Terrasse stand.

»Wir fangen gleich an. Willst du vorher noch einen Tee?«, hatte Dunja ihn aus fragenden Augen angeschaut.

Tom hatte wie versteinert dagestanden. Vielleicht waren es nur Sekunden gewesen, vielleicht aber auch Stunden. Er wusste es später nicht mehr. Er war urplötzlich in einer Welt gelandet, die ihm völlig fremd war. Er war in einer Welt gelandet, in der es ganz offensichtlich keinerlei Misstrauen gab. Wo sonst auf der Welt wurde ein potenzieller Mörder schon so freudig empfangen?

Schön, dass du gekommen bist, hatte es nach dieser unerwarteten Begrüßung wieder und wieder in seinem Kopf gedröhnt. Schön, dass du gekommen bist!

Inzwischen waren auch die Neuankömmlinge oben auf der Terrasse angekommen. Auch sie hatten ihn freundlich willkommen geheißen. Sie hatten sich als Andrea, Jerry und Nick vorgestellt. Jerry kam aus Australien. Er war es, der den immer noch zu einer Salzsäule erstarrten Tom gefragt hatte, ob er auch einen Namen habe.

Erst als Tom sich ein wenig unwillig vorgestellt hatte, war das Missverständnis aufgeklärt: »Ich bin nicht hier, um Yoga zu machen. Ich heiße Tom und komme aus Bremen. Ich bin ein uralter Freund von Rudi. Wir haben uns seit Ewigkeiten nicht mehr gesehen. Wo steckt er?«

Als die Sätze raus waren, hätte Tom sich auf die Zunge beißen können, aber dazu war es zu spät.

Viel zu spät!

»Schade«, hatte Dunja geantwortet und den unerwarteten Gast dabei interessiert angeschaut, »ich dachte, du kommst zum Yoga. Wir üben mehrmals in der Woche gemeinsam. Rudis Terrasse hier oben ist ein wunderbarer Ort dafür«, hatte Dunja mit strahlenden Augen erklärt.

Tom hatte nur stumm genickt.

»Rudi ist um diese Zeit oben bei den Schafen«, hatte Andrea sich jetzt an Tom gewandt. Sie hatte mit dem Finger auf den Berg oberhalb der Steilwand gedeutet. »Er wird sich über deinen Besuch freuen. Ein wenig Hilfe kann er heute besonders gut gebrauchen. Immerhin feiert der Gute am Abend in seinen 65. Geburtstag hinein.«

Wenige Minuten später hatten Rudis Freunde ihre Yogamatten auf der Terrasse ausgerollt. Im völligen Einklang hatten sie die gemeinsame Übungsstunde mit einigen Sonnengrüßen begonnen.

Tom hatte sich zuvor bei Dunja nach dem Badezimmer erkundigt. Völlig durcheinander hatte er sich auf der Toilette niedergelassen. Mit ruhigen Atemzügen hatte er versucht, ein wenig Ordnung in das unerwartete Geschehen zu bringen. Die Spitze des Brieföffners, der hastig in seinem Hosenbund verschwunden war, als es an der Gartenpforte schellte, hatte eine kleine, blutende Wunde auf seinem Oberschenkel hinterlassen. Sie brannte wie Feuer.

So, in tiefer Verwirrung auf Rudis Klo sitzend, war in Tom am späten Vormittag plötzlich eine völlig neue Idee geboren. Was war er doch für ein Narr! Warum sollte unnötig Blut fließen, wenn es auch einen ganz anderen Weg gab? Rudi und seine Freunde waren friedliebende Menschen.

Sehr friedliebend sogar!

»Tom Schemmel, manchmal kannst du ein richtiger Idiot sein. Rudi umbringen, so ein Quatsch!«, hatte Tom sich bald vollends in den rettenden Gedanken hineingesteigert. Allein das Ziel zählte. Der Weg dahin war völlig egal.

»Warum sagst du Rudi nicht einfach die Wahrheit? Warum erzählst du ihm nicht, wie glücklich du mit Claudia bist«, hatte Tom bald still vergnügt in sich hinein gekichert. »Warum sagst du ihm nicht einfach, was damals wirklich passiert ist, als du alleine nach Rethymnon gekommen bist? Warum schilderst du ihm nicht in allen Einzelheiten, wie froh Claudia darüber war?«

Noch in der Nacht hatten sie in einer kleinen Pension in der Nähe des alten Hafens ein rauschendes Fest der Sinne gefeiert, war Toms damaliger Wunsch bald zur einzigen Wirklichkeit geworden. Sie hatten sich stürmisch geliebt, und Claudia war schwanger geworden.

»Auch wenn es Rudi das Herz brechen wird: Er wird seine Niederlage kampflos akzeptieren. Er wird unser Glück nicht vorsätzlich zerstören«, hatte er Rudis erhoffte Reaktion in einfache Sätze gekleidet.

Mit jeder Sekunde war die eingebildete Wirklichkeit für Tom immer stärker zur unumstößlichen Realität geworden. Er kannte die Menschen gut. Rudi gehörte zweifellos zu denen, die wussten, wann sie verloren hatten.

Wie neugeboren hatte Tom das Badezimmer nach geraumer Zeit wieder verlassen. Während seine Augen den anmutigen Yogaübungen folgten, hatten seine Gedanken noch anmutigere Sätze geformt.

Er hatte die Geschichte neu geschrieben. Er hatte der Wahrheit ans Licht verholfen!

Auch wenn es ganz allein Tom Schemmels Wahrheit war.

»Ist das Leben nicht schön?«, hatte Tom Dunja entgegengehalten, als sie sich in einer kurzen Übungspause bei ihm erkundigt hatte, ob alles in Ordnung mit ihm sei.

»Ja, sogar sehr schön«, hatte Dunja ihm mit vielsagendem Lächeln geantwortet.

Dann hatten Rudi und er sich plötzlich gegenübergestanden.

*

Rudi schien nicht besonders überrascht zu sein, einen Fremden auf seiner Terrasse zu finden. Er hatte Tom mit freundlicher Geste gegrüßt und einen Moment auf die Yogarunde geschaut, die zum Ende der Stunde entspannt auf ihren Matten lag. Dann war er ins Haus gegangen, um eine Wasserflasche, ein paar Tomaten und ein Stück Schafskäse zu holen. Er hatte die Sachen auf einen kleinen Glastisch gestellt und sich in einen Korbsessel direkt neben Tom fallen lassen.

»Nimm dir ruhig, wenn du magst«, hatte er dem unbekannten Gast flüsternd angeboten. Er wollte die Entspannung seiner Freunde keinesfalls stören.

Tom hatte zunächst aus ganz anderen Gründen keinen Ton hervorgebracht. Seine Kehle war wie zugeschnürt gewesen. Er hatte Rudi nur stumm gemustert, und seine Gefühle waren Achterbahn gefahren. Wieder und wieder wollte sich ein abgrundtiefer Hass in den Vordergrund spielen, doch zu seiner eigenen Überraschung hatte Tom auch ganz andere Empfindungen durchlebt.

Sie fühlten sich warm und weich an. Verstörend warm und weich. Sehr verstörend! Sie schmeckten nach Freundschaft und Vertrauen. Sie rochen nach Lagerfeuer und saftigen Orangen.

»Ich habe dir ein Geschenk mitgebracht«, hatte Tom sich plötzlich sagen gehört, als er den silbernen Brieföffner aus dem Hosenbund gezogen hatte. Er hatte den Griff fest mit der rechten Faust umschlossen gehalten.

»Gott will es«, hatte er eine bösartige Stimme hinter sich säuseln gehört. »Sei kein Feigling!«

»Jetzt oder nie«, hatte es aus einem offen stehenden Fenster geschrien. »Denk daran, warum du hergekommen bist!«

»Tu es für Claudia«, hatte eine Katze, die es sich auf einem Sessel neben Rudi bequem gemacht hatte, ihr Maul ganz weit aufgerissen. »Sie wird dir ewig dankbar sein!«

Schon hatte Tom seinen ursprünglichen Plan doch noch in die Tat umsetzen wollen. Aber seine Hand hatte sich keinen Millimeter erhoben. Sie schien wie gelähmt zu sein.

Rudi hatte ihn einen Moment lang forschend angeschaut.

Diese Augen. Wie hasste Tom diese Augen!

»Tom?«, hatten sich Rudis Lippen plötzlich zu einem einzigen Wort geöffnet.

Diese Lippen. Wie hasste Tom diese Lippen.

Aus allen Richtungen hatte es plötzlich getönt: »Gott will es! Tu es für Claudia! Gott will es! Gott will es!«

Aber schon hatte ihn Rudi in die Arme geschlossen. Ganz fest hatte er den einstigen Reisegefährten an sich gedrückt. »Tom. Mein Gott, ich kann es gar nicht glauben. Tom. Welche Freude! Seht doch nur: Es ist Tom!«

So aufgeschreckt hatten die Yogafreunde ihre Entspannung beendet und sich um die beiden ungleichen Männer geschart.

»Hol Wein aus der Küche, Nick, und Gläser. Wir wollen zur Begrüßung ein Glas Wein mit meinem alten Freund Tom trinken. Welche Freude!«, hatte Rudi eine Anweisung gegeben, die Nick sogleich befolgte.

»Tom hat mir im Hafen von Piräus vor vielen Jahren beigebracht, wie die Griechen es schaffen, sich mit allen Sinnen zu betrinken«, hatte Rudi sich bald lachend an ihr erstes Zusammentreffen erinnert und dabei kräftig mit dem Glasboden auf den Tisch geschlagen. Die Hälfte seines Glasinhalts hatte sich dabei über die Tischplatte ergossen. So hatte der Tag einen völlig unerwarteten Verlauf genommen. Bald hatten Rudis Freunde die beiden Männer allein gelassen. Sie wollten die Annäherung an die vergangene Zeit keinesfalls stören.

*

»Weißt du etwas von ihr?«, hatte Rudi das unausweichliche Gespräch gleich darauf eröffnet.

Tom war darauf vorbereitet gewesen. Er hatte sich seine Sätze zuvor im Badezimmer ganz genau zurechtgelegt. Er hatte sich plötzlich wieder wie der große Tom Schemmel gefühlt, der eine viel beachtete Radiosendung moderierte. Er war live auf Sendung. Der rote Knopf blinkte unablässig: Bitte nicht stören! Bitte nicht stören! Er war wieder der stadtbekannte Rundfunkmann, dessen Meinung etwas galt. Er konnte überzeugen. Er war wieder der Wortkünstler, der das Gespräch mit seiner brillanten Rhetorik in jede gewünschte Richtung lenken konnte. Bei Rudi wäre das sogar besonders einfach, war Tom sich ganz sicher gewesen, denn der hat schon früher nie gewusst, was er eigentlich wollte. Mit ihm fertig zu werden, war eine ganz leichte Übung für den großen Tom Schemmel.

»Meinst du Claudia?«, hatte Tom Rudis erste Frage mit einer Gegenfrage beantwortet.

Rudi hatte ihn einen Moment lang irritiert angeschaut. Sehr irritiert sogar! »Mensch Tom, wen denn sonst?«

Tom hatte die Stirn kunstvoll in Falten gelegt. In seiner Stimme lag etwas Bedeutungsschweres als er erwiderte: »Na ja, es gab damals ja noch ein paar mehr Menschen auf der Welt, auch wenn du es nicht unbedingt wahr haben wolltest.«

Noch bevor Rudi antworten konnte, hatte Tom unvermittelt die Tonlage gewechselt, und er hatte in Anspielung auf eine bekannte Comicfigur, die nicht gerade mit großer Intelligenz gesegnet war, vergnügt hinzugefügt: »Du bist damals ja wie Obelix durch den Wald gelaufen und hast alle Bäume umgerannt, wenn Falbala auch nur in deiner Nähe war.«

Die Eröffnung war bestens gelungen. Eins zu Null für den exzellenten Moderator!

Rudi hatte Tom einige Sekunden verunsichert angeschaut. Ohne dass Tom bisher mit einem einzigen Wort auf seine Frage eingegangen war, hatte er gleich darauf begonnen, aus seinem Leben zu erzählen: »Weißt du, Tom, sie war damals wirklich alles für mich – und ehrlich gesagt ist sie es noch bis heute. Ich habe nie wieder im Leben etwas Vergleichbares erfahren.«

Rudi hatte eine kurze Pause gemacht und sein Wasserglas in kleinen Schlucken geleert. Es stand ihm förmlich ins Gesicht geschrieben, wie er ganz tief in eine ferne Vergangenheit eingetaucht war: »Ein paar Jahre lang habe ich nach ihr gesucht. Ich kannte jeden Pflasterstein in Hamburg persönlich. In den ersten Jahren war ich auch immer wieder mal für ein paar Wochen hier in Plakias, immer in der Hoffnung, sie hier wieder zu treffen. Monatelang habe ich jeden Tag bei meiner Mutter angerufen, aber Claudia hat sich nie bei ihr gemeldet.«

Tom hatte ihn nur fragend angeschaut, und Rudi hatte noch erklärend hinzugefügt: »Du erinnerst dich sicher noch: Ich hatte dir im Palmental die Telefonnummer von meiner Mutter gegeben, als sie mich mit in den Knast genommen haben.«

An dieser Stelle hatte Tom nur kurz genickt und sich ein Glas Wein nachgegossen. Ansonsten war er stummer Zuhörer geblieben. So war es gleich darauf wieder Rudi, der weitersprach: »Ehrlich gesagt habe ich es bis heute nicht begriffen, warum sie sich nicht bei meiner Mutter gemeldet hat. In mancher Nacht habe ich sogar gedacht, dass mein Vater vielleicht ans Telefon gegangen wäre und die Nachricht an mich unterschlagen haben könnte. Das hätte ich ihm damals glatt zugetraut. Erst kurz vor seinem Tod konnte ich mit ihm darüber sprechen. Er hat mir versichert, dass er nie mit Claudia telefoniert hätte.«

Diesmal nahm Rudi einen kräftigeren Schluck Wein, bevor er weitersprach: »1981 habe ich es dann in Deutschland nicht mehr ausgehalten. Ich bin nach Australien ausgewandert und war in den nächsten 25 Jahren nur zwei Mal in Europa. Paris, München, Zürich, Rom, Madrid, Barcelona. Aber nirgends habe ich wirklich Ruhe gefunden. Nur bei meinen Schafen in Australien. Damals habe ich Jerry kennengelernt. Er hat mir alles über Schafe und Ziegen beigebracht.«

Bei einer so großen Ehrlichkeit hatte Tom kurzzeitig Mühe gehabt, seine äußere Ruhe zu bewahren. Rudi ist bis heute nicht auf die Idee gekommen, dass ich die Telefonnummer damals nicht an Claudia weitergegeben habe«, war ihm plötzlich schmerzhaft bewusst geworden. »Er kennt kein Misstrauen gegen mich. Er glaubt immer noch, dass ich sein Freund bin. Er hat mir voll vertraut. Er vertraut mir immer noch!

Einige Sekunden lang hatte der Moderator sich so elend gefühlt, dass sein Kartenhaus beim nächsten Windhauch einzustürzen drohte. Einen Moment lang drohte die imaginäre Wahrheitsblase, in der er es sich so bequem eingerichtet hatte, mit großem Getöse zu platzen. Schon formten sich in Toms Kopf ungefragt Sätze, die der ganzen Sache eine unerwartete Wendung gegeben hätten.

Aber dann hatte Tom sich schnell wieder gefangen. Es ging doch gar nicht um ihn! Er hatte eine Mission zu erfüllen. Er musste Claudia aus Rudis Fängen befreien. Es ging allein um Claudia. Dieser Schafhirte war ja wahnsinnig. Ein Ziegenficker! Sollte er sich ruhig weiter vorgaukeln, dass Claudia alles für ihn sei, für die geliebte Frau jedenfalls war Rudi ein Nichts.

N - I - C - H - T - S !

»Du bist Bauer in Australien geworden?«, hatte Tom seine Verwunderung in bewusst derbe Worte gekleidet. »Der mit dem Känguru tanzt?« Tom hatte bedächtig mit dem Kopf geschüttelt. »Mensch, Rudi, was ist denn los mit dir? Was ist denn aus deinen Träumen geworden? Du wolltest doch ein großer Musiker oder wenigstens ein bekannter Zeichner werden. Malst du immer noch Mohnblumen, denen du ein Gesicht und einen Namen gibst? ›Hallo, ich heiße Pipapo und wohne in der Messara-Ebene.‹«

Diesmal hatte Rudi Wein nachgeschenkt, obwohl sein Glas noch nicht ganz geleert war. »Weißt du etwas von ihr?«, hatte seine einfache Frage plötzlich erneut bedrohlich im Raum gestanden.

Tom entschied einen Springer ins Feld zu führen, der ein wenig Verwirrung stiften sollte. »Ich habe dich damals in Athen auf Anhieb gemocht, Rudi, und daran hat sich bis heute nichts geändert. Du bist ein feiner Kerl.«

Tom hatte Rudi aufmerksam gemustert, bevor er gleich darauf völlig in die Offensive gegangen war: »Es ist kein Zufall, dass ich hier bin, Rudi, mein Freund.«

»Willst du einen Raki?«, hatte Rudi geantwortet. »Der australische Bauer hat ihn selbst gebrannt«, hatte er Toms derben Worte ein wenig sarkastisch aufgegriffen.

»Gieß für dich einen doppelten ein, du wirst ihn gut gebrauchen können«, hatte Tom angriffslustig erwidert und damit seinen Turm in die Schlacht geführt.

»Hör gut zu, Rudi, Claudia wollte nicht, dass ich nach Kreta fahre. ›Was soll das, Tom?‹, hat sie gesagt. ›Lass ihm seine Ruhe, und wir werden wie bisher unseren Frieden behalten‹, hat sie noch gesagt, als sie mich gestern zum Flughafen gebracht hat. Sie wollte nicht, dass ich dich besuche. ›Was bringt es schon, in alten Misthaufen zu wühlen?‹, hat sie gesagt. Aber ich will, dass du die Wahrheit kennst. Das bin ich dir als Freund schuldig. Ich hätte sie dir viel früher gesagt, wenn wir gewusst hätten, wo du steckst.«

»Wir?«

Rudi schien ganz ruhig zu sein. Nur ein leichtes Zittern seiner Hände beim Einschenken des Rakis verriet Tom, unter welcher Anspannung der Hausherr stand. Genau der richtige Zeitpunkt, um die Dame in die Schlacht zu schicken.

»Es ist total verrückt, Rudi, vor ein paar Jahren haben Claudia und ich vor deinem Anwesen hier gestanden und davon geträumt, genau hier mit unseren Enkelkindern Urlaub zu machen. Es ist wirklich schön hier bei dir.«

Rudi war blass geworden. Leichenblass!

»Du mit Claudia? Ihr habt Kinder? Enkelkinder?«

»Lass es uns kurz und schmerzlos machen, mein alter Freund. Wir haben vor kurzem deinen Roman gelesen, Rudi. ›Nach einer wahren Begebenheit‹. Echt, clever gemacht! Ganz großes Kino! Hatte dein Lektor die Idee? Claudia jedenfalls hat ihn in das Regal eingeräumt, in dem bei uns die Märchenbücher stehen, die wir uns abends im Bett vorlesen.«

Rudi war noch blasser geworden, wenn das überhaupt möglich war. Er nippte an seinem Raki.

»Erzähl mir endlich, was los ist. Erzähl mir, was passiert ist, Tom. Alles, bitte!«

Rudi war zutiefst aufgewühlt und wirkte dennoch gefasst. Viel schneller als erwartet hatte er sich völlig kampflos mit der neuen Situation abgefunden. So jedenfalls deutete Tom die Situation. Er hatte sich nicht getäuscht. Die Schlacht war geschlagen, noch bevor sie begonnen hatte.

Zwei zu Null für den Schlaufuchs, hatte alles in Tom jubiliert, und er hatte den Jubel mit einem großen Glas Wein ausgekostet, bevor er Rudi mit den Einzelheiten seines glücklichen Lebens mit Claudia vertraut machte. Und auch Elena kam noch einmal ganz neu auf die Welt.

In Toms Welt!

*

»Als ich damals allein nach Rethymnon gekommen bin, war Claudia ehrlich gesagt ein wenig erleichtert«, hatte Tom seine Erzählung begonnen, die bald in eine Welt führte, die nur er ganz allein kannte. In dieser Welt gab es kein Leiden. Jedenfalls nicht für den großen Tom Schemmel. Jedenfalls nicht für den Mann, den Claudia sich für immer und ewig zum Lebenspartner erwählt hatte.

Bis das der Tod euch scheidet!

In Ewigkeit, Amen!

»Rudi, sie war wirklich froh darüber, dass sie dich endlich wieder los war.« Tom ließ den Satz eine ganze Weile wirken, bevor er in gleichmütigem Tonfall fortfuhr: »›Geschieht ihm ganz recht! Warum muss er auch nackt durchs Palmental laufen? Warum kann er sich nie an die Spielregeln halten? Wahrscheinlich hat er sich wieder für Adam oder Gott persönlich gehalten‹, hat Claudia gesagt, als ich ihr erzählt habe, was passiert war.«

Tom war felsenfest überzeugt davon gewesen, dass Rudi ihm längst auf den Leim gegangen war. Aber die Wirklichkeit sah ganz anders aus. Allein diese ersten Sätze von Tom hatten ausgereicht, Rudis Verstand zu schärfen wie eine Sense. Nie und nimmer waren die Worte, die Tom Claudia zuschrieb, aus ihrem Mund gekommen, war Rudi sich absolut sicher gewesen. Zu lebendig war in ihm die Erinnerung an den schmerzhaften Abschied von Claudia, als sie morgens in Plakias in den Bus gestiegen war. Zu gegenwärtig war ihre Freude auf die gemeinsame Nacht zwischen weißen Laken. Zu grotesk war die Komödie, die Tom jetzt, nach über vierzig Jahren, auf die Bühne brachte.

Nie und nimmer war Tom in ehrlicher Absicht in sein Haus gekommen, hatte Rudi sich bald ganz eindeutig festgelegt. Nie und nimmer würde er in den nächsten Minuten von seinem Gast erfahren, was damals wirklich passiert war, war Rudi sich augenblicklich ganz sicher gewesen. Aber noch immer ahnte der Hausherr nicht, welch niederträchtiges Spiel hier zur Aufführung kam.

Angeblich kommt er als Freund. Angeblich will er, dass ich die Wahrheit erfahre. Warum tischt er mir also diese Lügen auf?, hatte Rudi sich bald im Stillen gefragt, und er hatte sich ganz fest vorgenommen, seinen ehemaligen Reisebegleiter bei seinen Ausführungen nicht weiter zu unterbrechen. Rudi kannte Tom und wusste, dass er sich zu gegebener Zeit selbst ein Bein stellen würde. Er hatte eine Spur zu Claudia gefunden, hatte alles in Rudi jubiliert. Das allein zählte! Der freundliche Gastgeber hatte Tom noch einen Raki eingegossen. Einen doppelten sogar. Er würde Tom schon auf die Schliche kommen.

»Auf dich und Claudia, mein Freund.«

So hatte Tom seinen Bericht bereitwillig und immer weitschweifender fortgesetzt: »Wir hatten Glück auf der Rückreise. Claudia hatte es sich so sehr gewünscht und tatsächlich: Ich konnte meinen Flug umbuchen. Am nächsten Tag sind wir gemeinsam nach Hamburg geflogen. Eigentlich musste ich zurück an die Uni nach Bremen, aber ich bin noch eine ganze Woche bei ihr in der

Hafenstraße geblieben. Ganz in der Nähe der Elbe. Und da ist es eben passiert. Neun Monate später ist unsere Tochter geboren, und die beiden sind zu mir in die Bremer Neustadt gezogen. Die ersten Jahre war es ganz schön eng. Aber das hat uns nichts ausgemacht. Ich hatte bald einen Super-Job bei Radio Bremen. Vielleicht hast du mal von meiner Sendung gehört: Buchweizen. Oder bist du immer noch so ein Kulturbanause wie damals? Ach ja, du liebst ja das ›Schweigen der Lämmer‹.«

Tom hatte seine Anspielung auf den grauenvollen Roman so platziert, dass zum ersten Mal ein wenig Wut in Rudi aufgestiegen war. »Lass gut sein, Tom, erzähl mir lieber von eurer Tochter. Wie heißt sie?«

Tom hatte ein nicht benennbares Unbehagen gespürt, als er Elenas Namen zum ersten Mal aussprach, aber er war so euphorisch gewesen, dass er die Gefahr nicht erkannt hatte. Er hatte sie nicht ernst genommen. Ohne Punkt und Komma hatte er minutenlang aus Elenas Kindertagen erzählt. Ohne darüber nachzudenken, hatte er gleich darauf ein Foto aus seiner Tasche gekramt: »Schau, Rudi, das ist unsere Elena. Das Foto ist hier in Plakias aufgenommen – im Garten bei Nikos. Frühjahr 1981.«

Tom hatte ein weiteres Mal in seiner Tasche gekramt: »Sieh mal, als wir das letzte Mal mit ihr zusammen hier waren, war sie schon fast erwachsen. Aber so ist es eben im Leben. Irgendwann gehen die Kinder ihre eigenen Wege.«

Tom hatte sich unter einem Vorwand eilig ins Badezimmer verabschiedet, als er die Bilder ausgehändigt hatte. Sein Unbehagen hatte noch etwas zugenommen. Was hatte ihn nur dazu bewogen, die alten Fotos mit auf die Reise zu nehmen?, haderte Tom mit seinem wenig umsichtigen Handeln.

Rudi hatte ungläubig auf die Fotografien geschaut. Er brauchte keine weitere Erklärung. Er brauchte kein einziges Wort mehr von Tom. Elenas Augen sagten alles.

Urplötzlich keimte in Rudi ein Verdacht, der ihm noch nie zuvor im Leben in den Sinn gekommen war. Noch niemals zuvor hatte Rudolph von Bargen daran gedacht, dass der eigene Freund es war, der ihn damals verraten hatte. Noch niemals zuvor hatte sich Rudis Welt so schlagartig verdunkelt.

Pechschwarze Finsternis!

Urplötzlich gab es eine Erklärung dafür, warum Claudia sich nie bei seiner Mutter gemeldet hatte.

»Du bist so ein Schwein, Tom«, presste der tief erschütterter Mann aus fest verkniffenen Lippen hervor und starrte eine Weile ungläubig über die weite Bucht. Mit aller Macht breitete sich ein abgrundtiefer Hass auf der Terrasse aus. Listig spielte sich eine unbeschreibliche Wut auf den einstigen Reisegefährten immer wieder in den Vordergrund. Hinterhältig witterte die Rache eine hervorragende Chance. Doch Rudi besann sich sogleich wieder, denn noch war es nur eine Vermutung, dass Tom die Nachricht damals unterschlagen hatte.

Ein schwerwiegender Verdacht!

Ein unvorstellbarer Verdacht!

Wenn meine Vermutung richtig ist, dann bringe ich ihn um, schoss Rudi dennoch ungefragt ein Gedanke durch den Kopf, der ihn zutiefst beunruhigte, weil er so entschlossen daherkam.

Nein, diesen Gefallen würde er Tom nicht erweisen, setzte sich jedoch gleich darauf die Besonnenheit wieder durch, und alles in Rudi hatte nur noch nach Claudia geschrien.

Und nach Elena, die seine Tochter war!

Tom, der sich so ungewöhnlich hastig ins Badezimmer verzogen hatte, nachdem er Rudi die Fotos übergeben hatte, schien bereits reichlich betrunken zu sein, als er gleich darauf wieder auf die Terrasse trat. Er hatte Tränen in den glänzenden Augen, als er sich mit weinerlicher Stimme an Rudi wandte: »Bitte Rudi, zerstöre unser Glück nicht.

Nach so vielen Jahren. Lass uns weiterhin in Ruhe unser Leben leben. Sie bittet dich darum. Bitte, tu es für Claudia.«

In diesem Moment hatte es unten am Tor geklingelt, und die ersten Geburtstagsgäste waren eingetroffen. Sie waren ganz aus Heraklion angereist. Auch wenn Rudi die Feier am liebsten abgesagt hätte, bemühte er sich jetzt doch darum, seine Gäste nicht ausbaden zu lassen, was Tom angerichtet hatte. Es sollte eine lange Nacht und ein Geburtstag voller Überraschungen werden. Ganz oben auf seine Wunschliste aber setzte Rudi den Satz: Morgen reden wir Klartext miteinander, mein bester Freund.

Im Verlauf des Abends hatte Jerry sich nach einer kurzen Unterhaltung mit Rudi ein wenig um Tom bemüht. Er hatte vorgegeben, im August eine Reise nach Deutschland zu planen, und Bremen stünde ganz oben auf der Liste seiner Reiseziele. Tom hatte ihm ausführlich die Vorzüge der Stadt an der Weser geschildert. Nach einiger Zeit hatte er bereitwillig eine Bremer Telefonnummer auf einen Zettel gekritzelt und Jerry in das kleine Reihenhaus in der Alwinenstraße eingeladen. Bald darauf hatten sie Tom ziemlich betrunken ins Bett gebracht.

Kurz vor Mitternacht hatte Jerry die Nummer in Deutschland gewählt und Rudi den Hörer hingehalten. Die Stimme eines Engels teilte dem Anrufer mit, dass sie momentan nicht erreichbar sei. Man könne aber gerne eine Nachricht hinterlassen.

»Kein Wort davon, dass das auch sein Anschluss ist«, hatte Rudi nur mit nachdenklich gerunzelter Stirn gesagt. Die Geschichte wurde immer mysteriöser.

Donnerstag, 27. April 2017

»Weißt du, warum ich immer gerne im Livikon war?«, stellte Claudia ihrer Tochter auf dem Weg ins Dorf eine Frage, die sie sogleich selbst beantwortete. »Dimitri hatte schon immer den besten Musikgeschmack im ganzen Ort. Seine Kassetten hat er immer selbst zusammengestellt. Ehrlich gesagt konnte ich dieses ewige Lyra-Gedudel in den Tavernen manchmal nicht mehr hören. Ich glaube, das ging vielen so. Aber natürlich hat es niemand zugegeben. Hauptsache ganz ursprünglich, auch wenn es noch so in den Ohren wehtat.«

Claudia lachte bei der Erinnerung an die frühen Jahre in Plakias und fügte belustigt hinzu: »›Ursprünglich‹ war damals wirklich das Zauberwort für alles. Am liebsten hätten wir seinerzeit alle ein ganz einfaches Leben aus Luft und Liebe geführt. Dieser ganze Konsumrausch konnte uns gestohlen bleiben. Aber auf diese ursprünglichen Sitzmöbel aus Hanfseilen in fast allen Tavernen konnte ich schon sehr früh bestens verzichten. Im Livikon gab es schon immer bequeme Stühle.«

Der Wirt des Lokals saß mit einem der alteingesessenen Taxifahrer des Dorfes an einem der hinteren Tische auf der überdachten Terrasse. Trotz der Jahre, die inzwischen ins Land gegangen waren, erinnerte er sich sofort an Claudia und konnte nicht glauben, dass es Elena war, die ihre Mutter begleitete. In seiner Vorstellung war sie noch fast ein Kind. Er wies seinen Sohn, der inzwischen offensichtlich das Lokal führte, an, frisch gepressten Orangensaft zu bringen.

»Oder möchtet ihr lieber einen Ouzo, auch wenn noch nicht Sonnenuntergang ist?«, fügte er noch schelmisch hinzu und klopfte Claudia lachend auf die Schulter.

Claudia war gerührt, dass Dimitri sich so genau daran erinnerte, dass sie und Tom mehrfach bei Sonnenuntergang auf seiner Terrasse gesessen hatten, um den hereinbrechenden Abend mit dem beliebten griechischen Anisgetränk zu begrüßen.

»Nein, danke, den Ouzo heben wir uns für später auf. Aber einen Kaffee bitte«, gab Claudia lachend zurück. Sie war überrascht, wie vertraut ihr alles vorkam.

»Komisch«, wandte sie sich an Elena, »es fühlt sich gerade so an, als ob ich nach Hause gekommen wäre.«

Elena nickte nur stumm. Ihre Gefühle fuhren gerade mal wieder Achterbahn. Immer wieder hatte sie sich an diesem Morgen ausgemalt, wie die erste Begegnung mit ihrem Vater wohl verlaufen würde. Immer wieder hatte sie sich gefragt, ob sie mit fast vierzig noch einmal Kind werden konnte. Rudis Tochter. Sie war zu keinem abschließenden Ergebnis gekommen.

Wie von Claudia erhofft, konnte Dimitri sofort die gewünschte Auskunft geben, und eine halbe Stunde später machten Mutter und Tochter sich auf den Weg nach dem Haus mit dem blauen eisernen Tor. Sie hatten ihr Ziel erreicht. Sie hatten Rudi gefunden. Die Mittagssonne hatte gerade ihren höchsten Punkt erklommen.

*

Je näher sie dem Haus kamen, desto höher schlugen die Herzen der beiden Frauen. Wie zwei kleine Mädchen, die sich einem verzauberten Garten näherten, hielten sie sich fest an der Hand. Die Mittagshitze lag flimmernd über der kleinen Anhöhe. Das Gartentor war nur angelehnt.

»Mir ist ganz schwindelig«, seufzte Claudia und lehnte sich einen Moment gegen einen kleinen Mauervorsprung. Interessiert beobachtete eine getigerte Katze das Geschehen, bevor sie sich wieder auf die Jagd machte. Vom Haus wehten ein paar Klänge durch den Garten, in denen

Claudia bald einen alten Song von Pink Floyds Album »*The Dark Side of the Moon*« erkannte.

»Wir haben Pink Floyd geliebt«, strahlte Claudia und schob entschlossen das Tor zur Seite.

»Nein, Mama, vielleicht hat er einen riesigen Hund, der uns verschluckt, bevor Rudi uns überhaupt bemerkt hat«, konnte Elena ihre kindliche Angst vor frei laufenden Monsterhunden, die nichts besseres zu tun hatten, als kleine Kinder zu fressen, nicht ablegen. »Der will doch nur spielen«, dröhnten tausend feixende Hundebesitzerstimmen entlang des Bremer Osterdeiches durch ihren Kopf. Schon lag Elenas Hand auf dem Klingelknopf, und oben im Garten war gleich darauf eine Stimme zu hören.

Eine weibliche Stimme!

Einen Moment kam es Claudia so vor, als drehte sich die Welt ein klein wenig schneller. Sie schloss die Augen, und die Finsternis drohte, sie zu verschlucken.

Du alberne Gans, tadelte sie sich. Was hast du eigentlich erwartet?

Oben auf dem Weg tauchte eine etwa 50-jährige Frau auf, deren strahlendes Gesicht, der Sonne kaum nachstand.

»Wohnen Sie hier?«, hörte Claudia sich fragen, und sie hätte sich am liebsten die Zunge abgebissen.

»Hallo, ich bin Biggi«, bekam sie eine freundliche Antwort. »Kommt doch erst einmal hoch.«

Die musternden Augen blieben freundlich, als die Stimme fortfuhr: »Ja, ich wohne hier. Wollt ihr zu Rudi? Er ist oben bei den Schafen.«

Es war Elena, die jetzt versuchte, die Situation zu retten: »Sorry, dass wir hier einfach so reinplatzen. Mama, kennt Rudi von früher, und als wir zufällig erfahren haben, dass er jetzt in Plakias wohnt, dachten wir, dass er sich vielleicht über einen Besuch freut.«

Biggis Freundlichkeit blieb unbeirrt. »Schade, dass ihr nicht schon gestern gekommen seid. Es war eine tolle

Nacht mit vielen Gästen. Rudi hat in seinen Geburtstag hinein gefeiert. Heute Abend hat er eine Lesung in der Ferienanlage Hapimag. Da bleibt keine Zeit zum Feiern. Aber die Schafe wollen natürlich trotzdem versorgt sein.«

Claudia hatte sich noch immer nicht wieder gefangen. »Vielleicht hat er eine Frau und sechs entzückende Kinder«, dröhnte es unablässig durch ihren Kopf. Sie konnte die Frage, die ihr auf der Zunge brannte, einfach nicht länger unterdrücken: »Habt ihr Kinder?«

Biggi warf ihre langen blonden Haare mit einer knappen Bewegung in den Nacken, und ihr Blick blieb diesmal ein wenig länger bei Claudia hängen. Einer Intuition folgend begaben sich die Gedanken der Hausbewohnerin auf eine kurze Reise durch Rudis Arbeitszimmer. Irgendwie kamen ihr die Gesichtszüge der unerwarteten Besucherin bekannt vor. Biggi erinnerte sich an ein Bild, das wie eine Ikone an der Wand rechts neben Rudis Schreibtisch hing. »Du bist Claudia«, stellte Rudis Mitbewohnerin nüchtern fest. Es blieb offen, was bei den knappen Worten in ihr vorging.

Claudia war jetzt völlig verwirrt. »Du weißt, wer ich bin? Es tut mir leid, dass ich hier einfach so auftauche. Ich wollte nicht …«

Aber Biggi hatte sie in diesem Moment lachend in die Arme geschlossen. »Claudia, es stimmt, dass ich hier wohne. Dort drüben links im Anbau. Rudi hat ihn mir günstig überlassen, zunächst für drei Monate. Ich weiß selbst noch nicht, was daraus wird. Vielleicht komme ich im nächsten Winter ganz hierher nach Plakias.«

Biggi schaute mit einem Blick, den Claudia nicht genau deuten konnte, eine Zeit lang über die Bucht und fügte dann noch hinzu: »Er ist mein Vermieter, mehr nicht. Und natürlich ist er ein wunderbarer Freund.«

Claudia aber war zu erfahren, um den bedauernden Unterton in Biggis Stimme länger zu überhören. Gleichwohl war ein riesiger Stein von ihrem Herzen gefallen. »Er ist bei den Schafen, hast du gesagt?«, fragte sie, und ihr Herz hüpfte vor Freude wie ein Lämmerschwanz.

Sie hatten inzwischen gemächlichen Schrittes den Garten durchquert und die Terrasse erreicht, auf der noch längst nicht alle Spuren der nächtlichen Feier beseitigt waren. Jerry war gerade dabei, die Asche aus einem riesigen Grill zu entfernen, als die drei Frauen oben eintrafen.

»Das ist Rudis bester Freund Jerry. Er kommt aus Australien«, stellte Biggi den Mann vor, der seine Arbeit augenblicklich unterbrach. Auch Jerry kannte das Bild der barbusigen jungen Frau, die wie eine Heilige neben Rudis Schreibtisch hing. Die gerahmte Zeichnung hatte auch in Australien immer einen besonderen Platz gefunden. Außerdem war Jerry mit der dazugehörigen Geschichte bestens vertraut. Er starrte Claudia an, wie ein Gespenst.

»Hallo Jerry, nice to meet you«, flüchtete Claudia sich in eine englische Begrüßungsfloskel. Es war wohl an der Zeit, ein wenig Licht in das Geschehen zu bringen, entschied sie.

»Woher kennst du mich? Warum weißt du, wer ich bin?« wandte Claudia sich direkt an Biggi.

»Setzt euch doch. Wollt ihr etwas trinken?«, entgegnete Biggi nur und forderte Mutter und Tochter auf, in einem der Korbsessel Platz zu nehmen.

»Ich koche uns erst einmal einen Kaffee, oder wollt ihr lieber Tee?«, schlug Jerry vor. Etwas beunruhigte ihn. Seine Gedanken waren bei Rudi, der das Haus vor knapp zwei Stunden gemeinsam mit Tom verlassen hatte, um die Futtertröge oberhalb der Steilküste zu füllen.

»Ich würde lieber etwas Kaltes trinken«, meldete sich jetzt Elena zu Wort. »Außerdem müsste ich mal auf die Toilette.«

»Komm, ich zeig dir das Bad«, nahm sich Biggi der Tochter an.

Gerade wollte Jerry Rudis Handynummer wählen, als aus dem Haus ein Schrei ertönte.

*

»Er ist hier! Mama, du hattest recht. Tom ist hier in Plakias. Istanbul, so ein Quatsch. Er ist hier bei Rudi! Was will er hier?«

Elena war völlig aufgelöst, als sie wieder auf die Terrasse kam. Ihr Gesicht hatte jede Farbe verloren. Die Stimme zitterte ein wenig, als sie noch hinzufügte: »Der ist doch vollkommen durchgeknallt!«

Claudia schaute ihre Tochter aus weit aufgerissenen Augen entsetzt an, brachte aber keinen Ton heraus. So ergriff Elena noch einmal das Wort. Ihre Stimme überschlug sich fast: »Der silberne Brieföffner, den ich ihm vor Jahren zum Geburtstag geschenkt habe. Er liegt auf dem Küchentisch. Ich bin mir absolut sicher, Mama!«

Einen Moment lang herrschte äußerlich völlige Stille auf der Terrasse. Aber in den Köpfen überschlugen sich die Gedanken. Auch Biggi war wieder aus dem Haus gekommen und schaute fragend in die Runde. Sie hatte bei weitem nicht alles mitbekommen, was gestern geschehen war. Was ging hier vor?

Jerry fand als erster die Sprache wieder: »Tom ist gestern Mittag hier angekommen. Rudi hat sich zunächst riesig darüber gefreut. Aber im Laufe des Tages, und dann später am Abend, ist so allerhand passiert, was uns immer merkwürdiger vorkam. Manches stimmte vorne und hinten nicht. Tom hat Rudi stundenlang damit vollgequatscht, dass er eure kleine Familie in Bremen doch bitte für alle Zeiten in Ruhe lassen möge. Angeblich hat er in deinem Namen gesprochen, Claudia. Jetzt sind die beiden zusammen oben bei den Schafen. Ich versuche mal, Rudi auf dem Handy zu erreichen.«

Er zeigte auf die Sendemasten oberhalb der Steilküste. »Da oben ist eigentlich immer guter Empfang.«

Schon hatte Jerry die Nummer gewählt, und die ausgehenden Ruftöne hämmerten wie die Schläge eines Presslufthammers über die Bucht. Aber niemand ging ans Telefon.

Jerry schien ein wenig beunruhigt zu sein. »Warum gehst du nicht ran, mein Freund?«, fragte er sein Smartphone und legte auf, jedoch nur, um gleich darauf erneut zu versuchen, eine Verbindung herzustellen. Doch auch diesmal blieb Rudi stumm.

Zwischenzeitlich aber war Claudia aus ihrer Erstarrung erwacht: »Was hat er gesagt? In meinem Namen gesprochen? Was hat er in meinem Namen gesagt? Jerry, der Kerl ist verrückt, verstehst du? Vollkommen verrückt!« Der Puls der aufgewühlten Frau raste.

Jerry bemühte sich, alles was Rudi ihm anvertraut hatte, in knappen, verständlichen Sätzen zusammenzufassen: »Ihr hättet kürzlich gemeinsam Rudis Roman gelesen und euch über das niedergeschriebene Märchen totgelacht. Ihr wäret seit ewigen Zeiten ein glückliches Paar, das eine wunderbare gemeinsame Tochter habe. Du hättest nicht gewollt, dass Tom zu Rudi fährt, aber wenn er schon unbedingt hätte fahren wollen, dann sollte er Rudi von dir ausrichten, dass er euch bitte für alle Zeiten in Ruhe lassen möge.«

Wieder herrschte einen Moment völlige Stille, bis es wie ein gewaltiger Sturm aus Claudia herausbrach: »Jerry, kein einziges Wort davon ist wahr. Tom und ich waren tatsächlich miteinander verheiratet, aber wir sind seit Jahren getrennt, und er wusste von Anfang an, dass Elena Rudis Tochter ist. Ich habe nie ein Geheimnis daraus gemacht.«

Claudias Augen suchten besorgt den felsigen Hügel oberhalb der Steilküste ab, auf dem Tom und Rudi zusammen unterwegs waren. Plötzlich zitterte sie am ganzen Körper: »Ich habe Angst, Jerry. Kannst du bitte noch einmal versuchen, Rudi zu erreichen.«

Mehr an Biggi gewandt, erklärte Claudia dann noch: »Tom hat in den letzten Wochen in Bremen verbreitet, dass er bald wieder mit mir zusammen wohnen würde. Das grenzt doch schon an Stalking. Er hat einer Kollegin erzählt, dass wir wieder ein Paar wären. Der ist doch nicht mehr von dieser Welt.«

Biggi hatte Claudia sanft den Arm um die Schulter gelegt. »Das *ist* Stalking, Claudia«, betonte sie nachdrücklich.

»Die wunderbare Tochter könnte ihn gerade umbringen. Ich habe langsam auch nur noch Angst vor ihm, Mama. Dem ist doch alles zuzutrauen«, mischte sich jetzt Elena ein. An Jerry gewandt fügte sie noch hinzu: »Können wir nicht hinfahren?«

Damit rannte sie bei Jerry offene Türen ein. Wenige Minuten später machte sich ein sehr betagter Seat auf den Weg zu Rudi – und Tom.

Donnerstag, 27. April 2017

Tom starrte in der Morgendämmerung an die Zimmerdecke und versuchte, sich an alle Einzelheiten des gestrigen Tages zu erinnern. Einiges aus den späten Abendstunden blieb zwar völlig im Dunkeln, aber am Ende des Tages hatte er die Partie gewonnen, entschied Rudis Gast nach kurzer Abwägung aller Ereignisse, an die er sich erinnerte.

Schachmatt!

Die leichten Kopfschmerzen konnten nicht verhindern, dass ein bestens gelaunter Mann zuversichtlich in den neuen Tag blickte.

»Für dich soll's rote Rosen regnen«, summte er ziemlich vergnügt Hildegard Knefs wunderbares Lied in seiner ganz eigenen Textfassung vor sich hin. Tom hatte sein Ziel erreicht. Behaglich drehte er sich noch einmal um. Erst jetzt bemerkte er, dass er mit Schuhen im Bett lag und die Zunge pelzig am Gaumen klebte.

Toms Hochstimmung hatte dadurch einen kleinen Dämpfer bekommen. Noch einmal versuchte er, Licht in die Dunkelheit zu bringen, musste sich aber bald eingestehen, dass er nicht mehr genau wusste, wie er ins Bett gekommen war.

Mühsam richtete er sich etwas auf. Vor dem Fenster waren Stimmen zu hören. Aber, so sehr Tom sich auch bemühte, er verstand kein einziges Wort. Als er aus dem Bett kroch und den Vorhang ein wenig zur Seite schob, sah er Rudi und Jerry mit einem dampfenden Becher Kaffee vor sich auf der Terrasse sitzen. Sie waren in ein lebhaftes Gespräch vertieft.

Ein etwas mulmiges Gefühl wollte sich in Tom breit machen, und er entschied kurzerhand, zu den beiden so eng miteinander befreundeten Männern hinauszugehen.

»Angriff ist immer noch die beste Verteidigung«, murmelte Tom vor sich hin, als er die Zimmertür öffnete.

Aber was war er doch für ein Narr! Hier war keinerlei Angriff nötig. Hier wohnten friedliebende Menschen. Die beiden Männer unterbrachen augenblicklich ihr Gespräch, als Tom zu ihnen trat und begrüßten ihn freudig.

Sehr freudig sogar!

»Mensch, Tom, dass du zu meinem Geburtstag gekommen bist. Unglaublich! Du ahnst wahrscheinlich gar nicht, was für ein großes Geschenk du mir damit gemacht hast.«

Jerry stand Rudis Freundlichkeit in nichts nach: »Ich habe schon so viel von dir gehört, Tom. Schön, dich endlich mal persönlich kennenzulernen. Wie lange bleibst du denn in Plakias?«

Tom war gerührt. Die Worte hüllten ihn ein wie eine wärmende Decke. Seit längerer Zeit schon kannte er keine freundschaftlichen Beziehungen mehr. Gegen jede Vernunft und gegen jeden Vorsatz hörte er sich plötzlich sagen: »Ich weiß noch nicht, wie lange ich bleibe. Claudia würde es hier auch gefallen. Vielleicht können wir einmal zusammen herkommen. Vielleicht sogar schon im Herbst.«

Kaum waren die Sätze gesprochen, wünschte Tom sich, dass ihm die Zunge abfallen möge.

Aber Rudi ging gar nicht auf seinen Vorschlag ein. Stattdessen bestimmte er: »Heute kommst du erst einmal mit auf den Berg. Ich möchte dich meinen Schafen vorstellen. Vielleicht kannst du deiner Tochter ein Lamm von mir als Geschenk mitnehmen. Mag sie Tiere? Claudia jedenfalls hat die kleinen Schreihälse früher geliebt.«

»Ach, Rudi, es ist schön, hier bei dir zu sein. In mir kommen so unglaublich viele Erinnerungen an damals hoch. Ein Lamm für Elena. Du bist noch genau so verrückt wie früher«, hörte Tom sich sagen. Er musste schlucken, weil die Worte abermals so weich daherkamen.

Viel zu weich!

»Kann ich auch einen Kaffee haben?«, wechselte er abrupt das Thema. Er war nicht zum Süßholz raspeln hier.

»Hol dir einen aus der Küche. Auf dem Tisch steht eine Thermoskanne«, gab Rudi ihm eine Anweisung, die Tom sogleich befolgte.

Der silberne Brieföffner, den er auf dem Küchentisch fand, holte den Gast aus Bremen augenblicklich wieder in eine Welt zurück, die er ganz alleine bewohnte. Urplötzlich fühlte Tom sich wieder einsam.

Sehr einsam sogar!

Urplötzlich war dem großen Tom Schemmel wieder sonnenklar, dass er nie im Leben den ihm zustehenden Platz an Claudias Seite einnehmen würde, solange es einen Rudolph von Bargen auf dieser Welt gab. Urplötzlich war ihm vollkommen bewusst, dass er gestern nicht mehr als einen Pyrrhussieg errungen hatte.

»Es gibt keinen Platz für uns beide auf dieser Welt. Du musst leider doch sterben, mein lieber Rudi. Ich habe gehofft, dass es auch anders geht. Aber das ist völliger Quatsch«, kicherte er vor sich hin.

Niemals zuvor im Leben hatte sein Kichern so irre geklungen, wie an diesem Morgen!

Schon hatte, Tom einen neuen genialen Plan im Kopf. Sehr genial sogar! Er würde eine kretische Tragödie inszenieren, die alle antiken Dramen weit in den Schatten stellte.

*

»Wann fahren wir los? Ich möchte endlich ein Lamm für Elena aussuchen.«

Tom konnte seine Ungeduld kaum noch beherrschen. Wieder und wieder war er in den Vormittagsstunden seinen Plan in allen Einzelheiten durchgegangen. Diesmal hatte er wirklich alles ganz genau bedacht. In wenigen Stunden würde er für alle Zeiten frei sein.

So ein Quatsch!, schalt er sich jedoch sogleich bei dem schlichten Gedanken, der so betörend nach einer glücklichen, gemeinsamen Zukunft mit der geliebten Frau schmeckte. In wenigen Stunden würde Claudia frei sein.

Das allein zählte!

Als Rudi wenig später endlich das Zeichen zum Aufbruch gab, blieb Toms Blick noch einmal an der Steilküste hängen, die die Bucht zur Linken begrenzte. Wie hoch mochte der senkrecht abfallende Felsen sein, fragte er sich einen Moment. Dreißig Meter? Fünfzig Meter? Tom kam zu keinem abschließenden Ergebnis. Es war auch völlig egal. Auf ein paar Meter sollte es nicht ankommen. Allein, dass die Zuschauerränge am Dorfstrand unterhalb des Felsens gut besucht waren, war von Bedeutung. Aber darüber musste er sich an so einem herrlichen Frühlingstag keine Gedanken machen. Auch die Akustik der gewählten Bühne gab keinen Anlass zur Sorge, wenn der Wind keinen Strich durch die Rechnung machte, wusste Tom noch aus früheren Jahren. Schmunzelnd erinnerte er sich daran, wie er vor langer Zeit eine bekannte Operettenmelodie über die Bucht geschmettert hatte, die unten am Strand einen überraschenden Beifallssturm ausgelöst hatte.

»Zugabe, Zugabe«, hatten die Menschen geschrien und ihm begeistert zugewunken.

Heute wehte eine leichte Brise von Ost. Perfekt für seinen Plan. Die griechischen Götter waren ganz eindeutig auf seiner Seite, schmunzelte Tom still vergnügt vor sich hin, als er in Rudis Pick-up stieg.

Zu Toms Überraschung bog Rudi nicht auf die Hauptstraße ein, die das Dorf in Richtung Lefkogia verließ, sondern er parkte das Gefährt schon nach kurzer Fahrt am Ende des Dorfstrandes.

»Von hier aus gehen wir zu Fuß weiter. Es sind ja nur ein paar hundert Meter. Ich muss fast täglich kontrollieren, ob die Zäune in Ordnung und die Gatter vernünftig geschlossen sind. Immer mehr Touristen trampeln den Draht einfach runter, oder sie lassen die Tore offen stehen, wenn sie über den Berg rüber nach Damnoni marschieren. Manchmal frage ich mich, wer eigentlich die Schafe sind«, gab Rudi eine plausible Erklärung für den gewählten Parkplatz.

Als er seinen Begleiter jedoch gleich darauf aufforderte, sich einen der 25-Kilogramm-Säcke mit Trockenfutter, die auf der offenen Ladefläche lagen, über die Schulter zu werfen, glaubte Tom, einen etwas spöttischen Zug um Rudis Augen zu erkennen.

»Das schaffst du doch, oder ist das zu schwer für dich?«, fügte Rudi lächelnd hinzu, als sein Gast einen Moment zögerte.

Tom wollte sich keineswegs eine Blöße geben.

»Klar Rudi, mach ich«, hörte er sich mit kräftiger Stimme sagen. Er war nicht darauf vorbereitet, dass dieser eine kurze Satz, mit dem er Rudi schon einmal ein Versprechen gegeben hatte, plötzlich wie ein tausendfaches Echo in der Luft lag.

»Klar Rudi, mach ich. Klar Rudi, mach ich. Klar Rudi, mach ich.«

Tom presste die Hände ganz fest auf seine Ohren. Er wand sich am ganzen Körper. Wie Peitschenhiebe durchschnitten die Worte die Luft. Wie Stockschläge prasselten sie auf Tom ein. Die Stimme wollte einfach nicht verstummen. Immer lauter schrie sie sogar: »Klar Rudi, mach ich!«

Rudi schaute dem seltsamen Gebaren interessiert zu. Von seiner morgendlichen Freundlichkeit war nicht mehr viel zu spüren, als er Tom überraschend hart am Kragen packte.

»Hast du ihr damals die Telefonnummer meiner Mutter gegeben?«, stand plötzlich eine Frage im Raum, der Tom nichts entgegen zu setzen hatte.

Absolut gar nichts!

Jeder klägliche Versuch einer Rechtfertigung blieb ihm im Halse stecken:

»Was hättest du denn getan …«

»Ich habe Claudia mehr geliebt, als du dir vorstellen kannst …«

»Sie war so froh, dass du endlich weg warst …«

»Immer hast du nur an dich gedacht …«

»Du hast damals überhaupt nichts kapiert …«

Rudis Augen hatten sich zu schmalen Schlitzen verengt. In seinen Schläfen pulsierten die Adern. Schlagartig löste er seinen festen Griff und gab Tom einen leichten Stoß, so dass dieser rückwärts in den Straßenstaub fiel.

»Du hast recht, Tom, bis gestern habe ich es tatsächlich nicht kapiert. So etwas konnte ich mir einfach nicht vorstellen.«

In Rudis Augen flammte es auf wie schwarzes Feuer. Einen Moment schien es so, als wolle er sich erneut an seinem Gast vergreifen. Aber rasch wandte er sich kopfschüttelnd ab: »Geh mir aus den Augen, Tom. Ich muss mich jetzt um meine Schafe kümmern. Die haben weitaus mehr Charakter als du. Du bist einfach nur ein gemeines Schwein!«

Schon hatte Rudi sich einen der Futtersäcke über die Schulter geworfen und eilte mit großen Schritten einen schmalen, steinigen Pfad bergauf.

Obwohl er keine Last trug, konnte Tom ihm kaum folgen. Wie ein geprügelter Hund sprang er den Pfad hinter Rudi hinauf. Immer wieder musste er verweilen, weil er völlig außer Atem war.

»So warte doch, Rudi. Ich kann dir doch alles ganz genau erklären«, rief er jämmerlich hinter dem einstigen Reisegefährten her. Aber Rudi drehte sich nicht ein einziges Mal zu ihm um.

Nach etwa zehn Minuten war Rudi auf einem Plateau oberhalb der Steilwand angekommen. Als Tom ihn endlich eingeholt hatte, war der Schafzüchter schon damit beschäftigt, den Inhalt des Futtersackes gleichmäßig auf fünf Tröge zu verteilen. Er würdigte Tom keines Blickes, als dieser aus schmerzhaft verkniffenen Lippen hervorbrachte: »Du kannst dir deine Lügen sparen, Tom. Ich will sie nicht mehr hören. Elenas Augen sagen alles, du Mistkerl!«

Einen Moment lang schien Tom völlig am Boden zerstört zu sein. Er blickte mit Tränen in den Augen über die weite Bucht von Plakias. Wie Puppenmöbel waren die vollbesetzen Liegen und die blauen Sonnenschirme am Dorfstrand zu seinen Füßen aufgereiht. An der kleinen Hafenmole im Dorf dümpelten ein paar Boote vor sich hin, die die Touristen Tag für Tag in die nahegelegenen kleinen Buchten brachten. Am Ende der Bucht schlängelte sich der steinerne Drache, der über die Jahre die Fantasie so vieler Kinder beflügelt hatte, ins türkisfarbene Meer.

Und dann erkannte Tom auf der Anhöhe vor dem Dorf Rudis Haus in der gleißenden Mittagssonne. Wie eine Festung thronte es über der Bucht. Es traf ihn wie ein Blitz mitten ins Herz. Augenblicklich rasten ungefragt tausend Bilder durch seinen Kopf, die ihm die Kehle zuschnürten. Er sah Claudia Hand in Hand mit Rudi beim Sonnenuntergang auf der Terrasse sitzen. Elena war mit den Enkelkindern zu Besuch. In einem Drahtverschlag neben dem Haus blökte ein neugeborenes Lamm, und die ganze Gesellschaft lag sich fröhlich in den Armen und brach in herzhaftes Lachen aus.

Immer muss er alles zerstören! Immer denkt er nur an sich!, ging es Tom plötzlich wieder durch den Kopf, und das Leben kehrte mit Macht zu ihm zurück. Er hatte doch einen Plan geschmiedet, fiel ihm urplötzlich wieder ein.

Einen genialen Plan sogar!

Tom hatte sich, von Rudi unbemerkt, ganz nahe an den völlig ungesicherten Rand des Abgrunds begeben. Ein ohrenbetäubender Hilfeschrei lag plötzlich in der Luft.

»Hilfe, nein Rudi, bitte nicht. Hilfe! Neiiin, Rudi!«

Rudi war zu verwirrt, um Toms perfiden Plan auf Anhieb zu durchschauen.

»Hilfe, bitte tu es nicht, Rudi! Ich habe doch gar nichts getan. Hilfe!«

Was ging hier vor? Rudi starrte fassungslos auf den Mann am Abgrund, der gar nicht mehr aufhörte zu schreien: »Hilfe, nein Rudi, bitte!«

Der ist ja vollkommen wahnsinnig geworden, schoss es Rudi durch den Kopf, als er sich Tom näherte, um das jämmerliche Geschrei zu beenden.

»Nein Rudi, tu es nicht!«

Tom war noch einen Schritt näher an den Abgrund heran getreten. Unten am Strand hatte sich inzwischen eine Menschentraube gebildet, die das Treiben auf der Klippe besorgt verfolgte.

Kaum war Rudi in Toms Reichweite gekommen, packte dieser das kräftige Handgelenk des Schafzüchters, um es fest an seinen eigenen Hals zu pressen. Die Aktion kam völlig überraschend für Rudi. Er begriff nicht sofort, was Tom vorhatte. Einen Moment schien es tatsächlich so, als tobe oben auf der Klippe ein erbarmungsloser Kampf um Leben und Tod. Einen Moment sahen die Badegäste unten am Strand tatsächlich, wie sich Rudis Hand um Toms Hals legte. Wohl an die zwanzig Menschen sahen mit eigenen Augen, wie Rudi versuchte, Tom vom Felsen zu stürzen. Es gab für die entsetzten Zuschauer nicht den geringsten Zweifel, wer der Angreifer war.

Plötzlich wendete sich das Blatt ein wenig. Als Tom überraschend den Arm freigab, verlor Rudi für einen Sekundenbruchteil das Gleichgewicht, und er taumelte, genau wie Tom es geplant hatte, bedrohlich auf den Abgrund zu. Ein leichter Stoß hätte ausgereicht, um das Schicksal, des verhassten Rivalen ein für alle Mal zu besiegeln.

»Ein einziger Stoß nur. Er hat nichts anderes verdient«, tönte es aus einem nahen Ginsterbusch.

»Du tust es doch für Claudia, jetzt sei kein Feigling«, schrien ihn sogar die leblosen Steine an.

Aber Tom konnte es nicht. Als sei er am ganzen Körper gelähmt, schaute er zu, wie Rudi sich gerade noch seitwärts auf den Boden fallen ließ und sich dann an einen Felsen klammerte. Er war wohl mit dem Kopf aufgeschlagen. Aus einer Platzwunde an der Stirn pulsierte das Blut.

Alles ist verloren, schoss es Tom durch den Kopf. Er wird uns niemals im Leben in Ruhe lassen, gab er der Zukunft ein pechschwarzes Gewand. Der Gedanke daran aber, dass er die über alles geliebte Frau für immer diesem Bauern, diesem Halbaffen überlassen sollte, war einfach zu unerträglich.

Eine einzige Möglichkeit gab es jedoch immer noch, Claudia vor diesem Mann zu retten. Er, Tom Schemmel, musste ein Opfer bringen.

»Ich liebe dich mehr als mein eigenes Leben, Claudia, mein Herz«, stieß der Mann, der sich soeben selbst zum Märtyrer ernannt hatte, unter Tränen hervor. »Ich tue es für dich, mein Liebling.«

Endlich war die Stunde der Wahrheit gekommen. Am Ende war Tom Schemmel wieder einmal der strahlende Sieger. Urplötzlich lag tiefer Frieden über dem Plateau. Eine selten gekannte Ruhe kehrte in Tom ein. Begierig sog er die Luft ein, in der ein Hauch von Thymian lag.

Du bist einfach genial, Tom Schemmel!, machte sich eine kindliche Freude in ihm breit. Dann hatte nur noch ein einziger bitterböser Gedanke Platz in ihm.

»Diesmal werden sie dich etwas länger als zwei Tage dabehalten, mein Freund. Ich schätze, so an die fünzehn Jahre, du Mörder«, wandte er sich kurz an Rudi, der sich immer noch nicht wieder aufgerappelt hatte. Dann hörten die Menschen unten am Strand erneut einen tierischen Schrei: »Nein, Rudi, neiiiiin …«

Das Letzte, was Tom in diesem Leben sehen sollte, war ein kleines gelbes Schiff, das gerade an der Hafenmole abgelegt hatte, um einige Touristen in die nahe Palmenbucht beim Kloster Preveli zu bringen. Was mochte wohl aus dem Hippiemädchen Mona geworden sein?, wollte Tom noch denken. Aber die verbleibende Zeit war viel zu kurz dafür.

Freitag, 28. April 2017

»Zum tausendsten Mal: Ich habe ihn nicht gestoßen. Ich habe ihn nicht angegriffen. Nicht einmal angefasst habe ich ihn – jedenfalls nicht oben auf dem Plateau. Er alleine hat das ganze Theater inszeniert. Warum kapieren Sie das nicht?«

Tausend Mal war Rudi in der Nacht das Szenario des gestrigen Tages durchgegangen. Erst ganz allmählich hatte er begriffen, in welche Falle er getappt war.

»Tom war schon immer ein begnadeter Schauspieler. Er hat sich plötzlich meine Hand geschnappt und sie an seinen Hals gepresst. Er wollte, dass es so *aussieht*, dass ich ihn in die Tiefe stürze. Er wollte, dass ich im Knast lande. Das hat er schon einmal geschafft.«

Die beiden ihn vernehmenden Polizisten schauten bei dieser Aussage interessiert auf, unterbrachen Rudi aber nicht weiter in seinen Ausführungen.

»Als er gesprungen ist, lag ich mit einer stark blutenden Kopfwunde zwei Meter von ihm entfernt am Boden. Wie hätte ich ihn aus dieser Entfernung stoßen sollen? Ich habe versucht, die starke Blutung an meiner Stirn mit meinem Halstuch zu stoppen.«

Noch einmal durchlebte Rudi die letzten Sekunden am Abgrund, bevor Tom sich in die Tiefe hatte fallen lassen. Ihm kam eine Idee, in der eine kleine Hoffnung schlummerte.

»Meine Hände und mein Gesicht waren blutüberströmt, verstehen Sie? Wenn ich ihn von der Klippe gestoßen hätte, müssten Sie mein Blut an ihm finden. Haben Sie einen einzigen Tropfen Blut von mir an ihm gefunden? Das ist doch wohl untersucht worden, oder etwa nicht?«

Rudi blickte die beiden Männer fragend an, die ihm beinahe regungslos gegenüber saßen. Er war vollkommen erschöpft. Dabei hatte der Tag gerade erst begonnen. Es war noch recht früh am Morgen. Kurz vor zehn vielleicht. Genau konnte er es nicht sagen, weil sie ihm seine Armbanduhr abgenommen hatten.

Noch gestern Nachmittag hatten sie Rudi stundenlang verhört. Sie hatten den Beschuldigten nach der Festnahme zunächst auf die ihm noch bestens vertraute Polizeistation nach Spili gebracht, aber noch am Abend war er in das Gefängnis von Heraklion überstellt worden.

Untersuchungshaft!

Hier wehte ein anderer Wind. Immerhin ging es um einen heimtückischen Mord. Und wie so oft steckte eine Frau hinter der ganzen Geschichte, hatte sich noch bei einer ersten Vernehmung am Abend herausgestellt.

Seit acht Uhr saß der Verdächtige jetzt einer Dolmetscherin, die nur selten Verwendung fand, weil Rudi der Vernehmung auf Griechisch folgen konnte, und zwei mürrischen Polizisten gegenüber, die offenbar nicht den geringsten Zweifel an seiner Schuld hatten.

Immer und immer wieder, hatten sie Rudi in den zurückliegenden zwei Stunden die gleichen Fragen gestellt. Seit wann kannten Sie das Opfer? In welcher Beziehung standen Sie zueinander? Warum ist es schon unten beim Auto zum Streit gekommen? Um was ging es bei dem Kampf oben auf der Klippe? Warum haben Sie Herrn Schemmel von der Steilwand gestoßen? Warum, Herr von Bargen? Warum?

Dann jedoch hatten sie eine Frage gestellt, die Rudi vorübergehend völlig aus der Bahn geworfen hatte: »In welcher Beziehung stehen Sie zu Claudia Röber und ihrer Tochter Elena?«

Es hatte Rudi den Atem verschlagen. Ihm war das Herz aus der Brust gesprungen, als er erfahren hatte, dass Claudia und Elena zusammen mit Jerry am gestrigen Nachmittag auf der Polizeistation in Spili gewesen waren, um eine Aussage zu machen. Natürlich hatte man sie nicht zu ihm gelassen. Die Erkenntnis aber, dass erneut Gefängnismauern zwischen ihm und Claudia standen, die eindeutig Tom zuzuschreiben waren, hatte kurz nach Vernehmungsbeginn zu einem ziemlich unbeherrschten Wutausbruch bei Rudi geführt. Die Kommissare hatten Verstärkung angefordert. Die uniformierten Männer hatten Rudi Handfesseln angelegt, die sich schmerzhaft in sein Fleisch gebohrt hatten. Rudi war selber erschrocken darüber gewesen, wie die Wut ihn übermannt hatte. Er hatte sich schnell wieder beruhigt, und die Fesseln waren ihm wieder abgenommen worden. Aber seine Lage hatte sich durch diesen unbeherrschten Auftritt nicht gerade verbessert. Der ältere der beiden Kommissare hatte Anweisung gegeben, dass einer der Uniformierten im Raum bleiben sollte. Wie eine antike Statue stand er reglos neben der Tür. Nur mit der Zunge fuhr sich der Mann in regelmäßigen Abständen über die trockenen Lippen.

»Es gibt Zeugen dafür, dass Sie ihn schon am Parkplatz verprügelt haben, Herr von Bargen.«

Der Kommissar blätterte in einer Akte und fand schnell die betreffende Aussage.

»Sie haben Herrn Schemmel am Kragen gepackt, ihn gewürgt und dann auf die Straße gestoßen. Er ist dabei gestürzt. Warum, Herr von Bargen?« Die fragenden Augen des Kommissars bohrten sich wie eine Pfeilspitze in Rudis Gesicht.

»Kurze Zeit später haben gleich mehrere Menschen vom Strand aus gehört, wie Herr Schemmel oben am Berg um Hilfe geschrien hat. ›Hilfe, Rudi! Ich habe doch gar nichts getan.‹ Werden Sie von Ihren Freunden nicht Rudi genannt, Herr von Bargen?‹«

In der Stimme des Kommissars lag deutlicher Ärger, als er nachsetzte: »Was hat das Opfer Ihnen getan, Herr von Bargen? Jetzt reden Sie endlich.«

Sein Kollege nahm den Faden sogleich auf: »Zwanzig Menschen haben gesehen, wie Sie ihn gewürgt haben. Zwanzig Zeugen, übrigens fast alles Landsleute von Ihnen, können bestätigen, dass sie ihn gestoßen haben. Sparen Sie sich also ihre Lügen. Sie haben einen Mord begangen, Herr von Bargen! Die Beweislage ist ganz eindeutig.«

Rudi, der bis jetzt ganz fest daran geglaubt hatte, dass die Sache sich schnell von alleine aufklären werde, verlangte resigniert nach einem Anwalt. Da aus dem Verdächtigen kein einziges neues Wort herauszubringen war, ließen die Vernehmungsbeamten ihn gleich darauf in seine Zelle bringen und gingen noch einmal die Aussagen durch.

»Diese Frau aus Deutschland, seine Exfrau, hat ausgesagt, dass das Opfer heimlich nach Kreta gereist sei. In Bremen, wo sie beide wohnen, hat er angegeben, dass er nach Istanbul fliegt. Sind die Flughäfen überprüft worden? Wo ist er wann angekommen? Außerdem hat sie ausgesagt, dass der Kerl in letzter Zeit völlig verrückt geworden sei. Er habe ihr nachgestellt und in der Stadt Lügen über sie verbreitet. Sie hat ihn beschuldigt, er sei ein Stalker. Wir müssen die Kollegen in Deutschland einschalten.«

Der jüngere Kommissar griff noch einmal Rudis Einwand auf. »Die Sanitäter haben bestätigt, dass sie eine Kopfwunde bei ihm versorgt haben. Er hat geblutet wie ein Schwein. Eine Platzwunde an der Stirn. Nichts Bedrohliches, aber er war tatsächlich blutüberströmt. In den Akten finde ich dazu nichts. Vielleicht haben sie in Spili etwas. Ich kümmere mich gleich darum.«

Erst einmal aber war es Zeit für einen sehr süßen griechischen Kaffee in einem nahen Kafenion.

Freitag, 28. April 2017

Weder Claudia noch Elena hatten in der Nacht ein Auge zugetan. Auch Jerry und Biggi hatten nicht gut geschlafen. Jetzt saßen sie zu viert auf Rudis Terrasse und gingen die Ereignisse des gestrigen Tages noch einmal in allen Einzelheiten durch. Jenseits der Worte liefen in den Köpfen jedoch völlig unterschiedliche Filme des blutigen Geschehens ab.

Wenige Minuten, nachdem sie sich auf die Suche nach Rudi – und natürlich auch Tom – gemacht hatten, war klar geworden, dass im Dorf etwas Ungewöhnliches passiert sein musste. Überall waren Polizeifahrzeuge mit Blaulicht unterwegs, und die Zufahrt zum Strand war weiträumig abgesperrt.

In Claudia war sofort das Gefühl hellwach geworden, dass etwas ganz Schreckliches passiert sein musste.

»Bitte nicht!«, hatte sie in den strahlend blauen Himmel geflüstert.

Eine kurze Zeit hatte ihr Kopf sich noch erfolgreich dagegen gewehrt, sich vorzustellen, was alles hinter dem unscheinbaren Wörtchen *nicht* stecken konnte. Aber dann waren die Bilder gekommen. Tausend grausame Tode war Rudi unter Toms wütender Hand gestorben.

»Vielleicht ist jemand ertrunken«, hatte Jerry noch versucht, Claudias Gedanken in eine andere Bahn zu lenken.

Als sie aber von der Hauptstraße in einen Feldweg einbiegen wollten, der auf das Plateau hinauf führte, war diese etwas makabere Hoffnung auf das Unglück eines fremden Menschen schnell verflogen. Sie mussten vor einer Straßensperre anhalten, und ein sehr junger Polizist erklärte ihnen mit wichtiger Miene, dass oberhalb der Steilwand ein schweres Verbrechen geschehen sei.

»Someone was murdered«, hatte er sie ins Vertrauen gezogen. Claudia hatte einen spitzen Schrei ausgestoßen und war aus dem Auto gesprungen. Doch der junge Uniformierte und sein etwas älterer Kollege hatten sie energisch zurückgewiesen, als sie den Berg hinauf stürmen wollte.

»Er hat ihn umgebracht. Tom hat Rudi umgebracht«, hatte Claudia den Männern ins Gesicht geschrien. Jerry war inzwischen ebenfalls aus dem Seat gestiegen und hatte ein paar griechische Sätze mit den Männern gewechselt. Daraufhin hatten sie ein kurzes Telefonat geführt, und bald darauf war ein geländegängiges Polizeifahrzeug zu ihnen gekommen, in dem neben dem uniformierten Fahrer ein Kollege in Zivil saß.

»Kommissar Fotakis«, hatte er sich mit knappen Worten vorgestellt. Wieder war es Jerry, der ein kurzes Gespräch in griechischer Sprache mit dem Polizisten führte. Mittlerweile waren auch Elena und Biggi aus dem Auto gestiegen. Sie hingen gebannt an den Lippen der beiden Männer, aber niemand verstand ein einziges Wort.

»Ich habe ihm erklärt, wer wir sind. Der Kommissar bittet dich um Hilfe, Claudia. Du sollst einen Toten identifizieren«, hatte Jerry sich schließlich mit ernster Miene zu seinen drei Begleiterinnen umgedreht. Sein Gesicht wurde noch ernster, als er hinzufügte: »Es ist nicht Rudi. Der ist schon auf dem Weg zur Polizeistation in Spili. Oben ist nur noch die Spurensicherung. Rudi soll vorsätzlich einen Mann vom Felsen gestoßen haben. Es gibt jede Menge Zeugen, die das Geschehen vom Strand aus genau gesehen und gehört haben. Rudi steht unter Mordverdacht!«

*

An die nächste Stunde hatte Claudia nur bruchstückhafte Erinnerungen. Jerry hatte erneut einige Sätze mit dem Kommissar gewechselt und gleich darauf die

Erlaubnis bekommen, sich oben bei den Futtertrögen um die vernachlässigten Schafe zu kümmern. Sie selbst war in Begleitung des Kommissars in das Polizeiauto gestiegen, während Biggi und Elena mit dem uralten Seat folgen sollten.

Unten am Strand angekommen, hatte Kommissar Fotakis die beiden Frauen angewiesen, im Schatten einer nahen Taverne auf ihn zu warten, während er Claudia aufgefordert hatte, ihm zu folgen.

Obwohl die Sonne unverändert vom blauen Himmel schien, war es Claudia vorgekommen, als kämpfe sie sich durch eine dichte Nebelwand.

Rudi lebte, also konnte es sich bei der Leiche, die sie identifizieren sollte, nur um Tom handeln. Sie hatte sich ihrer Gefühle geschämt, als ihr bewusst wurde, dass sich eine klammheimliche Freude über den nicht erwarteten Ausgang des Dramas in ihr breit machen wollte.

Rudi lebte. Aber er war als mutmaßlicher Mörder verhaftet worden. Als Toms Mörder.

Schmerzlich war Claudia bewusst geworden, dass sie ein uraltes Bild von Rudi in sich trug, das vielleicht keine einzige Gemeinsamkeit mit dem Mann hatte, der jetzt in einer kargen Gefängniszelle saß. Was wusste sie schon von Rudolph von Bargen? Was wusste sie schon davon, welche Wege und Irrwege sein Leben durchkreuzt hatten?

Rudi lebte. Aber er stand unter Mordverdacht! Was war oben auf dem Berg geschehen? Was mochte das sanfte Lamm, dessen Bild sie seit Jahrzehnten unverändert in sich trug, zur reißenden Bestie gemacht haben?

Wenn sich der Verdacht gegen den geliebten Mann bestätigen würde, dann hatte sie unter Umständen den größeren Teil ihres Lebens in einer schillernden Seifenblase verbracht. Wenn sich der Verdacht gegen Rudi bestätigen würde, dann war sie womöglich mehr als vierzig Jahre lang einem Traumbild gefolgt.

Ungezählte schöne Träume! Süße Träume!

Sehr süße sogar!

»Menschliche Abgründe können sehr viel tiefer sein als jede Steilwand«, war ihr ein schmerzhafter Gedanke durch den Kopf gegangen, als sie Kommissar Fotakis plötzlich fragen hörte, ob sie bereit sei. Erst jetzt hatte sie den jungen Polizisten bemerkt, der auf das Zeichen wartete, dass er die olivfarbene Plane ein Stück zurückschlagen sollte, die den Leichnam sorgsam bedeckte.

»Er muss mit den Füßen aufgekommen sein«, war es Claudia als erstes durch den Kopf geschossen, als sie Toms Gesicht nahezu unversehrt fand. Erst der zweite Gedanke ließ sie erkennen, dass der Körper, der weitgehend unter der Plane verborgen blieb, in einer merkwürdigen Krümmung zum Kopf lag. Die völlig aufgewühlte Frau wusste später nicht mehr, wie lange sie auf das leblose Antlitz zu ihren Füßen geschaut hatte. Vielleicht waren es Sekunden gewesen. Vielleicht aber auch Stunden.

Er hat einen sehr schönen Mund, war ihr plötzlich ungefragt durch den Kopf geschossen. Diese überraschende Wahrnehmung, auf die sie in keiner Weise vorbereitet war, hatte einen tiefen Schmerz in Claudia ausgelöst.

»Vielleicht habe ich dich nie im Leben richtig gesehen«, hatte sie Tom zugeflüstert, und einen Moment war es ihr so vorgekommen, als verzöge sich sein Mund zu einem Lächeln. Dicke Tränen waren ihr über das Gesicht gelaufen, als ihr im Angesicht des Todes bewusst geworden war, dass sie ihr ganzes Leben lang immer nur an Rudis vollen Lippen gehangen hatte.

»Kennen Sie diesen Mann?«, hatte Kommissar Fotakis die Stille durchbrochen.

»Wer kennt schon einen anderen Menschen?«, wollte Claudia gerade antworten. Aber sie hörte sich sagen: »Das ist Tom Schemmel aus Bremen. Er war lange Zeit mein Ehemann.«

Der Kommissar hatte ihre Personalien aufgenommen und sie gebeten, später auf der Polizeistation in Spili eine ausführliche Aussage zu machen.

Obwohl die Sonne unverändert vom blauen Himmel schien, hatte sich eine tiefe Finsternis über der Insel ausgebreitet, die alles zu verschlingen drohte. Sogar die Blütenblätter der wenigen Mohnblumen, die dem bald anbrechenden Sommer noch trotzten, hatten eine schwarze Farbe angenommen.

EPILOG

Mittwoch, 10. Mai 2017

»Sie haben jetzt auch das Hotel gefunden, in dem er sich in der Türkei eingemietet hat. Aber nicht in Istanbul, sondern in Bodrum, ganz in der Nähe des Fährhafens. Ohne deine Aussage hätten sie niemals danach gesucht.«

Rudi hatte sich ein Handtuch um die Hüften geschlungen und sich ganz dicht neben Claudia auf einen Felsen gesetzt, der immer noch die wohlige Wärme des Tages in sich trug.

»Auch sein Mietwagen, mit dem er an den betreffenden Tagen angeblich zu einer mehrtätigen Fahrt im Hinterland der Stadt unterwegs war, stand irgendwo in der Nähe des Hotels versteckt auf einem Parkplatz. Er hat seinen völlig überraschenden Besuch hier bei mir in Plakias richtig gut getarnt. Aber das macht doch alles überhaupt keinen Sinn. Warum dieses lächerliche Versteckspiel? Warum dieses Theater?«

Nur ein andauerndes, leichtes Kopfschütteln ließ Claudia ahnen, welche Gedanken den geliebten Mann unaufhörlich quälten. Wortlos legte sie ihren Arm um Rudis Schultern, und gemeinsam schauten sie auf das schäumende Wasser der brechenden Wellen, das ihre Füße von Zeit zu Zeit sanft umspülte.

»Wir werden wohl nie ganz erfahren, was genau er eigentlich vorhatte«, versuchte Rudi schließlich, die Gedanken an die zurückliegenden Ereignisse zu verscheuchen. Es sollte ihm jedoch noch nicht gänzlich gelingen. Zu präsent war das Geschehen der letzten Tage. Zu unbegreiflich war für Rudi Toms finaler Schritt in den todbringenden Abgrund.

Claudia hatte ohnehin eine etwas andere Meinung zu Rudis ratloser Einschätzung. Was immer die Ermittlungen der Polizei noch ans Licht bringen sollten: Sie war sich auch ohne neue polizeiliche Erkenntnisse ziemlich sicher, ganz genau erklären zu können, was Tom mit seiner verworrenen Reise bezweckt hatte. Sie erinnerte sich nur zu gut daran, auf welch verschlungenen Pfaden Tom Schemmel schon zu Lebzeiten seine angestrebten Ziele gesucht und zumeist auch gefunden hatte. Für seinen Erfolg war er dabei nicht selten bereit gewesen, auch über Leichen zu gehen, erinnerte Claudia sich mit nachdenklich gerunzelter Stirn an lange zurückliegende Ereignisse.

Sie hatte jahrelang unter der krankhaften Eifersucht ihres Ehemannes gelitten. Wie absurd waren seine Gedankengänge immer wieder ans Licht getreten, wenn er sich durch einen eingebildeten Nebenbuhler bedroht gefühlt hatte. Zutiefst besorgt hatte sie zuletzt in Bremen erfahren, dass Tom es sich in den letzten Monaten in einer ganz eigenen Realität gemütlich gemacht hatte. Wie ein kleines Kind hatte er sich auf das bevorstehende, selbst inszenierte Weihnachtsmärchen gefreut.

Wie sehr muss ihn Rudis Roman aus der Bahn geworfen haben? Wie sehr war seine imaginäre Welt durch das plötzlich aufgetauchte Buch vom Einsturz bedroht gewesen? Wie bereit musste Tom Schemmel gewesen sein, jedes denkbare Opfer für den Einzug in das so nahe geglaubte Paradies zu bringen?, hatte Claudia für sich eine schlüssige Erklärung der Ereignisse gefunden, die einer allein rationalen Prüfung menschlichen Handelns kaum standhalten würde.

Claudia hatte Toms Pläne schnell durchschaut, als sie von seinem überraschenden Flug nach Istanbul erfahren hatte, auch wenn sie für sich nicht alle Einzelheiten ausmalen konnte. Sie hatte sehr bald befürchtet, dass er mit seiner Reise einen finsteren Plan verfolge. Es war mehr ein Gefühl gewesen, weniger ein Wissen. Sie war sich ziemlich schnell sicher gewesen, dass Tom sich von Anfang an in mörderischer Absicht auf den Weg nach Kreta gemacht hatte.

Dass Liebe nicht immer rational ist, wusste Claudia nur zu gut aus eigener Erfahrung. Manchmal war es nur ein schmaler Grat, der die Grenze zum Wahnsinn überschritt.

Jetzt schwieg sie jedoch zu diesem Thema, um bei Rudi nicht neue Geister zu wecken. Sie zog den geliebten Mann ganz fest an sich und flüsterte ihm ins Ohr: »Ich habe mir mein ganzes Leben lang so sehr gewünscht, noch einmal mit dir zusammen hier in der Schweinebucht zu sitzen.«

Einen Moment lang konnte Rudi sein Glück kaum fassen. Ein unbeschreibliches Gefühl durchflutete ihn. Ich muss sie unbedingt zeichnen, nahm der Künstler sich vor. Er brauchte kein einziges Wort, wenn der Zeichenstift Regie führte. Für einen Augenblick spürte der Mann, der so aufwühlende Tage hinter sich hatte, wieder eine tiefe Ruhe in sich.

Dann schaute der frisch Verliebte jedoch erneut aus immer noch nachdenklichen Augen über das weite Meer. Als er am Himmel ein Flugzeug entdeckte, schweiften seine Gedanken kurz ab. Während Claudia ihren Rückflug auf unbestimmte Zeit storniert hatte, war Elena ganz früh am Morgen zurück nach Deutschland geflogen. Sie hatten ihre gemeinsame Tochter zum Flughafen nach Heraklion gebracht. Es war ein bewegender Abschied gewesen, der Vater und Tochter gleichermaßen das Herz zerrissen hatte. Es gab einfach viel zu viel, was die beiden sich noch zu sagen hatten. Die Zeit dafür werde bald kommen, hatten sie sich schließlich gegenseitig getröstet, ohne genau festlegen zu können, wann sie sich wiedersehen würden.

Einen Moment reiste Rudi jetzt durch die Jahre, in denen Elena ein kleines Kind war. Es schmerzte ihn plötzlich, dass er sie nie auf dem Arm getragen hatte. Es tat weh, sie nie getröstet zu haben, wenn sie in ihrer Wiege weinte. Nie im Leben war er mit seiner Tochter auf Drachenjagd gegangen. Niemals hatte er zusammen mit ihr den Prinzen aus einem finsteren Verlies befreit.

Ganz dicht an Claudia geschmiegt, versuchte Rudi jetzt, sich zu zwingen, die Vergangenheit endlich ruhen zu lassen und den Zauber der Gegenwart wahrzunehmen. Doch noch immer sollte es ihm nicht gänzlich gelingen. Noch einmal schweiften die Gedanken in eine andere Richtung ab.

Die Sonne stand bereits tief am Horizont, und fast schien es so, als berühre sie im Westen die Felsformation, die der Küste an dieser Stelle der Insel seit Menschengedenken ihre einzigartigen Konturen gab. Obwohl die Menschen ganz genau wussten, dass eine unüberbrückbare Entfernung zwischen der Sonne und den Felsen lag, war die Illusion jeden Abend aufs Neue perfekt.

»Illusion und Wahrheit!«, murmelte Rudi im Einklang mit den sich brechenden Wellen vor sich hin.

»Wahrheit oder Illusion?«, plätscherte es zu seinen Füßen. Für einen Sekundenbruchteil sah Rudi in einer Wasserspiegelung, wie sich seine eigene Hand unter Toms Führung um dessen Hals legte, um ihn zu würgen und von der Klippe zu stoßen.

Nur noch wenige Touristen verloren sich zu dieser frühen Abendstunde in der kleinen Bucht von Ammoudi, die die alteingesessenen Gäste der Gegend nur als »Schweinebucht« kannten, weil die Hippies und Aussteiger der 70er-Jahre hier nach dem Ende der verhassten Militärdiktatur in paradiesischer Nacktheit gelebt hatten. Eine Illusion, die ihren Platz schon nach wenigen Jahren fast vollständig an die Wirklichkeit hatte abtreten müssen.

Schon längst teilten sich die einstigen Weltverbesserer das kleine Paradies an Kretas Südküste mit protzigen Millionären aus Russland und aufstrebenden jungen Managern, die gerne den ganzen Strand mit lauten Telefonaten an ihrer Wichtigkeit teilhaben ließen. Gutbetuchte Familien aus ganz Europa, deren Kinder die aufgenötigten Stunden am Strand mit abstumpfenden Spielen auf ihrem Smartphone überbrückten, räkelten sich auf schattigen Liegen. Der selbstgefertigte Muschelschmuck war mit den Jahren immer häufiger schillernden Edelsteinen und schweren Goldketten gewichen.

Aber was einmal in den Köpfen der Menschen wohnte, war so schnell nicht totzukriegen, und so wehte über der kleinen Bucht noch immer ein Hauch von Freiheit.

F-r-e-i-h-e-i-t!

Nie zuvor im Leben hatte Rudi den Wert, der in den wenigen Buchstaben wohnte, so bewusst wahrgenommen wie an diesem Tag. Wie einen wertvollen Schatz sog er die Luft jetzt ein, die mit sanfter Brise über das Meer wehte.

»Ich habe mir mein ganzes Leben lang so sehr gewünscht, noch einmal mit dir zusammen hier in der Schweinebucht zu sitzen«, flüsterte er der geliebten Frau ins Ohr und gab ihr einen zärtlichen Kuss.

Freiheit!

Als könne sie seine Gedanken lesen, nahm Claudia den Faden auf, der die Gefängnistore für Rudi wieder geöffnet hatte: »Auch wenn sie das Hotel und sein Auto in der Türkei gefunden haben, wäre das keinerlei Beweis dafür gewesen, dass er dich umbringen wollte und nicht umgekehrt. Alle Zeugenaussagen sprachen ganz eindeutig gegen dich.«

»Ja«, stimmte Rudi ihr uneingeschränkt zu, »es war wirklich eine perfekte Inszenierung von ihm. Die Menschen unten am Strand haben genau das gesehen, was sie sehen sollten. Keiner von ihnen hat vorsätzlich gelogen. Mit billigen Kartentricks hat Tom sich schon damals bestens ausgekannt. Vielleicht wäre meine Unschuld niemals ans Licht gekommen, wenn dieses Handyvideo von den Alpinisten, die unterhalb vom Plateau in der Steilwand geklettert waren, nicht aufgetaucht wäre. Es ist zwar nur mein aufgestelltes Bein deutlich zu erkennen, aber als Tom sich von der Klippe gestürzt hat, liege ich so weit von ihm entfernt, dass ich ihn auf gar keinen Fall gestoßen haben kann.«

Als die Sonne kurze Zeit später gänzlich hinter den Felsen verschwunden war und einer schnell hereinbrechenden Dämmerung Platz machte, gab es nur noch Claudia und Rudi in der Bucht. Ein zufälliger Beobachter hätte glauben können, dass die beiden Liebenden völlig eins geworden waren.

Aber das wäre wahrscheinlich eine Illusion.

Eine sehr schöne Illusion sogar!

Der Autor

Wilfried Stüven wurde 1953 in Osten an der Oste geboren, absolvierte das Wirtschaftsgymnasium in Stade und studierte in Marburg Sonderpädagogik. In Bremen hat er 30 Jahre lang als Sonderschullehrer gearbeitet. Seit 2013 schreibt er Romane, ist künstlerisch in seiner Wattengel®-Werkstatt tätig und hat als Laienschauspieler bei verschiedenen Theaterprojekten mitgewirkt.

Einige seiner bisherigen Veröffentlichungen:

Im Schatten der Schwebefähre
swb media puplishing 2015
ISBN: 978-3-944264-87-5

Wattengel
swb media publishing 2016
ISBN: 978-3-945769-42-3

INHALT

Bernd Küpperbusch

Tödliche Brieffreundschaft

Nach der Wende beginnt Jürgen mit Nachforschungen in Norwegen zu seiner Brieffreundin aus den 1960er-Jahren. Aber die Umstände werden immer mysteriöser: Niemand kannte sie, sie scheint nicht existiert zu haben. Kurz vor seinem Eintreffen im hohen Norden geschehen Morde, die seine Nachforschungen zusätzlich erschweren. Nach und nach kommt eine verzwickte Spionage-Geschichte ans Licht, die bis ins Dritte Reich zurückreicht und verblüffend aktuelle technische Innovationen bezüglich Strom-Speichermedien offenbart.

264 Seiten, Softcover, 12,5 x 20 cm, ISBN 978-3-95651-098-4, ***€ 9,90***

Yves Bertho

Ich war Pierre, Peter, Pjotr

Yves Bertho (1922–2013) war ab 1943 Zwangsarbeiter in Bremen und verarbeitete seine Erlebnisse in einem 1976 erschienenen Roman, der in Frankreich Aufsehen erregte und mit zwei bedeutenden Literaturpreisen ausgezeichnet wurde. Er spiegelt exemplarisch das großstädtische Leben während der Luftangriffe im Zweiten Weltkrieg und beschreibt literarisch-eindringlich viele Facetten des Alltags, auch Erotisches und Schwarzhandel, die mit Fakten und Zahlen allein nicht nachzuempfinden wären. Ein Real-Roman.

520 Seiten, Softcover, 14 x 21,5 cm, ISBN 978-3-95651-079-3, ***€ 18,90***

Olaf Kretschmer

Taxifalle

Ende der 1980er-Jahre: Der mit hohen Zielen gestartete BWL-Student Marcus Meyer gerät bei einem Nebenjob als Taxifahrer in eine (Unter-)Welt von Moneten, Drogen, schnellem Sex, in der er sich zu verlieren droht. Doch wer hoch fliegt, fällt tief. Sein Charakter und die mühevoll aufgebaute Existenz werden in kurzer Zeit durch Erpressung, Abhängigkeit und die deutsche Bürokratie so nachhaltig erschüttert, dass er bald vor den Scherben seines Lebens steht. Deswegen bleibt nur der drastische Ausweg. Ein Real-Roman.

304 Seiten, Softcover, 12,5 x 20 cm, ISBN 978-3-95651-111-0, ***€ 9,90***

Erhältlich im Buchhandel (auf Bestellung)
oder direkt beim: ***KellnerVerlag***
St.-Pauli-Deich 3, 28199 Bremen
Tel.: 04 21-77 8 66 Fax: 04 21-70 40 58
buchservice@kellnerverlag.de • www.kellnerverlag.de

Kellner Verlag
Bremen Boston